KB048137

연극배우

신외숙 20번째 소설집

연극배우

도서출판 한글

연극배우

2020년 5월 20일 1판 인쇄
2020년 5월 25일 1판 발행

저 자 신외숙
발행자 심혁창
마케팅 정기영 곽기태

펴낸곳 도서출판 한글
우편 04116
서울특별시 마포구 신촌로 270(아현동)
수창빌딩 903호

☎ 02-363-0301 / FAX 362-8635
E-mail : simsazang@hanmail.net
창   업 1980. 2. 20.
이전신고 제2018-000182

* 파본은 교환해 드립니다
* 정가 13,000원
*
ISBN 97889-7073-577-1-13810

이 도서의 국립중앙도서관 출판예정도서목록(CIP)은 서지
정보유통지원시스템 홈페이지(http://seoji.nl.go.kr)와 국가
자료종합목록 구축시스템(http://kolis-net.nl.go.kr)에서 이
용하실 수 있습니다. (CIP제어번호 : CIP2020019985)

| 목 차 |

연극배우

강남역 지하상가를 지날 때였다.

저승사자 분장을 한 젊은 커플을 만났다. 검은 한복 차림에 검정 갓을 쓴 청년과 흰 한복에 머리를 갈기처럼 풀어헤친 여자는 무엇엔가 잔뜩 심취해 있었다. 그들은 사람들의 시선과는 아랑곳없이 과장된 몸짓을 해가며 한창 이야기 중이었다. 짙은 분장을 한 것으로 보아 연극배우이거나 무슨 이벤트 행사에 동원된 진행 요원 같았다.

계단을 빠져나온 그들은 역 앞에 있는 싸이 거리를 걸어가고 있었다. 유튜브에서 강남스타일 노래를 일억 번 이상 조회 수를 넘긴 싸이는 세계적인 가수이자 작곡가로 강남에 전설적인 인물이 되었다. 젊음이 운집한 거리는 젊은이들의 발걸음을 빠르게 목적지로 이끌었다.

반대쪽 네거리에는 푸드 트럭이 성업 중이었고 의류 상가는 댄스풍의 음악으로 발걸음을 낚아챘다.

이곳에 오면 누구나 젊음에 취한다. 젊은 기분에 젖지 않고는 발걸음을 옮길 수 없다. 세상은 청년 백수가 넘쳐나 삼포 오포

라는 신종 단어가 유행이라지만 이 거리는 그런 말을 무색하게
한다. 모두가 금수저로 태어났는지 돈을 물처럼 펑펑 써댄다.

이 강남 거리는 언제나 럭셔리하다.

싸이 거리를 지난 젊은 커플은 논현동 사거리를 지나더니 다
시 지하 계단 속으로 사라졌다. 그들 등 뒤로 폭풍 같은 음악이
잠시 머물다 사라졌다. 바야흐로 봄이었다. 봄기운이 잿빛 어둠
을 푸른빛으로 점점 바꿔가고 있었다. 의류 상가에도 원색 계통
의 화려한 의상들로 행인들의 눈길을 끌었다.

거리는 언제나 발걸음 소리로 가득하다. 각기 목적지로 향하
는 발걸음은 힘차고 조급함이 잔뜩 묻어 있다. 그 발걸음 속에
정우의 발걸음도 섞여 있었다. 정우는 무언가를 찾기 위해 급히
발걸음을 옮기는 중이었다. 사방을 휘둘러보며 마음속에서 자꾸
만 조급증이 일었다.

그는 횡단보도 앞에서 오가는 사람들을 물끄러미 바라보다가
오던 길을 되돌아오고 말았다. 생각 속에서 꼬리를 물고 이어졌
던 길이 끊기고 나자 깊은 허탈감이 몰려왔다. 방금 보았던 저
승사자 분장을 한 젊은 커플들이 자꾸만 뇌리에 떠올랐다.

작은 파도처럼 그들은 정우의 마음속에 이상한 메시지를 전해
주기 시작했다. 자아(自我)가 아닌 타아(他我)로 탈바꿈하라는
일종의 묘한 암시였다. 봄기운을 타고 또다시 마음속에 반란이
커가는 모양이었다. 정우는 대학을 졸업하고 내리 4년 동안 백
수 신세를 못 면하고 있었다.

그동안 썼던 이력서만도 백통이 넘을 거였다. 친구들도 처음

에는 백수 신세였는데 시간이 가면서 모두 직장인으로 변모했다. 최종적으로 남은 건 정우 혼자였다. 정우는 어쩌다 이력서 심사에 통과한다 해도 면접을 보는 족족 떨어졌다. 말이 어눌한 건 물론이고 심사위원들 눈에 초점을 맞추지 못하고 계속 엉뚱한 답변을 했기 때문이다. 정우는 긴장하는 걸 극도로 못 견뎠다. 긴장하는 순간 엄청난 에너지가 내부에서 소모됐다.

순식간에 당황하고 마음이 천 갈래 만 갈래로 찢겨져 나가는 것 같았다. 상대방이 질문도 하기 전에 거절감에 대한 상처가 가슴속에서 폭풍처럼 일어났다. 심사위원들 중에는 취업보다 정신과에 먼저 가보라고 하는 사람도 있을 정도였다. 또다른 사람은 그에게 극심한 대인공포증이 있으니 그것부터 해결하라고 했다.

정우는 그런 말을 들을 때마다 혼자 인터넷 사이트를 뒤져 심리검사를 해보았다. 그러나 결과를 본 적은 한 번도 없었다. 너무나 두려웠다. 불안한 정신 속으로 악마가 틈탈까 불길한 시나리오가 써졌다. 취업에 실패할 때마다 의지는 급격하게 무너져 갔다. 마음을 떠받들고 있는 의지가 한번 무너지자 걷잡을 수 없이 삶이 흔들렸다.

친구들을 만나면 모두 직장생활의 고충을 말하는데 그에겐 전혀 외계인같이 여겨졌다. 나중에는 모욕감까지 들면서 극심한 피해망상증에 시달렸다.

그는 집에서도 동생과 자주 다퉜다. 동생도 백수이긴 매한가지였는데 언젠가부터 알바하는 눈치였다. 스스로 용돈을 벌어

쓰면서 나름대로 취업을 위한 노하우를 쌓는 것 같았다. 그러던 어느 날 열심히 인터넷 취업 사이트를 뒤지더니 의기양양 집을 나갔다.

드디어 중소기업체에 취업이 된 것이다. 비록 연봉은 적었지만 취업이 됐다는 사실 하나로 감격한 표정을 짓던 동생은 취업턱을 내겠다며 정우에게 문자메시지를 날렸다. 하지만 정우는 그 자리에 나가지 않았다. 자신만 혼자 삶의 패잔병이 된 것 같았다. 갈수록 자격지심이 심해갔다.

이젠 뭘 해도 안 된다는 부정적인 감정이 마음을 덮고 말았다. 한번 실종된 마음은 갈피를 잡지 못해 늘 갈팡질팡했다. 우유부단이 하나 더 추가되고 있었다. 아니 시간이 갈수록 새로운 문제가 한 가지씩 추가되고 있었다.

가장 큰 문제점은 자신감의 결여였다. 스스로를 믿지 못하는 부정적 감정은 나중에 노이로제 증상마저 일으켰다. 내가 왜 이럴까. 스스로 진단하는 것도 지쳐갈 때 묘한 생각이 떠올랐다. 그래 내가 아닌 다른 사람이 되어 보자. 마치 가면을 쓴 사람처럼 전혀 딴 사람인 것처럼 행동해 보자.

얼마나 웃기는 발상인지 스스로도 잘 알았다. 땅끝까지 추락했던 자존감이 간신히 숨을 쉬고 나더니 말했다.

그래도 먹고는 살아야지.

연극배우처럼 다른 사람인 양 행동해 보자. 위선과 가면이면 어떠냐? 정체성만 찾을 수 있다면 어떻든 상관없다. 누군가 말했다. 약점에 집착하지 말고 강점을 살려라. 그런데 정우는 자신에게 있는 강점이 무엇인지 도무지 발견할 수 없었다.

약점과 단점을 대라면 얼마든지 댈 수 있는데 강점이라니? 아무리 생각해도 떠오르는 게 없었다. 고민 끝에 그는 동생에게 물었다.

"나한테도 강점이라는 게 있을까?"

동생은 고개를 갸웃하더니 말했다.

"안 될 줄 알면서 포기하지 않고 도전하는 저력 같은 거?"

동생은 아마도 그가 100번도 넘게 취업에 도전한 걸 두고 하는 말 같았다. 그러나 그것도 옛날 말이다. 자포자기 속에 푹 절어 있는 현실 아닌가? 나에게도 남에게 없는 강점이 있다면 좋겠다고 생각하는데 동생이 느닷없이 말했다.

"있잖아, 형. 형의 그 예민한 감수성과 기다릴 줄 아는 인내심."

전혀 뜻밖이었다. 자신도 미처 생각하지 못한 대답이었다.

그러나 그것이 취업과 무슨 상관관계가 있단 말인가. 더구나 나는 극도의 소심증 환자인걸. 아무리 심리상담을 받는다 해도 천성은 어쩔 수 없을 것이다. 정우는 낙심과 함께 극도로 예민해졌다. 과연 내가 할 수 있는 일이 무엇일까?

생각할수록 무능감이 몰려왔다. 이것 또한 자신감의 결여 때문이리라. 그는 매일 집을 나와 거리를 배회했다. 길바닥에 떨어진 포스터에 눈길이 갔고 각종 광고 현수막에 한동안 정신을 빼앗기기도 했다. 하다못해 일용직 건설 노동자 모집 광고에도 정신이 나갔다. 한번 추락한 자존감은 끝도 없이 나락을 헤맸다.

어느 날 지하도를 걷고 있을 때였다. 누군가 그의 곁을 지나며 나지막한 목소리로 말했다.

'할 수 있거든이 무슨 말이냐? 믿는 자에게 능치 못함이 없느니라'

그 뒤에 수많은 말이 그의 귓가에 들려왔던 것 같다. 수많은 스토리에다 함성 같기도 하고 책 제목 같은 단어와 문장이 마음속까지 들려오다 사라졌다. 인터넷에서는 매일같이 청년 백수 이야기가 올라와 있었다. 시골은 폐가가 늘어남에 따라 상권이 무너지고 공동화 현상이 심화되고 있었다.

사람들이 툭하면 입버릇처럼 내뱉는 시골에 가서 농사나 짓는다는 말이 이젠 완전 소멸될지도 모른다. 이제, 미래가 불투명한 젊은 층의 독신 증가는 가일층 늘어날 것이다. 그는 길거리를 지나다가 사람들이 운집한 푸드점을 발견했다.

핫도그를 종류별로 판매하는 곳인데 20대로 보이는 젊은 남녀가 주인이었다. 핫도그를 사 먹기 위해 줄을 서 있는 사람들도 모두 젊은 층이었다. 방금 튀긴 핫도그에 소스와 치즈 가루를 잔뜩 뿌려 먹는데 상큼한 맛이 있지 않을까 저절로 구미가 당겼다. 청년 창업지원센터에서 지원해 준 업소라는 인증 마크가 보였다.

차라리 장사나 할까.

사람들이 툭하면 내뱉는 말이 장사였다. 누구나 손쉽게 시작할 수 있는 게 장사라는 통계는 예나 지금이나 똑같다. 퇴직하고 나서 혹은 사업에 실패하고 났을 때 특히 장사에 전혀 경험

없는 사람들이 너무나 쉽게 시작하는 것도 장사였다. 그 장사라는 열풍이 조기 퇴직이 증가하면서 각 거리마다 폭발적으로 늘어난 것이다.

그중에서도 음식점은 개업 일 년 만에 실패율이 90퍼센트라는 불명예를 안았다. 그래서 거리를 지나다 보면 상가마다 폐업한 음식점들이 즐비하다. 그런가 하면 화장품 코너마다 아가씨들이 정기세일이라고 무한정 외쳐대는 모습도 보였다. 창피하지도 않나. 대담? 용감? 돈? 호구지책? 민생고? 페이?

화장품을 양손에 들고서 끝도 없이 세일을 외치는 여자는 꽤나 미모였다. 저 정도의 인물이면 차라리 백화점에 근무할 것이지. 그는 말하다 말고 아차! 했다. 내 앞가림도 못하는 주제에 별 상상을 다 하고 있네. 정우는 상가를 지나 종로 5가 광장시장으로 들어섰다.

수많은 인파가 구름떼처럼 몰려 있었다. 씨앗을 넣은 호떡 노점은 물론이고 어묵 가게와 꼬마김밥 찹쌀 도넛 가게에도 사람들이 줄을 서서 기다리고 있었다. 인파를 뚫고 좀 더 안으로 들어서니 맷돌로 녹두를 갈아서 부치는 빈대떡 장사가 곳곳에 보였다. 기름에 튀기다시피 부쳐내는 빈대떡 난전 앞에도 사람들이 진을 치고 기다리며 먹고 있었다.

경제 불황이 이곳에서는 예외였다. 사시사철 이곳은 언제나 호황일 것 같았다. 자신도 팔만 걷어붙이고 나서면 당장이라도 떼돈을 벌 것 같았다. 시장 안은 수많은 발걸음으로 한 발짝 떼기조차 힘들었다. 하나같이 먹는 장사였다. 정우는 사람들 틈을 비집고 들어가 간이 의자에 엉덩이를 걸치고 앉았다.

떡볶이와 순대 등속을 파는 난전이었다. 겨우 순대 일 인분을 시켜 먹고 있는데 옆에서 스마트폰을 보고 있던 여자가 애인으로 보이는 남자에게 말했다.

"자기야, 나한테 연극 티켓 있는데 같이 보러 갈까?"

"무슨 내용인데?"

"그건 알아 뭐해? 그냥 공짜 티켓이니까 가자 그거지."

요새도 공짜 티켓이 있나? 정우는 자신도 모르게 말이 튀어나왔다. 그는 스스로 놀라 손으로 입을 막았다. 그러자 여자가 그를 빤히 바라보며 말했다.

"아저씨도 가실래요? 공짜 티켓이니까 그냥 드릴게요."

웬일로? 그런데 아저씨라니? 아직 나이 삼십도 안 됐는데. 마음속에선 갈까 말까 망설이는데 손이 먼저 나가고 있었다.

"저야 좋죠. 주시면 감사히 받겠습니다."

아니 내가 왜 이렇게 저자세로 변한 걸까. 정우는 먹다 남은 순대를 비닐봉지에 담고는 자리에서 일어났다. 저녁 때 길고양이에게 줄 것이었다. 연극을 보려면 아직 두 시간이나 남아 있었다. 오랜만에 봄바람도 쐴 겸 천천히 걷기로 했다. 광장시장에서 오른쪽으로 걷다 보면 청계천 물가가 나타난다.

거리는 그의 마음과 상관없이 언제나 활력이 넘쳤다. 이제 막 물이 오른 파란 새싹과 함께 청계천 물가는 생기가 감돌았다. 청계천은 인공과 자연을 한 장의 컬러 사진으로 찍어내고 있었다. 주변에 자리한 고층빌딩과 묘한 조화를 이루면서 물과 나무

물고기와 사람 생명의 움직임을 사람들의 가슴속마다 메시지로 전했다.

정우는 굽이쳐 흐르는 물소리와 함께 한참을 걸어갔다. 혹시나 아는 사람이라도 만나면 자신의 처지가 그대로 노출될까 봐 순간적으로 자괴감이 일었다.

청계천에는 각종 이벤트 행사를 위해 설치해 놓은 공간이 많았다. 연인들을 위해 혹은 공연을 위한 조명과 무대 시설이 그의 눈에는 쓸데없는 낭비처럼 보였다. 물가를 빠져나온 그는 종로5가 사거리를 지나 동숭동 쪽을 향해 걷기 시작했다. 멀리 방통대가 보였다.

거리는 이제 막 파릇한 잎사귀가 보이는 가로수와 고층빌딩과 매연을 뿜어내는 자동차 경적 소리로 요란했다. 연극 포스터를 알리는 광고판과 정부를 비판하는 현수막이 곳곳에 보였다. 전직 대통령의 탄핵이 몰고 온 급격한 정세 변화는 이념 갈등의 폭을 더욱 증폭시키고 있었다.

몰락한 보수의 허무한 외침은 길가에 나뒹구는 전단지처럼 너절해 있었다. 방통대의 웅장한 건물과 예술광고 포스터가 난무한 거리에 럭셔리한 상가 골목이 나타났다. 그 반대편에는 국내 최고 명문대학 병원 건물이 성처럼 서 있었다. 기타를 어깨에 멘 젊은이들도 보였다. 그들은 보컬 사운드 같았다.

악기가 든 케이스를 어깨에 멘 그들은 머리를 총천연색으로 염색을 하고 있었다. 거리에는 기괴한 복장을 한 사람들이 많았다. 일부러 해진 한복에 머리를 길게 늘어뜨린 집시 노인과 초상화를 그려주는 거리 화가들도 눈에 띄었다. 예술혼을 빙자한 동숭동 거리에 빗방울이 흩뿌리기 시작했다.

홍건히 물이 고인 아스팔트 위로 차량이 지날 때마다 사방으로 빗방울이 튀었다. 행인들은 지하도로 건물 안으로 발걸음을 급히 옮겼다. 정우도 사람들의 발길을 따라 급히 발걸음을 옮기는데 주변이 온통 영어 간판들로 가득했다. 다문화 시대라더니 외국인을 겨냥한 음식점도 곧잘 눈에 띄었다.

정우는 지나는 사람들에게 몇 번인가 묻고 물어 연극장소를 찾아갔다. 소극장은 카페 뒷골목에 있었는데 지하였다. 내려가는 중간에 매표소가 있었다. 20대 초반으로 보이는 아가씨가 그가 내민 초대권을 입장권으로 바꿔 주면서 빈자리에 앉으라고 했다. 어두컴컴한 동굴 같은 계단을 지나 공연장에 들어섰다.

계단식으로 된 관람석 뒤로 난 조명실에서 계속 파열음이 들리고 있었다. 객석이 채워지면서 정우는 마음이 조급해졌다. 생각해 보니 연극 제목도 모르고 있었다. 무조건 공짜라는 말에 서둘러 온 것이다. 씁쓸한 느낌과 함께 어떤 내용일까 기대와 궁금증이 동시에 일어났다.

갑자기 공연장이 암흑천지가 되더니 연극이 시작됐다. 조명이 탁자 앞에서 머리를 숙이고 앉아 있는 남자 배우의 머리를 비추고 있었다. 남자 배우가 갑자기 머리를 쳐들더니 괴성을 질러댔다. 발을 굴러가며 천장을 향해 울부짖던 그는 관객들에게 대사를 던졌다.

"여러분 마음이 무너진다는 의미에 대해 알고 계십니까?"

과장된 몸짓으로 그가 던지는 메시지는 고통과 절망이었다. 현세대를 살아가는 젊은 백수들의 이야기가 스토리로 전개되고 있었다. 배우는 허공을 응시하며 자조하듯 말했다.

여러분 취준생이라고 들어보셨나요?

관객들이 일제히 대답했다.

네.

전, 올해 4년째 취업을 준비하고 있는 취준생입니다. 이력서를 백번도 더 써봤고요. 정사원 모집은 물론 계약직 인턴사원 취업 박람회 취업 꿀팁 중 도전 안 해 본 게 없습니다. 그런데 여러분도 아시다시피 줄줄이 낙방이었습니다. 왜냐구요? 전 지방대 출신에다 전공도 취업과는 거리가 먼 것이었기 때문이죠. 소규모의 중소기업체에서도 저를 필요로 하는 곳은 나서지 않았습니다. 하다못해 영업직마저……. 제가 대인공포증이 있어서 영업에는 전혀 소질이 없었거든요. 이젠 부모님 얼굴 뵙기도 너무 죄송해 고향에 발길 끊은 지도 몇 년째인지 모릅니다. 거듭되는 실패의 경험은 저를 나락으로 몰아갔습니다. 그런데 말입니다. 금수저로 태어난 놈들은 취업도 척척 되고 승진까지 고속으로 달리더라 그 말입니다.

배우는 잠시 고심하는 척하더니 비굴한 표정으로 말했다.

생각해 보니 전 무능한 것 빼놓고는 달리 지은 죄도 없는 것 같습니다. 배우는 손으로 옷깃을 매만지더니 눈을 약간 치켜뜨며 말했다.

전 말이죠, 심장이 약해서 남에게 상처 주는 말이나 행동 같은 건 꿈속에서도 못하는 소심남입니다. 거짓말하면 당장 들통이 날 정도로 어리숙하고 여자와 키스 한번 못해본 순정남이기도 합니다. 뭐 그렇다고 살면서 로맨스가 전혀 없었다면 거짓말이겠죠.

관객이 일제히 웃었다.

저 참 그동안 힘들게 살았습니다. 부모님이 지방에서 조그만 점포를 하세요, 건어물 장사라고……. 어쨌든 대학은 나왔습니다. 과정이야 어쨌든 이젠 부모님을 편하게 모셔야 하는데 도대체 취업이 안 되는 겁니다. 뭐라구요? 그게 어디 당신 혼자만의 고민이냐구요? 네 맞습니다. 그래서 제가 오늘 이렇게 여러분께 호소하고 싶어 나온 겁니다. 그렇다고 여러분께 제 상담자가 되어 달라는 건 아니고요, 제 게스트는 저 막 뒤에 계십니다.

배우는 잠시 표정을 고치더니 심각한 어조로 대사를 이어갔다.

인터넷에 난 취준생에 대한 글을 읽어본 적이 있었지. 요즘은 취업을 위해 2-3년 끓는 것은 예사라고 하더군. 우리 취준생들은 취업을 위해 대학 때부터 피나는 고생을 하며 준비하거든. 그런데 말야, 우리가 가장 듣기 싫어하는 말이 무엇인 줄 알아?

1. 아직도 취직 준비하냐? 남들 취직할 때 뭐 하고 있었냐? 그 뜻이겠지.

2. 요즘 어떻게 지내? 나 백수라고 아예 대놓고 개무시하고 있구나.

3. 눈을 낮춰 봐. 왜? 아예 공사판으로 막 노동판으로 나가라고 등 떠밀지 그래? 그러려고 스펙 쌓은 건 아니거든. 개무시

하고 자빠졌네.

4. 네 나이가 몇인데 아직도 그러고 있어? 나이 들먹거리지 마라, 확 한 번에 가는 수가 있다.

5. 누구는 공무원 시험 준비한다던데 너도 해봐. 아예 아주 속에 불을 때라 불을 때.

그는 주머니에서 스마트폰을 꺼내 액정을 켜더니 분노에 찬 눈빛으로 말했다.

취준생들의 착각이라구, 어디 가만 가만 읽어보자.

1. 취업만 하면 내 인생은 펼 수 있다.

2. 스펙만 쌓으면 취업을 할 수 있다.

3. 직무가 적성과 맞아야 한다.

4. 올바른 마음가짐을 갖고 있는지 스스로 확인이 필요하다.

그러니까 요점은 적성에 맞는 직종을 택해야지, 그렇지 않은 경우 퇴사율이 높은데, 음 44퍼센트나 된다 이거네. 하긴 어떤 노땅이 나한테 그러더만. 요즘 젊은 것들은 고생을 모르고 자라 취직을 해도 얼마 못 견디고 뛰쳐 나온다구, 조금만 힘들어도 못 견디고 애사심은 전혀 없고 작은 트러블만 발생해도 못 견디고 사표를 내던진다고, 그러면서 연봉이 높고 편한 것만 좋아한다 그거야, 그런데 말야, 나한테는 왜 그런 기회라도 안 오느냐 그거야, 한 번이라도 제발 한 번이라도 와 주었으면 좋겠다. 일단 취업이라는 문턱이라도 넘어 봤음 소원이 없겠다.

배우는 스마트폰을 무대 밖으로 던지더니 다시 머리를 감싸고 바닥에 엎드러졌다. 그는 실패라는 그물에 갇힌 가여운 짐승 같왔다. 그의 한마디 한마디는 정우의 가슴속에 엄청난 공감대를 형성하며 파장을 일으켰다. 정우는 배우의 몸짓과 대사에 숨죽이며 집중했다. 배우는 몸을 일으키더니 다시 대사를 이어갔다.

이제 그는 피해망상증 환자로 변해 있었다. 그건 가장 불행한 결과였다. 그는 자기는 열심히 산 죄밖에 없다며 모든 걸 시대 탓으로 돌리고 있었다.

시대가 국가가 자신에게서 모든 기회를 빼앗아 갔다고 항변하고 있었다. 그러니까 자기가 실패한 것은 흙수저 때문이라는 말도 안 되는 주장을 하고 있었다. 한 마디로 그의 사고는 모순 그 자체였다.

그가 괴로워 몸부림칠 때마다 무대 뒤에서 소리가 들려왔다. 그건 어쩌면 희곡작가 하고 싶은 주제가일 것이다.

너는 니가 보고 싶은 것만 보고 듣고 싶은 것만 듣는다. 아무리 올바른 것을 보여주어도 보지 못하고 들려주어도 듣지 못한다. 이것이 너의 맹점이다. 사람을 볼 때도 니 관점으로 파악하고 끝내버린다. 기본적으로 마음 기준이 정해져 있지 않다. 항상 이기심과 피해의식이 저변에서 마음의 방어기제로 작용하기 때문에 아무것도 결정할 수가 없다. 외통수적인 생각. 낮은 자존감, 이분법적인 흑백논리에 갇혀 살기 때문이다. 너는 늘 혼자 생각하고 혼자 행동한다.

그 소리에 맞서 그는 여러 이유를 대며 항변하지만 곧 잠잠해졌다. 바닥에 엎드러진 그는 소리 죽여 운다.

외로운가? 실패 때문에 두려운가? 나처럼 연극배우가 되어라.

그리고 마음속에 떠오르는 니가 원하는 롤모델을 심어놓고 끊임 없이 도전하는 거다. 실패를 두려워하면 아무 일도 할 수가 없 다. 일단 목표치를 낮게 아주 낮게 잡고 도전해 보는 거다. 그래 서 차츰차츰 계단을 오르면서 성취감을 누려라. 남과 비교하지 마라. 누구도 넘볼 수 없는 너만의 성을 구축하라. 어떤 것이든 상관없다. 누구보다 강하고 견고한 성을 네 안에 쌓아라.

남자 주연배우는 머리를 감싸고 바닥을 뒹굴며 외쳤다.

아! 아! 안 돼 난 난 할 수가 없어. 이미 실패자인 걸. 비굴하 고 실패만 거듭하는 나 자신이 감당이 도저히 감당이 안 돼.

힘들거든 절대자를 의지해라. 너를 이 세상에 보내신 절대자 는 너를 결코 포기하지 않는다. 절대자에게 네 마음을 맡겨라. 그가 네 마음을 지키고 네 길을 인도하실 것이다.

대사가 점점 종교적으로 흘러가고 있었다. 남자 배우는 계속 울부짖으며 항변했지만 이내 수그러들었다. 잠시 후, 잔잔한 음 악이 상처 난 마음을 어루만지며 위로의 대사를 건네고 있었다.

주님과 같이 내 마음 만지는 분은 없네.

오랜 세월 찾아 난 알았네. 내겐 주밖에 없네.

주 자비 강같이 흐르고 주 손길 나를 치료하네.

고통 받는 자녀 품으시니 주밖에 없네.

주님과 같이 내 마음 만지는 분은 없네.

오랜 세월 찾아 난 알았네. 내겐 주밖에 없네.

잔잔한 음률이 관객들의 마음을 터치하고 있었다. 어디선가 가느다란 울음소리가 들려왔다. 만국공통어인 음악은 또 다른

치유책으로 상한 마음을 위로하고 무너진 의지를 새롭게 세우고
있었다. 바닥에 엎드려 있던 남자 배우는 서서히 몸을 일으키더
니 자신에게 주문을 걸 듯 말했다.

그래 난 할 수 있어. 무엇이든 할 테야. 아니 꼭 해야만 해.
그래, 난 결코 무능력하지 않아.

그러자 막 뒤에서 음성이 들려왔다.

네 약점에 집착하지 말고 네 강점을 살려라. 강점에 집중하고
스스로 일어서라. 신께서 네게 주신 재능을 찾아 거기에 집중하
라.

그때였다. 정우는 자신의 무릎을 탁! 치며 자리에서 벌떡 일
어서며 말했다.

그래 바로 그거야, 바로 그거라고.

그가 너무 큰소리로 말했기 때문일까. 순간 객석에 앉아 있던
사람들의 시선이 일제히 그에게 몰렸다. 정우는 너무도 창피하
고 미안해 얼굴을 두 손으로 감싸며 자리에 앉았다. 그러는 동
안에도 막 뒤의 음성은 계속 들려왔다.

스스로 일어서야 한다. 그 누구도 믿지 말라. 나 아닌 다른 사
람을 의지하는 일은 더더욱 있어서는 안 된다. 다시 한번 강조
한다. 그 누구도 믿지 마라.

순간 객석은 물 끼얹은듯 긴박한 정적이 흘렀다. 생각해 보니
연극은 처음부터 모노드라마로 진행되고 있었다. 무대에는 남자
주연배우 한 명뿐이고 상대역은 막 뒤에서 흘러나오는 음성이
전부였다. 그럼에도 소극장에는 절제된 대사와 압도된 분위기가

시종일관 긴장감을 일으켰다.

처음에는 남자 주연배우의 넋두리로 시작되었는데 갈수록 막 뒤에 흘러나오는 대사에 집중된 쏠림이 있었다. 관객들은 대사가 끊겼다 이어질 때마다 무언중의 공감대를 형성하며 자신의 마음을 계속 노크했다. 마치 무언가를 확인하려는 듯.

힘들고 괴로울 때 누군가에게 위로받고 싶은가? 그럴 생각일랑 아예 처음부터 버려라. 세상에 위로자는 없다.

숨죽인 채 듣고 있던 배우가 벌떡 일어서며 외쳤다.

그렇다면 도대체 인생을 살아가는 목적이 무엇이란 말입니까?

순간 다음 대사 내용이 너무도 궁금했다. 그건 누구에게나 공통된 질문일 것이다.

다른 사람을 살리는 일을 해라, 그게 곧 나를 살리는 일이다.

그런 거창한 말 집어치우시오. 나 자신도 살기 힘든데 누굴 살리고 일으켜 주란 말이오? 나 자신도 감당하기 버겁소.

그렇지. 그건 차후의 일일지도 모르지.

잠시 막 뒤에서 나오던 음성이 끊기더니 시끄러운 음악이 광풍처럼 공연장을 덮었다. 불안하고 애닯고 애잔한 음악이 한동안 흐르자 마음이 심란해졌다. 남자 배우가 탁자 앞에 있는 의자에 걸터앉더니 담배를 길게 내뿜었다. 지치고 힘든 표정에 금방이라도 허물어질 것 같은 불안한 모습이었다.

다시 막 뒤에서 음성이 흘러나왔다.

지금 너에게 부족한 건 적응력이다. 아니면 아니라고 대답해봐라.

알긴 잘 아시네. 그런데 그건 또 묻는 거요? 또 무슨 말을 하고 싶은 거요?

말투가 거칠어졌다. 조금 전까지는 순응하는 말투더니 지금은 시비를 걸고 싶어 안달이 난 모습 같다.

나랑 같이 배우가 될 생각 없소?

이번에는 상대의 말투가 바뀌었다. 해라에서 하겠소로.

배우라니? 지금 누굴 놀리는 거요?

여전히 시비조다.

난 사실 오랫동안 배우 생활을 해 왔지만 배우만큼 좋은 직업도 없다고 생각하오. 물론 돈 문제가 해결된다면 금상첨화겠지만. 일단 무대에 서면 어떤 역할도 캐릭터도 소화해내는 게 배우요. 연기를 하면서 온갖 부류의 인생체험을 할 수 있고 각종 캐릭터를 경험하면서 이해의 폭을 넓힐 수 있지.

배우라니? 말 같은 소릴 하쇼. 내 주제에 배우는 당치도 않소.

그러니까 내 말은 어떤 상황을 만나도 적응할 수 있는 적응력을 키워서 모든 상황을 극복하고 주인공으로 살아가야 한다 그 말이오. 나만의 인생 무대를 주연으로 잘 연기해서 역경이 다가오면 드라마틱한 장면을 기대하면서 배우처럼 변신의 천재가 되어야 한다.

그렇다면 좋소. 인생의 배우가 되기로 하고, 그럼 연출자는 도대체 누구란 말이오?

그건……. 신이오.

신…….

배우는 짧은 신음소리를 내더니 읊조리듯 말했다.

결국 신이었군. 그러니까 세상에는 내 힘으로는 도저히 안 되는 팔자와 운명이라는 게 존재하는 거겠지.

배우는 갑자기 얼굴이 험상궂게 변하더니 짐승의 목소리로 말했다. 그는 변신의 천재였다.

난, 어머니가 원망스럽소. 이왕 낳을 거면 머리도 좋고 똑똑하고 잘생긴 미남 배우로 낳을 것이지 하필이면 이렇게 부족하고 못난 인간으로 낳으실 게 뭐요?

당신은 결코 못나거나 부족한 인간이 아니요, 믿으시오.

나보고 그 말을 믿으라고? 내가 입사원서를 낸 것만도 백번이 넘소, 그리고 또……

말해 보시오.

난 이제 지쳤고 모든 의욕을 상실했소. 도대체 내가 할 수 있는 게 안 보인다 그 말이오.

그때였다. 갑자기 영화에서 나오는 듯한 웅장한 카리스마의 목소리가 공연장 안에 울려 퍼졌다.

내게 능력 주시는 자 안에서 모든 것을 할 수 있느니라

또 성경 말씀이네.

바로 옆자리에 앉은 여자가 낮은 목소리로 말했다. 그러자 그 옆에 있는 또 다른 여자가 말했다. 야! 너도 교인이잖아.

머리를 감싸고 있던 배우가 가슴을 움켜쥐며 작은 목소리로 말했다.

그런데 말이오, 내 안에는 두 마리의 짐승이 살고 있소. 천사

와 악마.

책에서 드라마에서 수도 없이 들었던 대사가 여기에서 또 나오는구나. 식상했다.

그리고 또 있소. 도전하고자 하는 의지와 자포자기 하는 마음이오.

그렇지 나도 역시 그래. 정우는 다음 대사에 숨을 죽이고 집중했다.

가장 중요한 건 나 자신을 먼저 사랑하는 거요.

전혀 예상치 못한 대사에 정우는 허를 찔리는 기분이었다.

자신을 방치하지 마시오, 먼저 자신을 소중히 여기고 미래를 위한 선택에 집중하시오, 선택이라는 갈림길 앞에서 천사와 악마 도전과 포기 중 어느 것에 마음을 주든 그건 내가 결정하는 것이오. 그리고 한 가지 감사를 잊지 마시오.

감사라니?

배우의 눈빛이 다시 흔들리면서 사납게 변했다.

감사가 없는 마음에는 항상 불평불만만 쌓이는 법이오, 나 자신과 내 처지를 돌아볼 때 분노는 손님처럼 찾아와 괴롭히는 거라오, 한가지 예를 들어보겠소. 여름날, 음식 쓰레기가 가득한 곳에는 항상 파리와 쥐떼가 몰리는 법이오, 그것처럼 마음속에 분노와 절망 원망 불평의 쓰레기가 있는 곳에는 실패와 파멸이라는 쥐떼가 찾아오는 법이오. 안 그럴 것 같소?

분노에 찬 배우의 얼굴에 긍정의 빛이 떠올랐다.

그 쓰레기를 마음속에서 당장 치워 버리시오.

쓰레기를 치우고 나면…….

성경에 이런 말씀이 있소. 귀신이 쫓겨나고 깨끗이 청소된 집이 나중 형편이 처음보다 더 나쁘게 되었더라. 귀신이 나가고 난 자리에 더 센 귀신이 들어와 그 집을 점령하고 만 거요. 깨끗하게 청소된 집에 살기가 더 편해진 거지.

…….

깨끗이 청소된 집안에 감사와 신의 음성으로 가득했다면 악한 귀신은 절대 들어오지 못했을 것이오. 문제는 집이 청소된 채 비어 있었다는 데 있지.

…….

지금부터라도 잘못된 고정관념 피해망상을 비워버리고 감사한 마음과 신을 향한 절대 신뢰성으로 채워 놓으시오. 마음을 방치하는 순간 악한 생각은 또다시 찾아오는 법이오. 자포자기와 함께. 항상 감사하는 마음을 갖고 사시오. 마음의 쓰레기를 버리고 대신 감사로 채워 놓는다면 실패는 더 이상 괴롭히지 못할 것이오.

아! 짧은 신음이 객석 중간 중간에서 터져 나왔다. 그중에는 정우처럼 취준생으로 보이는 젊은이들도 끼어 있었다.

안 된다, 할 수 없다. 끝이다란 생각이 들 때마다 마음속으로 외치시오. 난 할 수 있다, 나는 강한 존재다. 마인드 컨트럴도 일종의 방법이오. 그러나 더 중요한 건 신을 향한 절대 신뢰성이오.

막이 서서히 내리고 있었다. 막이 완전히 닫히는 순간 객석에서 멘트가 흘러나왔다.

할 수 있거든이 무슨 말이냐, 믿는 자에게는 능치 못함이 없느니라.

소극장을 빠져나온 정우는 동숭동 밤거리를 걷기 시작했다. 여기 또한 강남 거리 못지않게 럭셔리 그 자체였다. 밤이 되니까 건물마다 쏘아대는 불빛에 따라 젊은 발걸음들이 더 분주히 움직이기 시작했다.

젊은 발걸음 속에는 예술혼이 깃든 아티스트들도 있었고 정우처럼 백수가 되어 방황하는 하는 발걸음도 있었다. 그런가 하면 각종 이벤트를 즐기는 연인들도 있었다. 고가(高價)를 호가하는 음식점들은 하나같이 만석이었다. 각종 예술 구호도 동숭동 밤하늘에 나부끼고 있었다.

예술회관과 대극장, 샹들리에 불빛이 골목 골목마다 이상한 열기를 더해가고 있었다. 정우는 연극 내용을 생각하다 말고 머리가 복잡해지기 시작했다. 연극의 주제는 한마디로 신의 은총이 아니었을까. 시원한 해답은 보이지 않고 강점을 살려 스스로 인생을 개척해 나가라는 의미로만 해석됐다.

어떠한 상황을 만나든지 적응력을 키워라. 신을 향한 절대 신뢰성을 가지고 살아가라. 말은 쉽다. 그게 어디 쉬운 일인가. 내 마음을 어떻게 신에게 맡기라는 말인가? 말이 되는 소릴 해야지. 좀 전의 감동은 어디로 사라졌는지 마음이 다시 스산해졌다. 이상하게 발걸음을 옮길수록 취객들이 눈에 들어왔다.

만취된 취객이 인사불성이 된 채 잠들어 있거나 술병을 들고 고래고래 소리 지르는 모습도 보였다. 분수대 앞에는 휴지처럼 쓰러져 잠든 취객도 보였다. 스스로 자신을 방치한 그들은 시대의 낙오자가 되어 행인들의 눈살을 찌푸리게 하고 있었다. 정우는 그들을 보면서 속에서 울음이 터져 나오려는 걸 간신히 참았다.

왜일까. 동질감이 느껴지는 것도 아닌데 왜 자꾸만 눈물이 나는 걸까. 어떤 취객은 잠꼬대를 하는지 손을 내저으며 어머니를 외쳤다. 실패와 절망이라는 두려움이 그들 전신을 뒤덮고 있었다. 저들은 어쩌다 삶의 무대에서 하차했을까. 어쩌다 삶의 주관자인 절대자의 영역 밖으로 밀려났을까.

희망이라는 마지막 끈까지 놓아가며 술이라는 악마에게 정신을 저당 잡힌 걸까. 정우의 마음속에 끊임없이 의문부호가 떠올랐다. 저들이 느꼈을 참담함이 자신의 가슴속에 그대로 살아 있다는 사실에 또 한번 눈물이 났다.

그래, 인생은 어차피 한정된 삶의 무대이다. 온갖 잡동사니가 모여 살아가는 한정된 무대이다. 어떤 역할을 맡든지 어떻게 연기할지는 총감독인 절대자의 뜻에 달려 있다. 인생이라는 막이 내리기 전까지 맡겨진 역할을 잘 감당해야 한다. 그러기 위해서는 의지가 필요하다. 바로 신적 의지다.

정우는 전철 역사를 향해 빠르게 걷기 시작했다. 지하 계단을 내려가면서 오가는 행인들의 수많은 눈빛들을 보았다. 눈빛마다 각양 메시지를 담고 있었다. 연극 포스터에도 메시지를 담고서 행인들을 바라보고 있었다. 개찰구를 지나 전동차를 기다리고 있는데 사랑의 편지라는 짧은 글 내용이 눈에 들어왔다.

존 에프 케네디 대통령은 종종 아일랜드 소년들의 이야기를 했다고 한다. 아일랜드 소년들은 높은 울타리를 만나면 쓰고 있던 모자를 담장 너머로 던진다고 했다, 그렇게 되면 모자를 줍기 위해 어떤 장벽이라도 뛰어넘게 된다는 것이다. 그런 것처럼 우리 인생도 어떤 장벽에 부딪히면 스스로 한계를 정해 주저앉지 말고 뛰어넘어야 한다. 그래서 잠재력을 극대화해 성공으로 진입해야 한다. 그 외에도 성공과 도전에 대한 많은 글귀가 보였다. 한마디로 요약하면 포기하지 말라는 것이었다.

다시 한번 정독하려는 순간 전동차가 굉음을 지르며 도착했다. 승객들이 썰물처럼 빠져나오더니 밀물처럼 들어갔다. 그가 자리에 앉자마자 전동차가 엄청난 진동을 일으키며 출발했다.

수많은 음성이 정우의 귓가에 다가왔다 사라졌다. 정우는 서울역에서 1호선으로 전철을 환승하면서 또다시 마음속에 들려오는 수많은 메시지를 들었다. 많은 단어와 조합된 문장이 머릿속에 떠올랐고 스쳐 지나갔다. 연극 대사의 여러 부분도 마음을 잡으며 다가왔다 사라졌다.

그것은 그에게 어떤 지식적인 측면으로 다가왔지만 결국은 포기하지 말라는 메시지로 집약됐다. 포기하지 않기 위해서는 어떤 절대적인 의지가 필요하다. 내 마음을 의지를 스스로 컨트럴할 수 없기 때문이다.

그래, 신적 의지 바로 신적 의지가 답이다.

전동차가 남영동을 지날 때였다. 정우의 옆자리에 젊은 커플이 않았다. 이번에는 귀신 분장을 한 20대 안팎으로 보이는 젊은이들이었다. 여자는 중국 강시 복장을 하고서 온통 스마트폰에 몰입하고 있었다.

남자 역시 강시 복장을 하고 있었는데 그는 스마트폰에 몰입해 있는 여자 친구의 어깨에 머리를 기대고서 졸고 있었다. 전동차가 한강을 지나고 있었다. 노량진 근처를 지나면서 수많은 학원 간판이 눈에 들어왔다.

어둠 속에서도 학원 간판은 그의 뇌리에 무언가를 계속 각인시키며 지나갔다. 드디어 목적지에 이르렀다. 그는 자리에서 일어나면서 자신에게 외쳤다.

세상은 온통 연극 무대이다.

우연과 필연이 절묘하게 맞아 떨어지는 삶의 무대.

그는 마음속에 긍정적인 메시지를 떠올리면서 비시시 웃었다.

(2020년 문예바다)

논현동

강남은 럭셔리하다.

기하학적 고층빌딩과 步道(보도) 한가운데 꽃의 행렬은 젊음과 함께 묘한 환상적 분위기를 연출하고 있다. 유난히 하체를 강조한 글래머스한 여자들의 발걸음이 모여드는 이곳은 잘 세팅된 패션 무대 같다.

always ready

영어 표기가 적힌 티셔츠를 몸에 두른 여자가 어디론가 발걸음을 급히 옮기고 있다. 찢어진 청바지를 입고서 남자 친구의 팔짱을 낀 여자는 화장이 짓뭉개져 있다. 연예인으로 보이는 한 쌍이 나타나자 사람들의 시선이 일제히 모인다. 그들은 광고 촬영을 위해 온 것 같다.

카메라 앵글이 돌아가고 광풍 같은 댄스 음악이 거리 전체를 흔들고 있다. 행인들은 열기에 들떠 촬영 현장을 지켜보고 있다, 그러나 싱겁게도 촬영은 금세 끝나고 만다. 자동차에서 내려 걸어가는 장면을 단번에 끝내고 만 것이다.

사람들의 발걸음은 일제히 한곳으로 쏠리다가 다시 흐트러지고 모종의 담합한 의지와 함께 제각각 걸어가고 있다. 영화 광고를 알리는 대형 전광판에서는 불빛을 자막과 함께 행인들에게 쏘아대고 있다. 이곳에선 젊음이 대세다. 젊음에 취하지 않고서는 이 거리를 지날 수 없다.

마치 외국에 온 듯 강남 특유의 열정이 거리 곳곳에 넘치고 있다. 팬티 자국이 선명한 레깅스를 입은 여자가 횡단보도를 건너가고 있다. 남자들의 눈길이 일제히 여자의 둔부에 쏠린다.

한 마리의 인어가 물속을 헤엄치듯 인파를 빠져나가는 여자의 모습은 나신을 보는 듯하다.

예쁘면 다야.

성형외과 광고가 빌딩마다 물결친다.

아레나 버닝썬의 유혹이 흐르는 거리. 폭풍 치는 듯한 댄스뮤직에 따라 저절로 몸이 움직인다. 싸이 거리를 지나자 곧바로 호텔 행렬이 이어진다. 국내 최고 재벌녀가 다녔다는 성형외과 건물이 눈앞에서 행인들을 내려다보고 있다. 다시 젊음이 환생이라도 한 것일까.

J의 마음도 바람처럼 흔들린다.

젊음도 세태의 물결을 탄다. J가 대학시절인 35년 전만 해도 젊음의 거리는 단연 종로나 무교동이었다. 그 다음 순서는 명동이었고 세월이 조금 더 지나서는 동숭동 대학로였다. 그러던 것이 압구정동 로데오 거리로 몰려가더니 한동안 신촌이 주 무대로 바뀌었다.

신촌 홍대 앞은 예술의 거리로 한동안 자리매김 되어 주말이면 홍대 앞 전철 역사 앞은 혼잡하기 이를 데 없었다. 각종 거리 예술공연이 홍대 주변에서 펼쳐져 많은 관객이 운집했었다. 그러더니 몇 년 전부터 싸이의 강남스타일이 전 세계에 후폭풍을 몰고 오면서 강남 거리가 젊은이들의 명소가 되었다.

패션 거리가 젊은 열기와 함께 강남을 물들이고 있다. 물뽕이라는 신종 마약과 재벌 3세들의 성적 타락상이 이슈로 떠올랐던 아레나 지하 나이트클럽. 지하 주차장 옆으로 활짝 핀 튤립이 색상 경연을 펼치고 있다.

빨강. 노랑. 보라. 주황.

쾌락의 센터였던 클럽은 성폭행과 권력 유착 조세 포탈의 대명사처럼 되어버렸다. MD라는 영업직원이 성매매의 알선책이었다. 그들은 공권력과 유착해 비리를 양산했는데 목 금 토 일요일 4일간 영업에 50억 원의 매출액을 올렸다고 한다.

하루 입장객만 1,300명에 이르고 직원만 400명이 넘는 아레나는 남자는 돈에 의해 여자는 외모에 따라 등급이 매겨져 성적 타락의 온상지가 되었다. 테이블당 수억을 호가하는 범죄 온상지 클럽은 연예인과 금융업 종사자들 운동선수 등이 이용했는데 그만큼 범죄 수위도 높았다.

물뽕 등 마약 투약은 주로 재벌 3세 등의 유학파를 중심으로 이루어졌고 미모인 젊은 여자들은 불법촬영과 성관계 동영상으로 악용되었다. 이 모든 범죄의 주요 인물인 모 연예인은 증거 불충분으로 영장이 기각돼 자유의 몸이 되었다. 청와대 게시판까지 올라간 그의 기각 사건은 많은 국민들의 공분을 샀는데 J

도 그중의 하나였다.

J의 딸 영현은 아레나 클럽이 마주보이는 S기업에 근무하고 있었다. 빼어난 외모로 연예인이 되라는 제의도 많이 받았다. 사람들은 그녀를 볼 때마다 말했다. 요즘 가장 잘 나가는 여배우 양○○를 닮았다고. 실제로 영화배우인 줄 알고 사인을 해달라고 조르는 청소년들도 있을 정도였다.

하지만 그녀는 모두 뿌리치고 평범한 직장인이 되기 위해 엄청난 경쟁률을 뚫고 입사에 성공했다. 어릴 때부터 신앙으로 다져진 몸과 마음은 어떤 유혹도 넉넉히 이겨내리라 스스로 믿고 있던 터였다.

수십 대 일의 경쟁률을 뚫고 시작한 직장생활이 2년이 못 돼 삐걱대기 시작했다. 수없는 긴장감 속에 상처와 스트레스가 쌓이면서 만성피로와 무기력증이 심화됐다. 한마디로 번아웃이 된 것이다. 그러던 어느 날 직장 동료의 꾀임에 빠져 클럽에 발을 들여놓기 시작했다.

클럽은 직장 맞은편 호텔 지하에 있었고 퇴근하면 곧바로 달려가 합류했다. 그녀가 연예인인 줄 착각한 MD들은 최상급으로 예우했다. 클럽은 입구부터 분위기가 달랐다. 클럽의 조명과 음악은 정신을 마비시키는 마취제 같았다.

환각에 취한 듯 음악에 몸을 맡기고 춤을 추노라면 남자들이 주위에 까맣게 몰려들었다. 개중에는 TV에 나오는 낯익은 얼굴도 있었다. 연예인이었다. 그 얼굴은 보는 순간 이상하게 마음이 안정됐다. 열기와 흥분 속에는 불안도 뒤엉켜 있었는데 낯익은 얼굴이 바로 눈앞에서 손짓을 하자 마음이 적이 안정된 것이다.

그래도 공인(公人)인데.

영현은 음주 가무는 전혀 좋아하지도 않고 소질도 없지만 이상한 열기에 들떠 연예인으로 보이는 그들과 합류했다. 그들은 영현이 외모를 두고 끝도 없이 칭찬했다. 원하면 얼마든지 연예인으로 데뷔시켜 주겠다는 약속까지 했다.

순간 영현의 뇌속에는 지긋지긋한 직장생활을 끝내고 싶다는 생각이 솟구쳐 올라왔다. 까짓 한번 살다 가는 인생인데 이참에 행로를 확 바꿔 봐?

첫날은 그런대로 넘어갔다. 클럽의 VIP 주 고객이라는 젊은 남자는 매너도 좋았고 친절하게 대해 주었다. 헤어질 때는 택시 타고 가라며 수표까지 던져주었다. 돈의 위력이 한순간에 느껴지면서 영현은 몽롱한 환상에 빠졌다.

이튿날 직장에 출근했는데 전혀 스트레스가 느껴지지 않았고 퇴근 후 클럽에 가 몸을 풀 생각을 하니 저절로 기운이 났다. 동료는 클럽에 관해 모르는 게 없었다. 이름만 대면 알만한 연예인의 명단을 꿰면서 모종의 거래를 암시하기도 했다.

듣는 순간 정신이 번쩍 들었다. 이러다간 한 방에 가겠구나, 조심해야지.

그러나 퇴근과 동시에 발걸음이 저절로 클럽으로 향했다. 언제 소문이 났는지 직장 동료들은 모두 그녀를 클럽 걸로 불렀다. 엎드리면 코 닿는 거리였다. 주머니에는 돈이 항상 두둑했다. 남자가 현금카드를 제의했지만 거절했다. 나중에 흔적을 남기고 싫지 않아서였다.

클럽은 환락적인 분위기라 마약과 같았다. 한번 발을 들여놓으면 끊을 수 없는 마력이 수시로 그녀를 이끌었다. 직장에서 근무하다가도 클럽의 분위기가 떠올라 일을 그르칠 정도였다. 수시로 판단력이 흐려지고 실수가 잇따랐다. 이성이 마비됐는지 별일 아닌 것 같고도 불같이 화를 내곤 했다.

그런 날이면 클럽에 달려가 더 미친 듯이 춤을 추었다. 그리고 클럽에서 만난 남자들과 술잔을 부딪치고 제3의 장소로 옮겨 2차 3차를 갔다. 나중에는 클럽의 MD가 지정해 주는 오피스텔로 가 환락파티에 빠졌다. 클럽의 VIP고객이라는 남자가 건네주는 술잔을 받고 그대로 정신을 잃은 것이다.

나중에 정신을 차렸을 때는 온몸이 만신창이가 되어 있었고 전혀 기억이 떠오르지 않았다. 직장에 무단결근한 것은 기정사실이다. 정신 상태도 문제려니와 온몸이 피멍이 들어 도저히 외출할 수조차 없었다. 하체에는 피가 흥건하게 고여 있었다.

짐작건대 밤새 성적 농락과 학대가 이루어진 모양이다. 후회가 밀물처럼 몰려왔지만 이미 때는 늦어 있었다. 제대로 된 판단이 서지 않았다. 매사에 변별력이 떨어지고 미칠 듯한 공포가 몰려왔다. 병원에 가 진정제를 맞고 난 영현은 동료에게 사직서를 대신 제출해 줄 것을 부탁했다.

심각한 사고를 당해 도저히 출근할 형편이 못 되니 알아서 처리해 달라고 했다. 이미 직장에는 그녀에 대한 소문이 일파만파 전해져 있었다. 클럽에 출근하다시피 도장을 찍더니 드디어 인생 쫑났구나. 인생 퇴출이란 단어가 그녀의 머릿속을 떠다니던 어느날 그녀는 모르는 남자의 호출을 받았다.

논현동에 있는 모 오피스텔로 와 달라는 부탁이었다. 아니 명령이었다. 그는 다짜고짜로 이름부터 확인하더니 은근 협박조로 말하며 액수까지 제시했다. 순간 그녀는 머리를 둔기로 얻어맞은 것처럼 큰 충격에 휩싸였다.

덫에 걸린 것이다.

직장 동료에게 전화를 걸어 도움을 요청했지만 그녀는 이미 직장을 퇴사하고 전화번호마저 바꾼 상태였다. 이제는 옴짝달싹 할 수 없는 올가미에 걸린 것이다. 영현은 남자에게 사정했다. 며칠 전 오피스텔에 들렀을 때 온몸이 피멍 상태라 도저히 움직일 수가 없다고 했다.

그러나 남자는 듣지 않았다. 상관없으니 시간 맞춰 약속장소로 가라고 했다. 생각은 강한 거부 의사를 나타냈지만 입에서 전혀 엉뚱한 말이 나왔다.

"네, 알았어요."

온몸에서 기운이 빠져나가 일어설 수조차 없었으나 영현은 오피스텔을 향해 걸어갔다. 강남 네거리를 건너고 호텔 틈새를 비집고 들어선 오피스텔은 강한 소독 냄새가 진동했다. 마약 도구를 소각하고 냄새를 없애기 위해 후처리를 한 때문이었다.

그녀가 오피스텔 입구에 막 도착할 때였다. 갑자기 경찰 사이렌 소리가 들리더니 기자들이 몰려들었다. 사방에서 카메라 불빛이 터졌다. 그녀는 본능적으로 몸을 인파 속에 숨겼다. 핸드백

속에 숨겨 두었던 선글라스를 꺼내 쓰는 동안 누군가 그녀를 향해 사진을 찍었다.

잠시 후 핸드폰에서 벨이 요란하게 울렸다. 엄마의 전화였다. 정신없이 돌아서는 순간 누군가 그녀의 팔목을 강하게 붙잡고 늘어졌다.

"약속은 지켜야지."

"이 손 당장 놔욧!"

어디서 그런 용기가 났을까? 그녀는 소리를 꽥 질렀다. 당장 사람들의 시선이 그녀에게 집중했다. 경찰 제복이 그녀에게 다가오면서 물었다.

"무슨 일입니까?"

"이 사람이 아까부터 자꾸 만지려고 했어요."

사람들 입가에 묘한 비웃음이 번지는 순간 남자가 군중 속을 뚫고 대로변을 향해 쏜살같이 도망쳤다. 아득한 현기증이 몰려왔다. 영현은 순간 생각했다.

나도 떠나야 한다.

낯모르는 곳으로.

그 이후의 생각은 떠오르지 않았다. 지나가는 택시를 무조건 올라탔다. 택시 기사가 어디로 모실 거냐고 몇 번이나 반복했지만 너무 떨려서 말이 나오지 않았다.

기사가 후면경으로 그녀를 바라보더니 묘한 미소를 지었다. 호기심이 잔뜩 표정으로 그는 재차 물었다.

"손님 어디로 모실까요?"

"네? 터, 터미널요."

"터미널 어디요? 동서울 터미널이요? 아님 강남 고속터미널
요?"

"그냥 아무 데나……."

"네? 농담 마시고 빨리 결정하세요. 이 한강다리 건너면 다시
유턴도 못 한다구요."

집으로 갈까? 그랬다가 그쪽 사람들이 닥친다면? 몸이 덜덜
떨렸다. 순간 자신이 추리소설의 한 대목을 쓰고 있는 건 아닌
가 착각이 들었다. 범죄영화의 한 장면도 떠올랐다.

되도록 멀리 도망쳐야 한다. 그것도 아주 멀리. 불길한 상상
드라마 머릿속에서 끝도 없이 펼쳐졌다. 이러다간 피해망상증
환자가 되겠구나.

"동서울 터미널로 가 주세요. 빨리요."

"드디어 결정을 하셨네요. 그럼 지금부터 밟겠습니다. 세게."

기사는 후면경으로 그녀를 여전히 훔쳐보며 기분 나쁜 투로
말했다. 택시가 터미널에 닿자 영현은 습관적으로 카드를 내밀
었다. 기사가 카드를 받으려는 순간 그녀는 큰소리로 외쳤다.

"아저씨 잠깐만요!"

그녀는 기사의 손에서 낚아채듯 카드를 빼앗고는 만 원짜리
지폐를 내밀었다.

"거스름돈은 필요 없어요."

택시에서 내리자 따가운 볕이 그녀의 발길을 가로막았다. 횡
단보도 앞에 수많은 사람들이 모여 있었다. 길가에 좌판을 벌인

상인들이 손짓을 하며 호객행위를 했다. 그때였다. 터미널 출입구 쪽에서 선글라스를 낀 남자 서너 명이 자기들끼리 신호를 보내며 소리치고 있었다.

순간 영현의 발걸음이 그 자리에서 얼어붙었다. 극한의 공포가 몰려오면서 정신이 일시 정지되는 것 같았다. 그러나 고개를 숙였다 다시 드는 순간 그들은 사라지고 없었다. 그녀는 무작정 창구로 달려가 승차권을 끊었다. 그리고 정신없이 고속버스에 올랐다.

선글라스를 낀 상태로 바깥풍경을 보니 세상이 너무 어두워 보였다. 사람들은 모두 긴장된 표정으로 도착지를 향해 급히 발걸음을 옮기고 있었다. 영현은 자신도 모르게 자꾸만 핸드백을 움켜쥐었다. 스마트폰에서는 계속 문자 수신을 알리는 발신음이 울렸다.

손이 덜덜 떨려 문자를 확인할 수가 없었다. 그러나 어느새 그녀의 눈은 문자메시지를 들여다보고 있었다. 그녀의 안전을 걱정하는 엄마의 문자메시지가 9통이나 와 있었다. 나머지는 급전 대출을 알리는 스팸 문자였다. 시외버스 운전기사가 승객 수를 확인하더니 안전벨트 맬 것을 지시했다.

안전벨트를 매면서 영현은 아차 싶었다. 도착지를 제대로 확인 안 한 것이다. 급한 나머지 창구로 달려가 표를 끊고 무작정 올라탄 것이다. 승차권을 확인한 순간 휴 소리가 났다. 시외버스에 올라타는 순간 기사가 확인한 것을 무심코 지나친 것이다.

그러면 그렇지.

　시외버스는 강변도로를 지나 점점 북쪽으로 진입했다. 신도시 아파트 군단을 지나더니 엄청난 호수를 끼고서 사행길로 접어들었다. 도로명도 꼬부랑길이었다. 2킬로가 넘는 터널도 여러번 지나고 드디어 도착지에 닿았다. 주변이 대부분 농경지에다 군 주둔지역인 소읍이었다.

　생전 처음 보는 낯선 풍경이 두려움을 불러일으켰다.

　대학 다닐 때 군 입대를 앞두고 명현에게 읍소하던 경민이 생각났다. 경민은 그녀가 속한 미디어학과는 물론 단과대학에서도 못 생기고 형편없기로 유명했다.

　그래도 보는 눈은 있어서 남자라면 누구나 선망하는 영현을 마음에 두고 대시를 한 것이다. 그것이 통하지 않자 군 입대를 앞두고 눈물로 호소하기에 이른 것이다.

　집안이 가난한 그는 졸업하자마자 서둘러 입대했는데 모두들 하는 말이 그는 반드시 군(軍)에 말뚝을 박을 것이다 라고 했다. 왜냐하면 그는 추레한 외모 때문에 취업이 요원할 것을 지레짐작한 것이다.

　지나가는 군인들을 보자 느닷없이 그가 생각났다. 그가 나를 좋아했던 건 진심이었을까? 남자한테 과연 진심이 있는 걸까?

　영현은 클럽에서 만났던 대부분의 남자를 보면서 결론 내린 게 있었다. 남자들한텐 진심이란 게 없다. 남자들이란 하나같이 사랑과 욕정을 구분 못 하는 짐승 같은 본능만 있을 뿐이다.

　겉으로는 인간성 운운하면서 매너 좋은 척하는 놈일수록 때에 따라 더 잔인한 면모를 보이고 여자를 물건 취급하듯 한다. 못

생긴 남자일수록 더 많은 여자를 소유하고 싶어하고 매너가 엉망이다. 피해의식이 강하고 거칠고 이기적이다. 예전에 엄마가 하던 말이 있었다.

"열 계집 싫다는 남자 없다더라. 남자는 아무리 착해 봤자 다 거기서 거기다. 멀쩡하게 가정 잘 지키고 살던 남자도 돈벼락 맞아봐라, 백 퍼센트 천 퍼센트 바람 핀다. 한마디로 돈 지랄을 하는 거다."

그러나 성도덕의 타락과 쾌락이 보편화된 현대에서는 그 말도 통하지 않는다. 인터넷의 해악으로 자살사이트와 성매매는 이미 보편화된 상식 수준에 와 있기 때문이다. 공권력의 힘으로 아무리 성매매를 근절시킨다 해도 효과는 미지수이다. 항상 그렇다.

그러게 요즘 세상은 비혼이 대세처럼 여겨지고 경제를 빌미로 출산 기피 현상이 극에 달해 백약이 무효인 시대가 된 것이다. 그렇다면 나를 향해 그렇게 간절하게 애원했던 경민의 눈길은 무엇이었을까?

못생기고 미래가 안 보인다는 이유로 여러 여자들로부터 거절당했던 경민의 진심은 어떤 류의 감정이었을까? 감정을 색깔이나 순도(純度)로 나타낸다면 경민은 어느 정도였을까?

영현은 터미널 근처에 있는 편의점에서 도시락으로 늦은 저녁을 때웠다. 해는 벌써 기울어져 땅거미가 지고 있었다. 터미널 근처는 음식점과 상가만 몇 있을 뿐 그 흔한 다이소 하나 없었다. 그런데 이상한 건 요란한 불빛이 켜진 곳마다 모텔 아니면 여관이었다.

영현이 도내 버스 정류장을 지나 모텔 입구를 지날 때였다. 체격이 작은 군인 한 명이 여자의 허리를 껴안고 모텔 계단을 올라서고 있었다. 그런데 그의 옆모습이 어딘지 모르게 낯이 익었다. 남자는 이미 술에 만취한 듯 걸음이 흔들렸다.

소리를 고래고래 지르던 남자의 목소리도 어디서 많이 듣던 목소리였다. 자신도 모르게 가까이 다가가려는 순간, 남자가 군인 베레모를 옆으로 돌리더니 바닥에 침을 퉤 뱉었다. 그러더니 갑자기 영현을 손가락으로 가리키며 말했다.

"너 이영현 맞지? 나 아까부터 니가 터미널에 내릴 때부터 쭉 지켜보고 있었어. 혹시나 했는데 진짜였네."

영현은 순간적으로 영혼이 이탈된 듯한 착각을 일으켰다. 경민이 바로 눈앞에서 자신을 힐난하고 있었다. 그동안의 세월을 뛰어넘어 우연이라는 기정사실 앞에서 뭔가 따지듯 말하는데 상당히 기분 나쁜 말투였다.

아무리 만취 상태라 해도 비아냥조였다. 그를 부축하고 있던 여자가 그의 뺨을 갈기며 말했다.

"오라. 니가 그렇게도 오매불망하던 여자가 바로 이 여자였냐? 망할 자식! 그러면서 왜 잠은 나랑 자? 이 호랑말코 같은 자식아."

여자는 경민의 정강이를 발길로 힘껏 차더니 그대로 돌아섰다. 영현을 향해 힘껏 눈을 흘기고는. 영현 역시 그에게서 돌아섰다.

돌아서는 영현에게 경민이 뇌까렸다.

"나, 너에 대한 동영상 본 적 있다. 니가 어떤 놈들하고 붙어서 너도 그런 년이었냐?"

순간 영현의 두 손이 경민을 향해 거침없이 뺨따귀를 날리고 있었다.

"너도 그런 놈들하고 똑같은 거 아니었니? 나쁜 자식."

재수 없는 새끼. 너도 내가 만났던 그놈들하고 하등 다를 바 없는 놈이었구나. 조금 전까지 경민의 감정의 순도에 대해 생각했던 것에 대해 부끄러움과 자책이 일었다. 꼴에 너도 사내라고 똑같은 놈이었구나.

성관계 동영상이 유출되었을 거란 생각을 안 한 건 아니었다. 하지만 얼굴까지 적나라하게 나갔을 거라곤 상상도 못했었다.

동영상은 단톡방뿐 아니라 인터넷 사이트를 통해서도 교묘하게 퍼져나가고 있었던 모양이다. 이제 얼굴 쳐들고 살긴 힘들게 됐다. 그동안 남자들이 자신을 향해 짓던 비웃음의 정체를 알 수 있을 것 같았다.

20년 전엔가 디바로 불리던 여가수의 성관계 동영상이 유포되었을 때 엄청난 파장을 일으켰던 때가 있었다. 언젠가 그녀가 방송에 출연해 그때를 회고하며 말했었다.

"빌딩 옥상으로 올라갔을 때였어요. 이 정도에서 뛰어 내리면 확실하게 죽을 수 있는 걸까?"

관객들은 그녀를 향해 동정의 눈빛을 보냈다. 십 년의 세월이 지난 후 그녀는 동종업계의 연예인과 결혼해 가정을 꾸렸고 예쁜 딸도 낳아 키우고 있다. 그러나 그 후로 들려오는 소식에 의하면 가정이 평탄치 않은 것만은 틀림없다.

그렇다면 나도?

영현은 두려움으로 가슴이 바작바작 조여 왔다. 무작정 도내 버스를 올라타고 아무 데나 내렸다. 논밭 한가운데 무인텔이 보였다. 가끔 인터넷상에서 무인텔에 관한 기사를 읽은 적이 있다. 종업원이 없는 무인텔. 영현은 천천히 무인텔을 향해 걸어갔다. 아무도 없는 저곳이라면 죽기에 안성맞춤 같았다.

걸음이 천근만근 늘어졌다. 사방에서 불어오는 더운 바람에서 훅 열기가 느껴졌다. 스마트폰에서 계속 진동이 울렸다. 귀찮아 꺼버리려다 문자메시지가 와 있는 걸 확인했다.

남동생이 보낸 문자메시지에는 엄마가 심장수술을 하기 위해 입원했으니 빨리 돌아오라는 내용이었다. 마지막일지도 모른다는 암시도 적혀 있었다. 다시 돌아가기에는 늦은 시각이었다. 이미 막차도 끊겨 있었다.

그녀는 무인텔에 도둑처럼 들어가 밤을 지내고 이튿날 아침 시외버스 터미널에 도착했다. 영현이 막 서울행 시외버스에 오르려는 순간 낯익은 얼굴이 지나가며 말했다.

"영현아, 나 너에 대한 동영상 아무것도 안 봤다. 그거 다 내가 꾸며낸 거짓말이다."

망할 자식, 누가 그 말을 믿을 줄 알고.

영현은 그의 등 뒤에 대고 큰 소리로 말했다.

"야! 이 멍청한 놈아, 너도 그놈들과 똑같은 놈이야 알겠어."

어머니의 심장수술은 가족이 꾸며낸 거짓말이었다.

"세월 지나면 다 잊혀지는 법이란다. 걱정 마라. 다신 그런 꾀임에 안 넘어가면 되는 거란다."

"그래도 마음에 남은 흔적은 안 없어지잖아."

"성령의 능력으로 이겨내야지. 죄와 피 흘리기까지 싸우는 법밖에 없단다. 이 유혹 많은 세상에 덫에 걸리지 않으려면 늘 성령으로 무장해 죄짓는 장소에는 가지 말아야지. 그 죄가 주는 쾌락보다 더 큰 만족을 주시는 이를 바라봐야지."

차라리 비난이라도 했다면 덜 부끄러울 텐데.

그런데도 마음이 안정되고 힘이 나니 너무 뻔뻔한 거 아닌가. 계속 동영상이 퍼져나간다면 이 일을 어떻게 감당한단 말인가. 유출을 막아야 하는데. 인터넷에서는 동영상의 유출에 대한 기사가 실시간별로 올라와 있었다.

경민이까지 알게 된 걸 보면 동영상이 급속도로 퍼져 나간 건 거의 기정사실이다. 영현은 언젠가 강남 거리를 지나며 보았던 수없이 많던 성형외과 건물을 떠올렸다.

이참에 성형수술을 해버려?

그러나 가슴에 남은 큰 생채기는 결코 못 지울 것 같았다. TV 뉴스에서는 아레나 클럽에 대한 탈세와 유명 연예인의 성매매 그리고 재벌 3세들의 신종 마약 물뽕에 대해 시시각각으로 보도하는 영상이 떠올랐다. 누군가 말했었다.

"난 재벌도 강남 졸부도 정치인도 부럽지 않아, 돈만 많으면 뭘해? 매일 피 튀기는 경쟁 속에서 불안 속에 살잖아, 내가 아는 강남 졸부는 위가 안 좋아 매일 죽만 먹는다더라. 밤에는 불안 때문에 수면제 없이는 잠도 못 이룬대. 그게 진짜 행복일까?

난 그들보다 가진 건 없어도 내가 훨씬 행복하다고 생각해. 난 없어서 못 먹어. 등만 붙이면 잠이 와, 대궐 같은 집 없어도 마음 하나는 편해. 돈 많은 재벌 하나도 안 부러워, 돈 많으면 뭘 해? 돈 처들여 유학 보내면 마약이나 하는 걸."

날마다 좌불안석이었다. 아무리 긍정적으로 생각하려 해도 스스로 위안점을 찾으려 해도 불안이 끝도 없이 가슴을 치받고 올라왔다. 가끔 환상도 환청도 들려왔다. 마약에 취한 것도 아닌데 비슷한 증상이 몸과 마음을 휘몰아쳐 멘붕에 빠지는 것이다.

한번의 실수가 아니었다. 동료의 꾀임에 빠진 건 실수라 쳐도 이후에는 스스로 자초한 거였다. 클럽은 그렇게 마약 같은 분위기로 이성을 마비시키고 쾌락으로 이끌었다. 의지와 상관없이 도둑처럼 의식을 점령하고 조종했다. 의지는 쾌락의 하수인이 되었다.

인간의 의지로는 그 어떤 쾌락의 힘을 끊을 수 없다. 노예가 될 뿐이다. 그런데도 왜 사람들은 스스로 쾌락의 종이 되기를 자처하는 걸까. 거기에는 마약과 같은 중독성이 있기 때문이다. 길고 긴 방황이 시작되었다. 가만히 있어도 악마의 유혹은 생각을 통하여 찾아왔다.

버닝썬의 화려한 조명과 환락적 분위기. 불나비처럼 모여드는 남자들의 시선과 몸놀림. 쾌락의 대가로 주어진 엄청난 액수의 현금다발. 뒤엉킨 생각 속으로 혼곤한 잠이 몰려왔다. 매일같이 미로를 헤매는 악몽을 꾸었다. 끊임없이 누군가에게 쫓기다 출구를 찾아야 하는데 전혀 보이지 않았다.

그러다 누군가 뒤에서 목을 움켜쥐는 손이 있었다.

헉!

숨이 막히는 순간이었다. 본능적으로 몸을 뒤로 젖히며 소리를 질렀다.

억! 억!

소리는 목 안에 갇혀 새어나오지 않았다. 이대로 죽는구나. 그때였다. 누군가 그녀의 귓가에 대고 가만히 말했다.

"저길 보렴."

간신히 눈을 떠 앞으로 바라보는데 어둠 속에 흰옷 입은 천사가 보였다. 그 뒤에 울고 있는 여인의 모습도 보였다. 어머니였다.

어, 엄마!

목을 움켜쥐고 있던 손아귀의 힘이 점점 약해지더니 스르르 풀렸다. 잠에서 깨어나니 온몸이 땀으로 젖어 있었다. 엄마가 그동안 나 위해 열심히 기도하고 계셨었구나. 이상하게 기운이 났다. 오랜만에 밥상에 앉아 맛있게 식사를 했다. 그동안 나를 클럽으로 이끌었던 힘은 무엇이었을까.

그 강한 마력의 힘을 나는 왜 이기지 못하고 계속 클럽으로 향했던 걸까. 내가 그동안 믿고 의지했던 신앙의 힘은 왜 나를 왜 지켜주지 못했던 걸까. 그때 내부에서 음성이 들려왔다.

그건 바로 네 탓이야.

그럼 네 탓이지. 니가 네 마음을 지키지 못한 거잖아. 신이 주신 자유의지를 스스로 팽개쳐놓고 누구 탓을 하는 거니? 무엇이든 선택에 대한 결과는 스스로 지는 거야.

내 탓이라고?

그러나 스스로 정죄할 만큼 큰 잘못을 저지른 것 같진 않다. 클럽의 분위기를 이용한 마수의 손길을 피하지 못해 일이 벌어진 것뿐이다. 나는 어디까지나 피해자일 뿐 정죄 받고 심판받아야 할 인간들은 바로 그들이다. 영현은 수시로 생각과 전쟁을 벌였다.

때론 망상이 찾아와 괴롭혔고 강한 음성이 들려와 안정되는가 싶으면 자책의 음성이 곧바로 자신을 공격했다. 불안과 평안이 빗금 치듯 마음을 점령했다 사라졌다. 자책과 두려움도 한동안 점령하다 사라지는가 싶으면 어느새 긍휼의 음성이 찾아와 자신을 격려했다.

누구나 실수할 수 있단다. 후회하는 순간 돌이키고 자신과 화해하고 용서하는 거란다. 어둠이 깊을수록 빛은 더 강하게 비춰오는 거란다. 자! 자리에서 일어나라. 내가 네 손을 잡아 주리라.

그런데 전 그, 손을 잡을 수 없어요. 제 잘못이 너무 크거든요.

내가 내미는 손을 잡기만 해라. 내가 네 미래를 책임지고 이끌어 주리라.

미래라구요?

정신이 번쩍 들었다. 그래 바로 그거였어, 내가 두려워하던 형체의 그림자가 바로 그거였던 거야.

마음속에서 어둠이 점점 밀려나고 함성이 들려오기 시작했다. 어둠을 이기는 빛의 함성이었다. 영현은 자리에서 일어나 밖으로 나갔다. 미세먼지가 사라진 하늘은 햇살을 사람들 마음속에 골고루 뿌려주고 있었다. 집을 나온 영현은 한강대교를 건너 대형 십자가 탑 앞에 섰다.

때마침 점심시간이라 그런지 많은 직장인들이 공원 벤치에 앉아 휴식을 취하고 있었다. 원두커피 잔을 들고서 담소를 나누던 젊은 남녀들이 그녀가 지나가자 일제히 쳐다보았다. 호기심 어린 눈빛으로 동물원 구경하듯.

순간 영현은 가슴이 철렁했다. 클럽에서 만났던 남자들과 투숙했던 오피스텔이 떠올랐다. 경민이 보았다던 동영상 장면도 떠올랐다. 가슴이 방망이질을 시작했다. 죄책감과 수치심이 머리를 뒤집어쓰고 일어났다.

아득한 현기증이 일면서 몸이 공중에 붕 뜨는 것 같았다. 그때였다. 그녀를 바라보고 있던 젊은 여자가 다가오더니 말했다.

"혹시 지난번 TV 예능 프로그램에 출연했던 연예인 아닌가요?"

"네에? 연예인요?"

그러자 옆에 원두커피 잔을 들고 서 있던 또 다른 여자가 말했다.

"아침 드라마에 출연하신 적 있으시죠?"

영현은 잠시 정신이 멍 때리는 것 같았다.

연예인이라니? 황당하기도 했지만 방금 자신이 느꼈던 혹시 유출됐을지도 동영상에 대한 두려움이 또다시 떠오르면서 멘붕 현상이 일었다. 이러다가 공황장애 패닉 상태가 되겠구나. 영현이 긍정도 부정도 않자 그들은 그녀를 연예인으로 단정하는 모양이었다.

"그래, 내 말이 맞잖아. 그 여자랑 꼭 닮았다니까."

"사인해 달라고 할까. 그런데 화면보다 실물이 훨씬 예쁘지 않니? 얼굴도 몸매도 정말 환상이다."

"정말 감사합니다. 감사합니다."

영현은 고개를 푹 숙이며 감사 표시를 했다.

"어머, 감사라니요? 저희가 영광이죠? 겸손하시기까지 하시네요."

그들은 영현을 정말 예능 프로그램에 출연했던 연예인으로 착각한 모양이었다. 남자들도 커피를 마시다 말고 그녀에게 집중하며 말했다.

봐, 영화배우 맞다니까. 그런데 왜 매니저도 없이 혼자 온 걸까?

야! 연예인은 뭐 혼자 다니지 말라는 법 있냐?

하긴. 그런데 정말 예쁘다, 완전 죽인다 죽여.

남자들은 한술 더 떠 그녀의 외모를 칭찬했다. 햇살이 점점 따갑게 내리쬐기 시작했다. 강바람이 목덜미를 휘감듯 지나갔다. 녹색 풍광이 빌딩과 도로 양편으로 늘어서서 지친 마음을 위무하고 있었다. 누적된 스트레스를 한 방에 날려 보라고 그곳에도 지하나이트 클럽이 있었다.

사람들이 지나는 도로 한가운데 횡단보도 앞에서 커다란 십자
가를 가슴에 안고서 안타깝게 외치는 사람이 있었다. 가슴에 십
자가를 붙인 그는 노방 전도자였다. 그는 두 주먹을 불끈 쥐고
외쳤다.

"길은 한 길밖에 없습니다. 유일한 구원의 길 십자가 앞으로
나오십시오, 때가 악합니다. 더 이상 머뭇거릴 시간이 없습니다.
십자가 외에는 달리 구원받을 길이 없습니다. 주님께서 말씀하
셨습니다. 내가 주는 평안은 세상이 주는 것과 같지 아니하니
너희는 근심도 말라……."

사람들은 그의 곁을 지나며 비웃거나 모른 체 그냥 지나쳤다.

누가 듣는다고……. 지 목만 아프지.

그렇게 말하는 사람은 방금 전 영현에게 연예인이 아니냐고
말한 직장인이었다. 전도자 옆으로 잘린 두 다리를 고무판으로
동여맨 장애인이 바닥을 끌며 지나갔다. 그가 파는 좌판에는 수
세미와 바퀴벌레 잡는 약이 잔뜩 실려 있었다. 그 밑으로 배터
리가 달린 녹음기가 장착돼 계속 노랫가락이 흘러 나왔다.

> 큰 슬픔이 거센 강물처럼 네 삶에 밀려와
> 마음의 평화를 산산 조각 내고
> 가장 소중한 것들을 네 눈에서 영원히
> 앗아갈 때면 네 가슴에 대고 말하라
> 이 또한 지나가리라

가사가 심금을 울렸다.

이 또한 지나가리라. 이 또한 지나가리라.

이 또한 지나가리라.

눈물이 볼을 타고 흘러내렸다. 아픔도 상처도 곧 지나가리라. 곧……

감사합니다. 감사합니다. 나를 지켜주셔서 감사합니다. 감사합니다. 밑도 끝도 없이 자꾸만 감사가 흘러나왔다. 그러고 보니 엄마의 기도가 결코 헛된 것이 아니었구나. 언젠가 들은 간증 이야기가 생각난다.

그는 미국에서 가장 잘 나가는 금융인이었다. 일류대학을 수석으로 졸업하고 가장 유망하다는 직장에 취업해서 억대의 연봉을 받았다. 그가 가장 하기 쉬운 일은 돈을 버는 것이라고 했다.

매일 돈을 흥청망청 쓰는데도 말할 수 없는 허전함이 몰려왔다. 급기야 그는 술중독과 마약 중독에 빠졌다. 그럴수록 허망함으로 미칠 듯이 괴로움만 커졌다. 자살을 시도하려는 어느날 그는 인생 최대 만족을 주시는 절대자를 만났다. 그것도 기적적인 방법으로.

사람들은 그가 만난 절대자와 그가 체험한 신의 존재에 궁금해 하면서도 그가 가진 신적 능력에 대해 더 집착했다. 그가 개최하는 집회 현장마다 엄청난 기적이 나타났기 때문이다.

사람들은 하나같이 말했다. 왜 자기한테는 절대자가 그런 식으로 만나주지 않았을까? 만일 그랬다면 그들은 과연 그처럼 돈 버는 능력을 내려놓고 절대자에게 순종했을까?

자신의 모든 기득권을 내려놓고 힘겨운 영적 전쟁터 속으로 스스로 걸어 들어갔을까? 그는 절대자에게 순종함으로 많은 어려움에 직면했지만 영적 기쁨 또한 얻었다. 탁월한 신적 능력으로 명성도 얻었지만 그만큼 자유의지도 제한받았다. 자신의 의지보다 영적 사명감이 더 중요했기 때문이다.

그는 많은 것을 포기한 만큼 또 많은 것을 부여받았고 많은 사람들에게 영적 에너지와 영적 소망을 불어 넣었다. 그리고 세상이 주는 쾌락보다 진리의 기쁨이 주는 위대함을 많은 사람들에게 전했다.

사람들은 누구나 고지에 오르고 싶어한다. 그곳이야말로 인생 최대의 희락이 있다고 믿기 때문이다. 그래서 올라갔다고 치자. 그 다음은?

내려오는 일밖에 더 있을까? 누가 그 자리가 안전하다고 말했을까? 그곳이 행복이 보장되고 만족감을 준다고 가르쳤던가?

영현이 방황과 도피를 끝내고 왔을 때 버닝썬은 새로 개업을 오픈하고 또 다른 고객들을 유치하는 데 성공하고 있었다. 나쁜 기억은 사람들의 뇌속에서 빠르게 사라지고 쾌락은 일변도로 사람들의 뇌를 계속 잠식해 가고 있었다.

마음속에 빛과 어둠이 교차하면서. (2020년 한국소설)

그녀, 어느 날

그녀의 죽음은 어느 정도 예감한 터였다.

이전에도 그녀는 늘 죽음을 예비하고 있었다. 동맥을 끊고 차량 속으로 뛰어들기도 여러 번, 그녀는 마치 자신의 죽음을 광고하는 듯했다. 그녀는 자신의 죽음에서 무언가 확실히 말하고 싶어 했던 게 틀림없다. 자신의 피맺힌 절규와 한스런 고통을.

그래서 죽음을 시위처럼 벌이고 주위의 관심을 끌고 싶어 했던 것이다. 그녀의 죽음은 한마디로 자신이 계획하고 꾸며낸 자작극이었다. 그녀의 어머니는 거의 제정신이 아니었다. 나를 보자마자 자리에 주저앉으며 울부짖었다.

"그래도 설마 설마 했는데 그렇게 가 버릴 줄이야."

"뭐라고 드릴 말씀이 없네요."

"세상에 참척 참척하더니 내가 그 꼴을 당할 줄 누가 알았겠수."

정말이지 뭐라 할 말이 없었다. 그녀는 저런 어머니의 모습을 상상이나 했을까. 그녀는 주변사람들에게 도통 무관심이었다.

"저 이제 곧 죽을 거예요."

크리스마스를 2주 앞둔 날이었다. 그녀는 당당하게 아니 고즈 넉한 표정으로 말했다. 그러나 한편으론 관심 받고 싶어 안달난 표정이기도 했다.

"제가 죽으면 꼭 소설로 써서 발표해 주세요."

"무엇을요?"

"행동이 느리고 마음이 여려 터진 여자 이야기요."

나는 그녀의 얼굴을 보다가 울컥 안에서 치미는 역겨움을 느 꼈다. 십 대의 어린 나이도 아니면서, 그녀는 너무 감성적인 게 흠이었다. 어린아이처럼 보호받고 싶어하고 끊임없이 관심 받고 싶어 안달이었다. 이전에도 그녀와 비슷한 경우를 본 적이 있 다. 성인아이 증후군이었다.

성인아이란 심리학적 용어로 몸은 어른이면서 마음은 어린 아 이 같아서 아이처럼 말하고 행동하는 증상을 말한다. 한마디로 어릴 때 받지 못한 사랑을 성인이 되어서 받겠다는 심리다.

생각해 보라. 나이 사십 오십, 심지어 육십 칠십이 넘어서 어 린아이처럼 행동하면서 주변사람들로부터 끊임없이 사랑과 관심 을 요구하다니……. 그들은 어린 아기처럼 떼쓰고 욕심 부리면 서 자기만 바라보고 사랑해 달라고 한다. 더 나아가 인정해 주 고 칭찬해 달라고 한다. 그것을 바라보는 입장에선 참으로 꼴불 견이지만 정작 본인들로선 너무 당연하게 생각하는 것이다.

자식들의 관심을 끌기 위해 이 병원 저 병원 다니면서 시위하 는 노인네들도 적지 않다. 그들은 툭하면 불치병에 걸렸다고 하 면서 자식들에게 하소연한다. 그러다가 진짜로 불치병에 걸린

노인네를 본 적이 있다. 알츠하이머, 노인성 치매에 걸린 것이
다. 말이 씨가 된다고 옛말 하나 그른 것 없었다.

　그녀, 정예경은 늘 사랑에 목말라했다. 얼마나 주변의 관심을
받고 싶어 하는지 암 병동에 입원하는 게 소원일 지경이었다.

　"내가 암이라고 하면 모두 깜짝 놀라겠지. 모두 나 하나만 바
라보면서 안타까워하며 관심 가져 줄 거야."

　그녀는 행복한 표정마저 지었다. 그녀의 과대망상은 날로 도
를 더해갔다. 주변의 관심이 조금만 시들해지면 온갖 쇼를 다
연출해냈다. 거의 날마다 병원순례를 했다. 종합검진을 몇 번씩
받아도 검사는 똑같았다. 완벽하게 정상이었다.

　그러나 그녀는 그것을 믿지 않았다. 관심　받고 싶어서 매일
광분하고 있었다.　거의 병적 증세였다. 그렇다고 사람들이 관심
을 가져준다고 해서 해결될 문제가 아니었다. 관심과 애정을 표
현해 주면 더욱더 기승을 부리며 미쳐 날뛰었다.

　더…… 더…… 하면서 관심의 수위를 높여 달라는 것이다. 자
신이 입는 옷 색깔과 헤어스타일, 구두와 스커트 길이까지 눈
여겨 봐두었다가 관심과 사랑을 표시해 달라는 것이었다. 예를
들면 이런 식이었다.

　"어이, 정예경씨 스커트 길이가 지난번보다 길어진 것 같애,
좀더 짧게 섹시하게 알지? 무슨 말인지."

　그러면 그녀는 그 말에 당장 순종했다. 다음날이면 초미니 스
커트를 입고 나타나는 것이다. 허벅지를 다 드러내놓는 스커트
를 입고서 남자들의 시선을 집중시킬 때마다 그녀는 묘한 쾌감

을 느꼈다. 자기는 다른 사람들을 만족시켜 줘야 할 위대한 사명이라도 지닌 것처럼 생각했다. 마치 스타의식이라도 느끼는 거 같았다. 만인(萬人)의 관심과 사랑을 받아야 직성이 풀리는 모양이었다.

잠시라도 자신에게 향한 관심과 사랑이 식어지면 견디지 못하고 괴로워했다. 아무리 사랑과 관심을 표시해 주어도 그때뿐이었다. 그녀의 병은 완전 중증(重症)이었다. 세월이 지나도 나이가 먹어도 그 중상은 고쳐지지 않았다.

정신적인 사이클이 그렇게 돌아가는 모양이었다. 게다가 감수성은 얼마나 예민한지 몰랐다. 눈빛의 표정과 미세한 감정의 움직임조차 파악해 낼 정도로 그녀는 민감했다.

그 민감함이 그녀를 죽음으로 내몰고 있었다. 그녀는 내게 와 자주 힘들다고 말했다.

"선생님 전 사는 게 너무 힘들어요. 바람이 나뭇가지만 스쳐도 소름이 끼쳐요."

사실 듣는 나도 힘들었다. 그녀에겐 그 어떤 말도 위로가 되지 못했다. 칭찬과 격려를 해주어도 시큰둥할 때가 더 많았다. 나는 그때 속으로 생각했다. 아니 어떻게 저 인생은 매일같이 힘들다고 난리일까.

그냥 죽은 듯이 고요하게 지내면 덧나나. 그녀는 부유한 집안 덕분에 유학까지 다녀온 유학파였다. 말하자면 자신의 노력 여하에 따라 얼마든지 부와 명예를 누릴 수 있는 처지였다. 무엇 하나 부족함 없는 환경이었다.

　그렇다고 누군가 특별히 그녀에게 해코지를 한다거나 상처 주는 사람도 없었다. 나는 갈수록 그녀의 성격이 이해가 되지 않았다. 어떻게 매번 사랑받고 이해받으며 살려는 걸까. 이 험악한 세상, 만물보다 부패하고 타락한 인간의 감정에 기대어 안위를 느끼려는 건지 도무지 이해가 가지 않았다.

　자기 한 몸 먹고살기에도 바쁘고 피 터지는 경쟁 속에서 짓밟고 빼앗기는 게 인생사인데……. 이 바쁘고 험난한 세상에서 자기 하나만 바라보고 사랑해달라는 것인지, 제정신인가 싶었다. 한마디로 그녀의 정신은 연구대상이었다.

　나는 냉정하기로 말하자면 얼음장이요 때에 따라 피도 눈물도 없는 성격이다. 거짓말 조금 보태서 공식적인 자리에서 눈물을 흘려본 기억이 단 한번도 없다. 경조사 때는 물론이고 주변의 어떤 급박한 상황 속에서도 냉정함을 잃지 않았다. 나의 신념은 철두철미했다. 모든 약속은 반드시 지켜져야 하고 만일 어길 시는 그는 내 생각에서 제외된다.

　물론 인간관계에 있어 신뢰는 절대금물이다. 따라서 사람의 감정은 절대 믿지 않는다. 감정이란 상황에 따라 물처럼 변하는 것이기 때문이다. 특히 남녀간의 감정은 절대 믿지 않는다. 사랑의 종류인 에로스니 플라토닉이니 아가페 같은 단어는 더더욱 믿지 않는다.

　단 예외가 있다면 혈육에 대한 정(情)은 믿는 편이다. 그건 어쩔 수 없는 본능에 의한 것이니까. 그러나 어디까지나 한시적인 것일 뿐이다.

그런데 가족도 아닌 타인에게서 어떻게 사랑과 위로를 받겠다는 건지 정예경은 아무리 생각해도 제정신이 아니다. 그런데 이상한 건 정예경과 같은 여자들이 세상에는 너무 많다는 사실이다. 그들은 그런 사랑을 얻어내기 위해 갖은 희생을 다 치른다. 그것도 적극적으로 말이다.

어떤 여자는 남편에게 더욱더 사랑받기 위해 거의 하루 종일 굶는다. 살이 찌면 남편이 싫어하기 때문이란다. 늘 헬스클럽 다니고 마사지에다 비싼 화장품에 제 몸 가꾸는 데 열을 올린다. 집안에서도 늘 화장한 모습으로 앉아 있다. 긴장된 표정으로 남편을 맞이하고 입만 열면 사랑타령을 외워댄다. 그녀의 관심사는 남편과 자녀를 벗어나지 못한다.

그야말로 현모양처 형이다. 남편은 배가 나와 씩씩대는데 늘 가는 허리를 뽐내는 여자도 있다. 항상 모델처럼 꾸미고 다니는 그 여자는 남편이 말단 공무원에다 킹콩을 연상케 하는 배불뚝이인데 행동이 수상하다고 소문 나 있다.

낮 시간이면 집을 비우고 어디론가 나간다는 것이다. 그곳이 카바렌지 러브호텔인지 확실치 않지만 그 시간이면 늘 집을 비운다. 그것도 최대로 야한 옷차림과 짙은 화장을 하고서. 소문에 의하면 그녀는 남편 사랑 하나로는 만족을 못한다는 것이다. 늘 새로운 남자를 찾아나서야 할 만큼 사랑에 목말라 한다. 사랑에 대한 과대망상증에 걸린 것이다.

하긴 어디 여자뿐이겠는가. 아내에게 집안 살림과 직장생활을 요구하면서 자기는 정작 누워서 밥만 축내는 인간도 있다. 아내에 대한 배려는 먼지만큼도 없으면서 왕자병에 걸려 군림하려 든다. 그런데 그 아내는 그렇게 자신을 희생시키면서도 오직 남편 사랑에 만족한다는 것이다. 그녀가 듣고 싶은 말은 하나다.

"그래도 너밖에 없지."

그녀는 그 말 한마디에 자신의 운명을 걸었다. 세상에는 별별 희한한 인생이 다 있는 것이다. 혹한이 지나고 나른한 봄기운이 대지를 뒤덮던 어느 날이었다. 낮잠에 막 취할 무렵 핸드폰이 울렸다. 다급한 그녀의 목소리가 들렸다.

"선생님 저 정예경예요, 급히 드릴 말씀이 있는데 만나 주실 수 있나요?"

또 무슨? 속으로 짜증이 일었지만 이내 마음을 고쳐 먹었다.

"거기 어디에요, 금방 나갈게요."

황급히 옷을 입고 나서는데 무엇엔가 눌리는 느낌이 들었다. 겨우내 얼어붙었던 감정이 한꺼번에 해빙되어 터져 나오는 것이었다. 가슴이 두근거리며 무진장 많은 시상(詩想)이 떠올랐다. 거리는 봄바람 난 여인네들이 치맛자락 날리며 어디론가 부지런히 발걸음을 옮기고 있었다. 개나리와 진달래가 담장마다 고개를 내밀고 봄소식을 알리고 있었다.

이제 완연한 봄이다. 봄 처녀들은 두꺼운 외투를 벗어 던지고 구두도 하이힐로 갈아 신었다. 모두 외출하고 싶어 안달이 표정들이다. 귓가를 스치는 바람도 모든 생물체가 회생의 기운으로 몸부림치고 있었다.

감성(感性)이 터질 듯한 감성이 내부에서 환호성으로 들려왔다. 거리는 음악제를 벌이는 듯 교향악이 흐르고 있었다.

'이렇게 좋은 날에 이렇게 좋은 날에 우리 님을 만나면 얼마나 좋을까…….'

가수의 애절한 호소가 상가마다 울려 퍼졌다. 나는 이제 거리의 분위기에 취해 완전히 자신을 망각할 지경이었다. 한번 허물어지면 시간도 절제도 모르고 그대로 무너지는 게 내 정신이다. 나는 정예경과의 약속은 까맣게 잊은 채 전철 역사에 이르러 행선지에 눈길을 박았다. 오늘 같은 날은 아무래도 물가를 걷는 게 좋겠지. 그렇다면 어느 물가가 좋을까.

양수리.

내부에서 자아가 말했다.

좋지.

또 다른 자아가 맞장구를 쳤다.

사람들은 전철 입구에서부터 혼잡한 양상을 띠고 있었다. 모두 교외로 떠나기 위해 손마다 작은 피크닉 가방을 들고 핸드폰으로 끊임없이 연락을 취하고 있었다. 들뜬 표정으로 이야기를 나누며 다시는 돌아오지 못할 시간을 향해 발돋움을 하고 있었다. 시간은 한번 지나가고 나면 다시는 돌아오지 않는다. 그 시간을 붙잡기 위해 사람들은 몸부림을 하고 있었다.

전철이 대방역을 지나 노량진역에 정차했다. 대학생으로 보이는 많은 젊은이들이 탑승했다. 그들은 의정부 쪽에 있는 산으로 등산을 가기로 한 모양이었다. 등산복 차림으로 남녀 모두 정담을 나누었다. 전철이 막 한강 철교를 건널 때였다. 뭔가 내 눈가를 휙 스치는 게 있었다.

빨간 스카프를 쓴 여자가 한강 철교 아래로 휙 떨어지는 것이었다. 순간 몸속으로 전기에 감전된 듯 전율이 찌르르 하고 지나갔다. 빠른 물살이 퍼지면서 스카프 1장이 펄럭이며 눈에 들어왔다. 환상이었을까. 아니면 내 소설적 상상이 꾸며낸 또 다른 허구였을까. 나는 갑자기 기억이 아득해지는 걸 느꼈다.

전철이 용산 역사에 닿았다. 용산역에서 또다시 많은 젊은이들이 탑승했다. 휴가 나온 군인과 애인으로 보이는 여자들도 한꺼번에 탑승했다. 한참 좋을 때다. 나는 속으로 부러움을 금치 못했다. 대학시절 내 마음을 태웠던 J가 생각났다. 그는 노래방에 가면 항상 이선희의 'J에게'를 불렀다.

마이크를 쥐었다 폈다 하면서 눈을 감은 채 마치 도 닦는 수도승처럼 노래를 불렀다. 나는 넋 나간 표정으로 그의 노래를 감상했다. 그는 그런 내 모습을 보고는 회심의 미소를 지었다.

"우리 나가서 술 한잔 더 할까?"

"이미 늦었어요, 집에 가야죠."

"그래?"

그가 갑자기 내 허리를 꽉 껴안았다. 입맞춤을 하려는 걸 나는 고개를 돌려 외면했다.

"나 군대 가기 전에 너한테 도장 찍으려고 했었다."

처음에는 그 말뜻을 알지도 못했다. 그러나 했었다는 과거형의 말이라 신경 쓰지 않고 넘어갔다. 솔직히 J에게 끌리는 마음은 어쩔 수가 없었다. 그에겐 감정을 충동질하는 묘한 재주가 있었다. 특별히 인물이 좋거나 말재주가 있는 것도 아니었다. 그렇다고 집안이 좋거나 장래가 유망한 것도 아니었다. 약골에다 체격도 작고 전공도 미술이라 졸업 후 진로도 막막했다. 엄마는 환쟁이는 싫다며 아예 말도 못 꺼내게 했다.

"딸년 대학 공부시켜 놨더니 환쟁이가 뭐야, 난 싫다."

그런데 이상하게 J에게는 사귀는 여자가 여럿이라는 소문이었다. 그가 풍기는 마력에 여자들이 곧잘 넘어간다는, 그러나 나는 그 말을 믿지 않았다. 정신없이 그를 좋아했다. 누가 무슨 말을 하든 믿지 않았다. J는 열정 그 자체였다.

타오르는 불길같이 끊임없이 감정을 부채질했다. 내일은 생각하지 않았다. 난 무조건 그의 감정에 충실했다. 밤공기와 산 이슬을 마시며 날밤 새우는 날도 허다하게 발생했다. 그가 군대로 가 숨어버리자 내 마음은 더 조급해졌다.

그는 동부전선 최전방에 배치되었다. 북한과 마주 보이는 철책선이라 했다. 면회도 연락도 안됐다. 그 기간이 꽤 오래 갔던 것 같다. 그동안 집안에서는 내 결혼을 비밀리에 추진하고 있었다. J를 향한 내 불붙는 감정을 꺼트리기 위한 방법은 그것밖에 없다고 생각한 모양이었다.

유수한 집안의 자제라 했다. 삼형제 중 막내인데 영화배우 뺨치는 인물이라 했다. 위의 두 형은 대학교수와 의사인데 반해 그는 아버지의 사업을 이어 받을 후계자라 했다. 엄마와 아버지의 구미에 딱 맞는 사윗감이었다.

아버지는 이미 그 집안과 사돈을 맺을 경우 얻게 될 이익에 대해 청사진을 그리며 기뻐하고 있었다.

나도 내심 싫지 않았다. J에 대한 생각은 점차 멀어져 갔다. 그런데……. 미리 김칫국부터 마신 탓일까. 아버지의 회사가 부도를 맞는 사건이 발생하고 말았다. 유명한 정경유착 사건이었다. 그 사건은 당시 정치 세력을 업은 로비 사건으로 연일 매스컴을 탔다.

그 여파는 엄청난 도미노 현상을 일으켜 여러 기업을 도산시켰고 경제 공황사태마저 불러왔다. 정치인의 로비대상에 아버지의 회사 이름이 연루된 것은 물론이다. 아버지는 그 무렵 사업과 관련 정치권과도 긴밀한 연관관계를 맺고 있었다. 그 연결고리로 내 결혼을 이용하려 했던 것도 틀림없는 사실이다.

그러나 모든 것이 물거품이 되었고 혼사 말은 이미 물 건너가고 말았다. 그 사건은 우리 집의 몰락을 가져왔다. 아버지는 쫓기는 신세가 되었고 가족은 모두 뿔뿔이 흩어졌다. 엄마는 친정이 있는 마산으로 남동생은 군대로 나는 조그만 자취방을 얻어 학원 강사를 시작했다.

이 년이 지났다. 아직도 수렁 속을 헤매고 있는데 J에 관한 소식이 들려왔다. J가 제대를 해 프랑스로 유학을 갔다는 믿기지 않는 소식이었다. 나는 소문을 확인해 볼만한 그 어떤 근거도 갖고 있지 못했다. 그와의 소식이 일절 두절된 것이다. 어떻게 된 것일까.

그뿐만이 아니었다. 그동안 알고 지내던 지인(知人)들과의 소식도 마찬가지였다. 한꺼번에 연락이 모두 끊기고 말았다. 그것이 망한 사람들의 특징이라는 걸 나는 몇 년이 지난 후에야 깨달았다. 세상은 그렇게 패배자에 대한 복수를 하고 있었다. 세월이 강물같이 흘러갔다.

나는 세상과 등진 채 혼자 칩거했다. 모든 인간관계를 끊고 영화와 독서, 습작에만 몰입했다. 내가 할 수 있는 건 오직 그 것뿐이었다. 그렇게 십 년 세월이 흘러갔다.

그동안 아버지는 출소해 지방에 새로운 사업을 시작했고 남동생은 군대에 말뚝을 박아 장교로서의 새로운 인생을 시작했다. 세월은 고마운 것이었다. 때로는 깊은 후회감을 안겨 주기도 하지만 망각이라는 고마운 선물을 주기도 한다.

한때 나는 수도원 생활을 하기도 했다. 천주교에 귀의해 일생을 신(神)께 바칠 각오로 산으로 올라갔다. 그러나 내게는 처음부터 그 생활이 맞지 않았다. 온종일 기도와 묵상으로 보내기엔 내 정서와 신앙심이 따라주지 않았다.

딱딱한 수도생활은 감정 이탈을 허용하지 않았다. 그 안에서는 오직 신(神)이 내려준 자유에만 감사해야 했다. 대화 내용도 오직 신을 위해 해야 했다. 그런데 이상한 건 시간이 길수록 J에 대한 생각이 또렷하게 떠오르는 것이었다.

세월이 십 년이나 지났는데도.

그건 내 의식의 배반이었다. 아직도 그에 대한 생각을 떨쳐 버리지 못하다니. 나는 스스로에게 절망했다. 나는 결국 세속으로 돌아오고 말았다. 일단 하산은 했지만 내겐 갈곳이 없었다. 그러나 내가 생각했던 것보다 더 많은 자유가 내 앞에 기다리고 있었다.

세상은 수도원과는 달리 많은 사건과 재미거리가 도처에 흔했다. 사시사철 변화무쌍한 인심과 또 달리 에피소드도 많았다. 나는 그 에피소드에 집착했다. 그리고 수도원에 있을 때 억눌려 있었던 나의 문학적 기질을 마음껏 발휘해 글을 썼다.

소설은 나의 상상의 날개를 작품으로 승화시켜 주었다. 창조적인 능력을 컴퓨터에 실어 출판사로 송고할 때마다 나는 내 삶의 이유를 알았다. 주변에 한 사람씩 새로운 관계가 형성되기 시작했다.

그 중의 하나가 정예경이었다. 유학을 다녀와 번역을 주로 한다는 그녀는 내 독자이자 출판사에서 알게 된 지인(知人)이었다. 원래 전공은 불어인데 영어번역을 주로 한다고 했다. 사십 줄에 접어든 나이답지 않게 그녀는 동안(童顔)이었다.

눈가에 잔주름 하나 없었다. 피부도 해맑고 몸매도 그만하면 좋은 편이었다. 그러나 어쩐 일인지 시간이 갈수록 뚱뚱한 모습으로 변해 갔다. 약 기운 탓이었다. 신경정신과 약이 살을 점점 찌개 한다는 것이었다.

그녀는 어느 날 불안한 눈빛으로 말했다.

"제 정신 속에 악마가 침입한 모양이에요, 귀에서 자꾸만 이상한 소리가 나요."

"예수님의 이름으로 거부해 버리세요, 악마를 이길 힘은 오직 예수 이름뿐이랍니다."

나는 수녀원에서 얻어들은 말을 그녀에게 적용했다.

"가만히 있으면 너무 불안해 견딜 수가 없어요, 누군가 자꾸 저에게 말을 시키는 것 같아요, 그리고 마음이 너무 슬퍼요."

"우울증 같은데 병원엔 가 보았나요?"

"아직……."

"성당이나 교회에 나가 신앙생활을 해보세요, 좀 나아질 거예요."

"전 악마가 들린 건 아니래요."

"누가요?"

"제가 아는 친구의 전도사님이요."

그녀는 벌써부터 자기의 상태를 알고 여기저기 알아본 모양이었다.

"그렇담 성경을 읽고 기도에 적극적으로 매달리세요."

피곤했다. 그런 이야기는 성당의 신부나 교회의 목사가 해야 할 말이었다. 돌아서는 내 뒤통수에 대고 그녀가 말했다.

"전 아무래도 죽을 것만 같아요."

소름이 끼쳤다. 그녀가 유언을 내 등 뒤에 대고 하는 것 같았다. 그러나 뒤집어 생각해 보면 그녀는 어쩌면 나를 그 누구보다 신뢰하는 눈치였다. 가끔씩 문자메시지를 보내오기도 하고 약속 장소를 일방적으로 정해 놓고는 나오라고 했다. 만나면 하는 이야기가 늘상 똑같았다.

사는 게 힘들다. 많이 외롭다. 사랑받고 싶다. 관심의 대상이 되고 싶다. 우울하다.

그런데 그날은 이상했다. 만나자마자 죽고 싶다고 하더니 비상의 카드를 꺼내듯 심각한 어조로 말했다. 시내 한복판이 내려다   보이는 찻집에서였다. 그녀는 찻잔을 만지작거리며 눈물이 글썽한 눈으로 말했다. 창밖에 폭우가 엄청난 기세로 퍼붓고 있었다.

"유학 갔을 때 알고 지내던 선배가 있었어요, 제가 어딜 가든지 그 선배가 제 앞에 나타나는 거예요, 처음에는 우연인 줄 알았죠, 강의실은 물론 도서관이나 식당, 심지어 전철 안에서도 꼭 그 선배가 제 앞에 있는 거예요."

그녀의 눈빛이 빛났다. 밝고 상기된 표정으로 그러나 약간 흥분된 목소리로 말했다.

"선생님은 어떻게   생각하세요, 선생님도 그걸 우연이라고 생각하세요?"

그녀는 그것이 선배라는 남자가 마치 자기를 사랑해서 일부러 꾸며낸 우연이라고 말하고 싶은 모양이었다. 나는 답변하지 않았다.

"그 사람을 사랑했나요?"

그녀는 내 질문과 상관없이 말했다.

"어느 날 그가 그러는 거예요, 피임은 하느냐고, 안 하면 지금부터라도 하라고."

가슴속에서 꽝! 하고 거대한 폭음이 울렸다. 왼쪽 가슴뼈가 쪼개지는 것처럼 아팠다. 그 다음 말은 더 이상 물을 수가 없었다. 어떤 남자였냐고 전공은 뭐고 나이는? 하는 식으로 묻고 싶었지만 참았다.

"그 사람은 자기가 시골 출신이라 부유한 집안의 여자를 원한데요, 하지만 전 그 사람이 원하는 타입이 아니었나 봐요."

그렇담 진즉에 돌아섰어야지 이 바보야. 나는 속으로 그녀를 무시했다.

"전 지금까지 살면서 단 한번도 진실한 사랑을 경험해 보지 못했어요. 사랑하는 사람 앞에서 한번도 당당하게 사랑을 요구한 적도 없었어요. 그러면 부담 느껴서 당장 도망쳐 버릴까 봐요, 그게 가장 슬프고 마음 아파요."

"저도 그래요."

내 입에서 생각지도 않은 말이 나왔다.

"네에? 선생님도요?"

그녀는 의외라는 듯 두 눈을 동그랗게 뜨고 말했다. 그 표정이 재미있고도 우스웠다.

"저도 대학 다닐 때 좋아하던 사람이 있었는데 군대 갈 때까지 속에 있는 말 한 마디 못했어요, 왜일까 생각했는데 그게 상대에 대한 배려라고 생각했나 봐요. 마음 편하게 군대 잘 다녀오라는. 하지만 나는 나 자신을 잘 알아요. 냉정한 내 성격을."

"선생님 성격이 냉정하시다고요?"

그녀는 내 성격을 전혀 눈치 채지 못한 것 같았다. 어릴 때부터 들어온 내 별명이 생각났다. 찔러도 피 한방울 안 나올 독종.

"마음을 약하게 하면 안 돼요, 독하게 먹어도 살기 힘든 세상이에요. 예경씨도 마음을 독하게 먹고살아요."

"전 그게 잘 안 돼요, 마음이 너무 여려 상처도 잘 받고 또 누군가에게 사랑받고 있다는 사실을 느껴야만 살 힘이 생겨요."

"그런 식으로 자기 감정을 타인에게 맡기지 마세요, 스스로 감정을 챙기세요."

아무리 말해도 소용없었다. 어느 비 오는 여름날이었다. 장맛비가 아스팔트와 온 대지를 적시고 있었다. 밤인지 낮인지 구분 안 갈 정도로 비가 쏟아 부었다. 길거리에 나서기가 겁날 정도로 엄청난 폭우였다.

늦은 아침밥을 먹고 잠깐 TV를 보는데 J의 소식이 들렸다. 그가 중견화가로 개인전을 한다는 소식이었다. 그의 모습이 잠깐 화면을 스치는데 목가에 빨간 스카프가 보였다.

화가답게 자유분방한 모습이었다. 작은 체구에 청커버를 입었는데 목에 빨간 스카프를 두른 모습이 이채로웠다. 빨강 바탕에 검정 판박이 무늬가 시장에서 흔히 볼 수 있는 문양이었다. 세월이 많이 흘렀지만 그는 여전히 제 갈 길을 가면서 자기 본업에 충실하고 있었다.

그나저나 그는 가난한 제 처지에 어떻게 프랑스 유학까지 다녀올 수 있었을까. 혹여 돈 많은 아내를 만났거나 든든한 후원자가 나섰던 걸까. 아님 눈물의 빵을 먹으며 고학을 했던 걸까.

십 년 세월을 뛰어 넘은 그의 모습에 내 마음은 별다른 동요가 없었다. 젊은 날의 한때의 감정으로 인해 동요를 일으킬 만큼 나는 순수하거나 열정적이지 못했다. 간혹 외로움이 뇌리를 스칠 때에도 나는 애써 감정을 무시했다.

한번 감정적이 되면 주체할 수 없을 만큼 나약해지는 내 자신을 잘 알기 때문이었다.

언젠가부터 내 글은 심리소설 위주로 변해가고 있었다. 감성이 메마른 탓일까. 현실에 있어서도 좀더 분석적이고 실리적으로 움직이고 있었다. 더 이상 돈벌이가 안 되는 글에 매달릴 필요가 없다는 생각도 자주 했다. 여름날이 지나고 쓸쓸한 가을빛이 가로수 이파리를 따라 짙어가고 있을 때였다. 그녀에게서 핸드폰이 왔다.

"선생님 저 예경이에요. 지금 저 좀 만나주실 수 있나요?"

다급한 목소리였다. 주변에 시끄러운 잡음이 들렸다. 복잡한 기계음으로 보아 컴퓨터 게임방 같았다. 그녀는 가끔씩 혼자 그런 곳에 잘 간다고 했다. 게임에 몰입하다 보면 마음의 짐을 잠시나마 잊는다고 했다. 그런 식으로 자신의 존재를 잊고 싶다고 했다. 전화기에서 픽! 하는 소리가 들리고 시그널 음악소리도 들렸다.

"어디에요? 시끄러워서 잘 안 들려요."

나는 목소리를 최대한 높였다. 그 바람에 지나가던 사람들이 내게 다 시선을 집중했다.

"여기는 마포대교 있는 쪽이에요. 가든 호텔 맞은편에 있어요."

왜 하필이면 그곳에? 의문부호가 머릿속에 떠올랐다.

"잠깐만 기다려요, 내 그쪽으로 갈 테니."

나는 컴퓨터 전원을 껐다. 방금 좋은 아이디어가 떠올랐는데 무산되고 말았다. 까맣게 지워버린 영상이 안타까웠지만 어쩔 수 없었다. 불길한 느낌이 내 뒤통수를 물고 늘어졌다. 대충 옷을 걸쳐 입고 집을 나섰다. 전철 역사로 달려가 몸을 실었다. 신길역에서 5호선으로 갈아 타는데 왠지 모를 불안감으로 다리가 후들후들 떨렸다. 마포역에서 내려 밖으로 나오니 칼바람이 목을 휘어 감았다.

강바람이 세차게 몰려왔다. 여의도와 마포를 가르는 강이 내 눈앞에 넘실거렸다. 나는 정예경이 기다리는 가든 호텔 쪽과는 다른 마포대교 쪽으로 걸어갔다. 강바람이 매웠다. 갈매기 떼가 강을 선회하며 날고 있었다.

여의도를 향해 철교 위를 걸어가는데 아니나 다를까, 건너편에 다리 난간을 붙잡고 서있는 여자가 보였다. 베이지색 바바리 코트에 머리에는 두건처럼 검정색 머플러를 둘렀다. 돌아서 있기 때문에 얼굴을 확인할 수는 없었다.

여자는 아마도 자살을 시도할 모양이었다. 지나던 차량이 경적을 울렸다. 운전자가 손짓을 하며 다시 한번 생각하라며 만류하는 것 같았다. 여자는 고개를 폭 떨구더니 강 아래를 내려다보았다. 그녀가 난간 위로 막 올라서려는 순간이었다.

경찰차가 그녀 앞을 막아섰다. 아찔한 순간이었다. 여자는 경찰에게 팔을 붙잡힌 채 끌려갔다. 여자는 끌려가면서도 저항을 심하게 했다.

"당신 같은 여자가 여기 빠져 죽으면 한강물이 오염돼서 안 된단 말이오. 여기서 빠져 죽으면 잠수부 시켜 꺼내는 데만도 오백만 원도 훨씬 더 들어요. 왜 죽으면서까지 남 고생시켜요. 제발 죽고 싶거들랑 남 안 보는 데 가서 조용히 죽으쇼. 내 말 알아듣겠소."

여자는 발악하듯 울어 제쳤다. 그러나 사람들의 시선은 이미 멀리 달아나고 말았다. 여자가 머플러를 한손으로 감아쥐는데 나도 모르게 휴우! 하고 한숨이 나왔다.

다행히 정예경, 그녀가 아니었다. 내가 왜 그녀 때문에 이런 마음고생을 해야 하나. 내가 왜 그녀의 삶속에 연루돼 이 고통을 치러야 하나, 나는 때때로 의문에 사로잡힐 때가 많았다.

나는 남의 일에 끼어들 만큼 인정이 많지도 사려가 깊은 것도 아닌데, 화가 났다. 마포대교를 내려와 가든호텔 쪽으로 쏜살같이 달려갔다. 그때 저쪽에서도 달려오는 여자가 있었다. 정예경이었다. 그녀가 숨찬 목소리로 물었다.

"선생님 왜 이제 오셔요. 저 얼마나 기다렸는데요."

"미 미안해요, 나도 모르게 그만 강 쪽으로……."

"네, 뭐라구요?"

"아, 아니에요, 아무것도."

하마터면 말실수 할 뻔했다. 정예경은 평상시와는 달리 매우 초연했다. 나는 또다시 화가 났다.

"이번엔 무슨 일이죠?"

"그녀는 태연한 표정으로 말했다."

"선생님께 전화할 당시는 죽고 싶은 심정이었는데 지금은 괜

찮아요, 이상하게 선생님만 보면 마음이 안정되곤 해요, 그래서
저도 모르게 자꾸만……. 죄송해요."

　그러나 얼굴은 전혀 미안한 기색이 아니었다.

　"오늘은 제가 맛있는 거 사드릴게요."

　"괜찮아요, 쓰다만 원고가 남아 있어서."

　"그래도 이왕 나오셨으니까 드시고 가세요. 아님 제가 너무
미안하잖아요."

　그녀는 나를 가든호텔로 안내했다. 2층에 넓은 홀과 식당이
있었다. 창밖으로 마포 거리가 한눈에 들어왔다. 언젠가 이곳에
서 작가협회 세미나를 연 적이 있었다. 그때는 작가들끼리 모여
이야기하느라 바깥 구경할 사이가 없었다.

　그런데 지금 보니　완전 딴 세상이었다. 창 밖으로 보이는 거
리가 한 편의 소설, 영화 같았다. 사람들이 인생이라는 무거운
짐을 지고서 차도와 인도에서 헤매고 있었다.

　그들은 이제 자신들이 가야 할 길을 결정해야 했다. 그때마다
압박감은 그들의 어깨를 누를 것이다. 그들의 영혼마다 빨간 불
꽃이 켜져 경쟁의 바다를 향해 무한　질주해야 할 것이다. 이상
한 상상력이 뇌리에 떠오르기 시작했다.

　좀 전에 마포대교에서 보았던 여자가 자꾸만 영상으로 떠올랐
다. 그녀는 무슨 사연이 있기에 그 시간에 거기 서 있었을까.
왜 하필이면 그곳을 죽음의 장소로 택했을까. 그런데 그녀와 정
예경의 얼굴이 자꾸만 겹치는 것이었다.

　웬일일까. 주문한 음식이 나왔다. 나는 정예경의 얼굴을 외면

한 채 정신없이 먹었다. 왠지 미안한 생각이 들었다. 슬픔이 안에서 꾸역꾸역 치밀어 올랐다. 나도 어느새 그녀에게 전염된 것일까.

슬픔인지 우울인지 모를 감정이 속에서 바람을 일으킨다. 밖으로 나오니 밤 기운이 어느새 마포거리를 장악하고 있었다. 거리마다 골목마다 술집 아니면 노래방. 게임방과 무도장이었다. 환락이 거리를 다 차지하고 있었다.

"선생님 우리 노래방 갈까요?"

그녀는 모처럼 즐거운 모양이었다. 내 팔짱을 끼며 다정한 말투로 물었다. 그러나 나는 마음이 조급했다. 불길하면서도 쫓기는 듯한 느낌이……. 불안했다.

"쓰다만 원고가 있어서."

나는 말을 흐리며 돌아섰다. 그날 이후로 나는 가급적이면 그녀를 멀리 했다. 더 이상 시간낭비하고 싶지 않았다. 그녀의 감정 상태도 어느덧 많이 안정된 듯 보였고 완성해야 할 원고분량도 엄청났다. 메시지가 오면 답장해 주고 핸드폰이 오면 받지 않았다. 그렇게 몇 달이 흐른 어느 날이었다.

그녀가 핸드폰으로 사진을 보내왔다. 빨간 스카프를 두르고 어떤 남자와 함께 서 있는 사진이었다. 남자는 선글라스를 껴 자세히 얼굴을 확인할 수 없었지만 느낌이 썩 좋지 않았다.

유학 갔을 때 찍은 사진예요.

그녀가 문자메시지로 말했다. 유학 가서 좋아했다던 그 남자 같았다. 정예경에게 피임하라던……. 어쩐지 인상이 험악했다.

그런 남자를 정예경은 아직도 좋아하는 걸까? 참 세상에는 별 미친 사랑도 다 있다. 그런데 그 사진을 왜 내게? 불쾌했다. 유학 가서 만난 남자와 내가 무슨 상관이 있다고 쓸데없이 사진을 보낸단 말인가.

그녀는 항상 이런 식으로 일방통행이었다. 난 기분이 나빠 사진을 메일에서 지워버리고 말았다. 그리고 이내 컴퓨터에 빠져들었다.

오랜 독거(獨居)는 인간 사이의 정(情)을 차단한다. 나아가 감성이 무디어지고 극단적인 이기주의가 된다. 또 독선적이면서 타인에게 무관심하다. 무관심은 슬픔 그 자체이다. 그러나 그 슬픔조차도 중독된다.

나는 이미 그 중독상태에 빠져든 지 오래 되었다. 게다가 본성인 냉정함까지 추가해 감정이 사막같이 변해가고 있었다. 뜨거운 사막을 혼자 걸어가는 여행객, 그가 바로 내 모습처럼 여겨졌다. 누군가 내 귓가에 대고 말했다.

사랑하지 않으면 상처는 받지 않겠지만 행복은 없는 거란다.

나는 귀를 막아버렸다. 나는 사랑이라는 감정 따위는 믿지를 않아. 그럼 무얼 믿니? 나는 아무도 안 믿어. 그렇다면 넌 사는 재미가 뭐니? 사랑도 안하고 사람도 외면하고 무슨 재미로 사니? 그렇다면 너는 너는 무슨 재미로 사니?

내가 되물었다. 나는 사랑하는 사람이 많아, 내가 먼저 상대를 사랑하면 상대방도 나를 사랑하지, 인생은 그렇게 사랑을 주기도 하고 받기도 하며 사는 거야.

누군 그렇게 하고 싶지 않은 줄 알아? 그럴만한 상대가 없는 게 문제지. 사랑의 대상에는 특별한 게 있는 거 아냐, 사람은 누구나 다 사랑받고 사랑할 수 있어야 해. 누구나 다라구? 응. 악인이나 선인이나 다 똑같이.

어떻게 똑같이라고 말할 수 있지, 그런 사랑이 어디 있는데? 있지 공평하신 하느님의 사랑. 대화는 거기서 끊겼다.

언젠가부터 내 머릿속에 떠오르는 문장이 있었다.

공평하신 하느님의 사랑= 영혼사랑

아버지의 사업이 한창 잘 나갈 땐 우리집은 항상 문전성시를 이루었다. 정치권 혹은 경제계 인사들이 줄을 대기 위해 가까운 이웃처럼 문지방을 넘어서곤 했다. 손에는 선물과 입에는 갖은 아부를 달고서.

그들은 그럴 듯한 명분을 내세우고 있었지만 실상 내용은 똑같았다. 자기의 권익과 앞길을 보장해 달라는 것이었다. 그러나 신뢰는 얼마 안 가 무너져버렸다. 실컷 이용해 먹고 나서 뒤통수치는 게 다반사였다.

오늘의 동지가 내일의 적으로 변하는, 그게 바로 인간관계였다. 신뢰는 절대금물이었다. 결혼도 사업거래로 이용하려다 무산된 건 또 어떠한가. 거기에는 양쪽 집안의 이득이 매개체로 작용했지만 결국 인간의 감정을 신뢰할 수 없다는 또 다른 뼈아픈 교훈이 되었다.

걸려드는 인간마다 후안무치요 사기꾼 아니면 협잡꾼인 때도 있었다. 눈앞에서는 간이고 쓸개고 다 빼줄 것처럼 행동하다가

자기의 이익이 무산될 위기에 처하면 제일 먼저 선수 쳐서 배신을 때리는 것이다.

그중에는 J도 포함돼 있었다. 그가 처음부터 내게 접근한 목적이 우리 집안 때문이라는 걸 나만 모르고 있었다. 그때 많은 지인(知人)들이 몰려와 말했을 때 귀담아 듣지 않은 건 내 실수였다. 그가 하는 감정놀음에 취해 어리석게도 나는 발을 헛디뎠던 것이다.

만일 내가 그때 J에게 끝까지 매달렸다면 어떻게 되었을까. 버림받고 창피 당하고 사람들 입방아에 오르내리고 온갖 망신을 다 당했을 것이다. 그러나 나는 냉정했고 그래서 감정처리를 잘할 수 있었다. 나중에 결혼 건으로 해서 망신살이 뻗치긴 했지만. 덕분에 나는 피눈물도 없는 독한 성격으로 변하고 말았다.

J는 나 말고도 그런 애정행각을 여러 여자에게 하다가 결국 외국 유학을 택했다. 추측컨대 그는 그곳에서도 똑같은 애정행각을 벌였을 것이다. 나는 이미 지나가버린 옛일을 무슨 소설에서 읽은 것처럼 기억하고 있다.

어쨌든 나는 사람이 싫었다. 그래서 오랜 세월을 컴퓨터에 머리를 들이박고 창작에만 몰두하며 살아왔다. 그런 내게도 고마운 대상이 있다면 당연히 나의 독자(讀者)일 것이다. 왜냐구? 그는 내 이기심을 만족시켜 주는 최대공약수이기 때문이다.

정예경이 바로 그 케이스였다. 처음에는 그녀가 나의 독자라는 사실 때문에 무조건 잘해주려고 했었다. 또 잘하면 소설감 하나 건질 것도 같았다.

나는 정예경과의 약속은 깜빡 잊은 채 잠이 들고 말았다. 양수리 물가는 이미 생각 밖으로 밀려나고 없었다. 전동차가 갑자기 심하게 흔들렸다. 동시에 내 앞에 서 있던 여자가 몸무게의 중심을 잃으면서 내 앞으로 쓰러졌다.

내 무릎을 덮친 여자는 자리에서 일어나면서 미안한 기색을 감추지 못했다. 그 바람에 나는 잠이 확 달아나면서 자리에서 벌떡 일어났다.

"미, 미안합니다. 전동차가 갑자기 흔들리는 바람에……."

"괜찮아요."

여자를 올려다보는데 목 가운데 있는 빨간 스카프가 눈에 들어왔다. 그리고 동시에 내 입에서는 알 수 없는 말이 튀어 나왔다. 설마 설마…….

나는 생각난 듯 핸드폰 뚜껑을 열어보았다. 문자메시지가 와 있었다.

'선생님 전 아직도 그를 사랑해요. 그는 선생님께서도 한때 사랑하셨던 J예요. 그가 제게 말했어요. 자기가 세상에서 가장 사랑한 여자가 바로 선생님이라고.'

그녀의 마지막 메시지였다. 한 시간 전에 보낸 거였다. 나는 순간적으로 그녀의 핸드폰 번호를 눌렀다. 신호는 가는데 받지 않았다. 불길한 느낌이 현실로 다가왔다.

빨간 스카프……. 빨간 스카프…….

좀 전에 한강대교를 지날 때 펄럭이며 강물 속으로 빠지던……. 강물 위를 떠돌던 그 빨간 스카프……. 그녀가 얼마 전

에 보내왔던 사진 이메일 속의 남자도 빨간 스카프를 하고 있었
다.

　냉정한 내 가슴에 피가 흐르고 있었다. 눈에서 폭포수 같은
눈물이 쏟아졌다. 눈물이 감동이 되어 내 가슴속을 자꾸만 적시
고 있었다. 그동안 그녀가 왜 그토록 힘들어했는지 비로소 알
것 같았다. 그 여린 감성에 당했을 고통이 내 가슴속에도 전해
지는 것 같았다.

　그렇다면 그녀는 처음부터 내 존재를 알고 접근했던 건 아닐
까. 이제　와 그것을 따진들 무슨 소용이 있단 말인가. 그녀는
이미 이 세상 사람이 아닌 걸.

　그녀는 떠났다. 그녀가 죽은 이유를 나는 아직도 잘 모른다.
바람이 불고 있었다. 겨울을 재촉하는 사나운 비바람이 청담동
거리를 매섭게 후려치고 있었다. 예술로 장식된 거리를 나는 비
감한 마음으로 걸었다.

　무슨 약속이나 있는 것처럼 사방을 휘둘러보며 걸었다. 문을
굳게 걸어 잠근 화랑들은 혹여 비바람이 스며들까봐 불빛마저
죽여 놓고 있었다. 정신없이 걷던 나는 발바닥에 와 닿는 이상
한 감촉에 걸음을 멈춰 섰다.

　그의 개인전을 알리는 포스터가 찢겨져 바닥에 나뒹굴고 있었
다. 청커버에 선글라스, 그리고 빨간 스카프가……. 언젠가 TV
뉴스 시간에 보았던 바로 그 모습이었다. 그가 빗물에 찢겨져
나간 사진 속에서 기묘한 표정으로 웃고 있었다.

　아주 시니컬한 웃음이었다. 나는 무심코 핸드폰을 열었다. 언

젠가 그녀가 보내준 사진 메일을 보기 위해서였다. 그러나 메일
은 이미 삭제되고 없었다. 그때 그 사진과 J의 모습이 오버랩
되면서 나는 명치 끝이 아파왔다. 그녀는 그때 무슨 마음으로
그 사진 메일을 보냈던 걸까.

정예경, 그녀의 마지막 바람은 무엇이었을까. 그것을 들어주
지 못한 것에 대해 내내 후회가 되었다. 가슴이 아팠다. 언젠가
그녀가 내 귓가에 대고 한 말이 떠올랐다.

"하느님의 공평하신 사랑만이 진짜 사랑이랍니다."

(2009년 코스모스 문학)

옛길

　오래된 옛길을 걸었다.

　좁은 골목길과 광고지로 다닥다닥 붙은 담벼락과 빛바랜 기와 지붕들. 시멘트로 뒤덮인 길바닥과 허름하고 지저분하기 짝이 없는 구멍가게, 그 틈 사이로 만화방도 보였다. 달라진 게 있다면 담벼락을 타고 도시가스 배관이 연결돼 있다는 점이었다. 그 길속에 40년이란 세월이 고갯짓을 하며 나를 바라보고 있었다.

　그 세월을 타고 골목길마다 고급 세단이 마구 횡단하고 있었다. 도심의 네온사인 위에 외롭게 뜬 달그림자가 추위에 잔뜩 웅크린 채 지나가는 행인들을 지켜봤다. 여름이면 무성했을 버드나무가 앙상한 가지를 늘어뜨린 채 추위에 떨고 있었다.

　언덕배기 아래에는 40년의 세월이 고스란히 멈춰 있었다. 좁은 계단 밑에 옹기종기 모여 있는 60-70년대 기와집들, 루핑을 얹은 지붕 위에선 고양이들이 모여 해바라기를 하고 있었다.

　골목은 ㄴ자로 나뉘어져 장승배기와 노량진의 경계선을 나타내고 있다. 계단을 내려갈수록 집들은 지붕과 담벼락이 낮아지고 옛 형태를 그대로 지니고 있었다.

이곳은 내 과거의 모습이다.

회한에 찬 음성이 내 안에서 말했다. 40년 전, 이곳을 자주 오가던 나는 아마 초등학생이었던 것 같다. 그때 나는 어린 나이에 무릎 관절을 심하게 앓고 있었다. 한의원에서는 신경통이라 했고 병원에선 류마티스에다 극심한 영양불량이 겹쳤다고 했다. 어쨌든 나는 극심한 통증 때문에 학업마저도 위태로운 지경에 있었다.

류마티스는 무릎에서 발목과 손목으로 확산되어 갔다. 독한 항생제에다 진통제를 쓴 탓에 위장마저 극심한 통증을 호소했다. 정신은 극도로 산만해 잠시도 집중할 수가 없었다. 온몸과 마음이 한꺼번에 수난을 당하고 있었다. 그렇지 않아도 집안은 끔찍한 돈가뭄에다 불란이 끊이지 않았다.

발등에 떨어진 불이 아직 꺼지지도 않았는데 자고 나면 또 다른 불씨가 콩 튀듯 일어났다. 그 마당에 나까지 아프다고 난리를 쳐대니 누가 좋아 하겠는가. 가족 중 누구도 나서서 내 병세에 대해서 신경 쓰거나 동정하지 않았다. 지금 생각해 보면 그때 내가 겪었던 병은 일종의 스트레스성 혹은 정신과적 치료를 요하는 것이었다.

왜냐하면 나는 그 당시 심장병 초기에다 엄청난 스트레스를 동시다발적으로 받고 있었기 때문이다. 겨우 몸을 추슬러 학교에 다니는데 몰골이 말이 아니었다. 땟국이 흐르는 모습에 영양불량으로 얼굴은 늘 버짐이 퍼져 있었고 조금만 걸어도 그 자리에 퍽 주저앉곤 했다. 다리는 새처럼 빼빼 말라갔다.

배는 풍선처럼 부풀어 올라 금방이라도 터져버릴 것 같았다. 손만 뻗으면 곧 죽음이 나를 만나줄 것 같아 극심한 우울증에 시달렸다. 없는 살림에 들어가는 치료비도 만만치 않은데 차도가 보이지 않자 드디어 막말이 나오기 시작했다.

저게 커서 과연 사람 구실이나 할까.

저 몸으로 세상을 어떻게 살아갈 수 있을까.

저런 것도 사람이라고 돈을 쓰자니 차라리 포기하고 말지.

가족들은 내 귓가에 대고 별의 별 말을 다 들려주었다. 나중에는 가망성 없다는 말과 함께 학교도 포기하라는 말까지 나왔다.

"너 먹고 싶은 것 다 해줄 테니 차라리 학교 가지 말고 집에서 쉬어라."

그 말을 다시 돌려 해석하면 내 밑으로 들어가는 등록금이 너무 아깝다는 소리였다. 먹고 싶은 음식이라니 독한 항생제에다 입맛을 잃어버린 게 언젠데, 그딴 말도 안 되는 제의를 한단 말인가. 나는 죽어도 그리는 못하겠다고 말했다.

"공부나 제대로 하면서 저러면 말도 안 해."

병든 것도 모자라 나중에는 비웃음에다 모멸감까지 퍼부었다. 아픈 것도 서러운데 비웃음과 막말까지 퍼붓는 게 가족이라니…….

그러나 그게 당시 내가 처한 현실이었다. 너무 분하고 서러운 나는 악이 받쳐 말했다.

"그깟 돈이 아까워 그러는 거 내가 모를 줄 알고, 콱 죽어버리면 되잖아."

가족들은 들은 체 만 체했다. 당장 거리로 뛰쳐나간 나는 자동차에 뛰어들고 싶었다. 그러나 그럴 용기마저 없었다. 그 난리를 친 결과 학교는 무사히 다닐 수 있었다. 하긴 학교를 안 가면 내가 집에서 무엇을 하겠는가. 또 그랬다간 나중에 무슨 원망을 들으려고 내 고집을 꺾겠는가.

등교 길에는 친구들이 가방을 들어주었고 월요일마다 실시되는 조회나 체육시간에는 교실에 남아 참관만 했다. 상급학교 진학 때 실시되는 체력장은 기본점수만 받았다. 그렇게 해서 겨우 겨우 상급학교에 진학했다.

그렇다고 남들처럼 머리가 좋아 공부를 잘한 것도 아니었다. 몸이 약하니까 정신력 또한 나약해져 의지가 전무하다시피 했다. 기초과목을 대충 때우고 암기과목에만 치중해 공부했다. 배운 내용을 달달 외워 겨우 합격의 마지노선을 통과했다.

그 청소년 시절 나는 이 동네 근처를 부지런히 다녔던 것 같다. 그때 중앙시장 건너편에는 오밀조밀한 상가가 형성돼 있었다. 약국과 치과 방앗간과 편물점, 세탁소와 자전거 수리소가 있었다.

그 상가가 끝나는 곳에 당시로선 큰 방직공장이 있었다. 굴뚝에선 늘 흰 연기가 피어오르고 개울물은 항상 시커먼 폐수가 흘렀었다. 그 개울을 건너면 곧바로 한강다리가 나타났다. 당시만 해도 낚시꾼들이 한강으로 몰려들어 고기 잡는 모습을 흔하게 볼 수 있었다.

방직공장에서 오른쪽으로 돌아서면 층층계단이 골목길마다 형성돼 있는 동리가 나타나는데 그곳이 바로 상상 꼭대기 달동네였다. 빈민들의 애환이 깃든 그야말로 눈물의 골짜기였다. 지금은 그 달동네를 헐어내고 고층짜리 아파트 군단이 들어섰다.

어릴 때 아픈 무릎을 끌고 그곳을 찾아간 건 친구 영미를 만나기 위해서였다. 영미네는 그곳에서도 가장 높은 곳에 살고 있었다. 대문도 없고 담도 없는 판자 하나로 바람을 막고 사는 판잣집이었다.

그곳에 서서 산 아래를 내려다보면 그야말로 딴 세상 같았다. 크고 작은 집들이 한 치의 오차도 없이 동네 전체를 꽉 채우고 있었다. 개중에는 번듯한 양옥집도 있었고 때론 그 집을 드나드는 승용차도 보였다.

또 영미네처럼 얼기설기 겨우 바람만 막아놓은 집들도 많았다. 그러다 눈길을 반대편으로 돌리면 거기엔 한강이 도도하게 흘러가고 있었다. 공기는 얼마나 청량한지 가슴이 뻥 뚫리면서 온갖 시름이 다 날아가는 것 같았다.

영미가 살고 있는 집을 나와 반대편 내리막길을 걸으면 본동과 흑석동이 보였다. 그곳에서 찻길 한번만 건너면 곧바로 한강이었다. 군사정권 시절 해마다 국군의 날이 되면 전투기 굉음과 함께 폭탄 투하로 동네 전체가 들썩들썩 했었다.

생각해 보니 내가 같은 동(洞)에 산 지도 오십 년이 되었다. 나는 태어난 이래 이 동네를 한번도 떠나 본 적이 없었다. 정확히 말하면 객지생활 25년을 빼고 난 25년이다. 그러고 보니 파

란만장한 인생역사가 이곳을 스쳐 지나간 셈이다. 나는 이 동네
에서 초 중고등학교 친구들을 만났고 또 떠나보냈다.

나와 한 동리에 살던 연정이는 어릴 때부터 청각장애자였다.
그녀는 가족들의 관심과 사랑 속에 자라 나이 스물이 되자마자
결혼했다. 몸매가 거의 모델 수준인 그녀는 초등학교와 중학교
를 같이 다닌 동창이었다.

몸에 장애는 있어도 사랑받고 자라서인지 당당하고 성깔도 있
었다. 그녀의 장래를 염려한 집안친척들이 서둘러 중매를 놓아
결혼해, 지금 3명의 손자를 둔 할머니가 되었다. 결혼 전 나와
무척 친했는데 결혼하고 나더니 태도가 싸악 바뀌었다.

결혼한 걸 무슨 벼슬이라도 한 양 자랑하고 또 자랑하더니 나
중에는 아예 막 대놓고 나를 무시했다. 내가 하지 못한 결혼을
자기는 했다며 입만 열면 남편 자랑을 했다. 남편 자랑을 할 때
면 제 정신이 아니었다.

자기 남편은 원래부터 머리가 좋고 똑똑해 못 하는 일이 없다
고 했다. 그때마다 나에게 곧 폐기처분 될 터이니 빨랑 결혼하
라고 채근했다. 그 꼴난 남편 자랑을 늘어놓으며. 하긴 머리 나
쁜 연정이에 비하면 그 남편은 거의 수재 수준이었다.

아무리 그래도 그렇지.

"미친 년, 결혼한 걸 무슨 훈장 딴 걸로 아네, 제 서방한테 사
람대접도 못 받고 사는 년이, 정말 왕 재수다."

나는 속으로 말하며 그녀를 한껏 비웃었다

결혼한 이듬해 연정이는 귀여운 딸을 낳았다. 살이 포동포동

찌고 눈과 입이 예쁜 딸은 나를 볼 때마다 안기고 따랐다. 연정이는 얄미워도 딸내미가 예뻐 나는 매일 문턱이 닳도록 찾아갔다. 내가 현관문에 들어서면 아기는 "이모다." 소리를 지르며 달려와 품에 안겼다.

나는 아기에게 장남감과 속옷을 선물하며 마구 뽀뽀 세례를 퍼부었다. 연정이는 내가 자기 딸을 예뻐하자 흐뭇한 미소를 짓더니 큰 박스에다 김치를 담아주며 말했다.

"이거 내가 담근 건데 진짜 맛있다."

굼벵이도 구르는 재주는 있다고 그녀의 김치 담그는 솜씨는 특출하다. 집으로 돌아온 나는 가족들과 함께 김치를 꺼내놓고 순식간에 먹어 치웠다. 다음날 연정이에게 달려간 나는 또다시 김치를 내놓으라고 했다. 이번에는 아주 많이.

이듬해 연정이는 아들을 낳았다. 제 아빠를 쏙 빼 닮은 아들은 똑똑하고 야무져 일찍부터 신동 소리를 들었다. 그걸 두고 연정이는 입만 열면 아들 자랑을 하는데 꼭 내 비위를 건드리는 것이다.

"넌 내가 부럽지도 않니, 친구는 결혼해 이렇게 아들 딸 낳고 행복하게 사는데, 너도 어서 결혼해야지. 우리 재민이 같은 신동 아들도 낳고."

나는 그 다음부터 발길을 뚝 끊었다. 공부도 형편없는 모자란 년이 어쩌다 결혼 한번 한 걸 가지고 더럽게 잘난 척한다고 입만 열면 욕을 했다. 그러면서 늘 보청기를 끼고 사는 그녀의 장애를 은근히 비웃었다.

연정이가 살던 그 골목 너머에 내 중학교 동창 형자가 살고 있었다. 생긴 인물은 별로여도 공부는 꽤 잘했었다. 그녀는 수학과 과학 과목을 잘 했는데 특히 영어 실력이 뛰어나 영어 경시 대회에 나가 우승도 여러 번 했다. 그녀의 꿈은 확실했다. 자기는 이 다음에 사범대학을 가서 꼭 선생님이 될 거라고 했다. 하지만 두고 봐야 할 일이었다.

사범대가 워낙 경쟁이 치열하고 실력이란 것도 항상 변하는 것이니까. 형자는 밤잠을 아껴가며 열심히 공부했다. 위로 오빠와 아래로 남동생이 있었는데 엄마와 오빠는 한 직장에서 근무하고 있었다.

말하자면 오빠의 사업체에서 엄마가 도우미로 일하는 셈이었다. 그런데 어쩐 일인지 그녀는 등록금 납부일만 되면 늘 불려다니기에 바빴다. 오빠의 사업체가 바닥을 치고 있었다. 그녀의 올케가 곰팡이가 슨 쌀을 손으로 골라내면서 밥을 해먹을 정도로 끼니마저 위태로웠다. 그러자 형자는 상업학교로 진로를 바꿨다.

남들은 대학 입학 원서 쓰고 다닐 때 그녀는 회사에 취직했고 그때부터 집안의 가장 노릇을 했다. 남동생의 학비와 기울어진 집안의 생활비를 대야 했기 때문이다. 형자는 눈치 빠르고 머리는 좋았지만 그다지 마음은 착하지 않았던 것 같다. 내게 자주 심부름을 시키고 어떨 땐 심한 욕설까지 했다.

어쩌면 그녀는 내 어둔한 두뇌를 일찌감치 파악하고 그렇게 놀려 먹었는지 모른다. 그러나 세월이 흐른 후 그녀의 집안은 기울고 나는 찢어지는 가난 속에서도 대학에 진학했다. 어느날 동네 골목길에서 그녀와 우연히 마주친 적이 있었다. 사회인으로 변신한 그녀가 몹시 피곤한 기색으로 길을 가고 있었다.

"이혜윤."

나를 먼저 알아 본 그녀가 내 이름을 부르며 손을 흔들었다.

"어? 형자야."

놀라 멍하니 서 있는 내게 그녀가 물었다.

"대학에 들어갔구나."

내 옷 칼라에 단 대학 배지가 눈에 들어온 모양이다.

"으응."

당연히 비웃을 줄 알았는데 의외의 대답이 나왔다.

"잘했구나. 축하해."

"응, 그래 고마워."

너 같은 게 무슨 재주로다 대학엘 다 갔느냐고 할 줄 알았는데 축하의 말을 하자 속으로 무척 놀랐었다. 중학교 다닐 때 늘 아파 골골대고 공부도 중간치에 머물던 내가 아니었던가. 그녀에 비하면 나는 떨어져도 한참 뒤떨어진 성적이었다. 그녀는 당시 서울여상에 합격해 졸업하자마자 취직했다.

「인생은 반전이다. 」

그때부터 나는 어렴풋이 반전이라는 단어에 집중하기 시작했다. 그건 내가 힘들고 괴로울 때마다 떠올리는 또 다른 희망의 대명사였다. 나는 대학에 들어가서도 여전히 골골댔고 나쁜 머리 싸안고 공부하느라 골머리를 앓았다. 겨우 학점 따 졸업하고 집에서 한참을 백수로 뒹굴다 취직을 해 서울을 떠나갔다.

탈(脫) 서울은 나의 오래된 숙원(宿願)이었다.

어릴 때부터 돌아다니길 좋아하던 나는 방랑기가 있었던 것 같다. 자리에 누워 꼼짝 못할 만큼 아플 때면 어디론가 훨훨 날아가 버리고 싶은 충동을 자주 느꼈었다. 이대로 누워 죽을 순 없다. 한번 태어난 인생 내 맘껏 하고 싶은 것 하며 살아야지. 어린 나는 자리에 누워 어린이 동화를 읽으며 다짐했다.

그곳에는 내가 모르는 세상이 무궁무진하게 펼쳐져 있었다. 가난으로 악다구니 치는 내 집안환경과는 다른 별천지가 각종 화려한 문양으로 새겨 있었다. 가난한 사람이 벼락부자가 되는가 하면 이름 없는 평민이 왕족이 되어 호강하는 반전 드라마가 생생하게 펼쳐져 있었다. 그건 어떤 희망이나 가능성과는 또다른 차원의 것이었다.

동화 속에 파묻히면 파묻힐수록 현실의 고통은 줄어들고 몸도 마음도 조금씩 회복되는 것 같았다. 동화뿐만 아니라 라디오 TV 드라마에도 몰입하는 나날이 늘어갔다. 어쩌면 그건 내가 견딜 수 있는 유일한 수단이었는지 모른다. 그리고 현실과 꿈의 괴리로 내 안에 점차 자리매김 되어 갔다.

어느 날 사람들은 내게 말했다. 현실과 이상은 다른 거란다. 사람은 모름지기 제 분수를 알아야 한다. 개천에서 용은 나올 수 없는 거란다. 그건 꿈이지 결코 현실은 아니란다. 오르지 못할 나무 쳐다보면 고개만 아프단다.

좀 더 자라서는 더 심한 말도 들었다. 네 밥벌이나 제대로 하

고 살아라. 이 다음에 부모 형제에게 폐나 끼치지 말아라. 때에
따라 그들은 악담이나 저주도 서슴지 않았다. 엄밀히 말하면 그
때나 지금이나 나는 착하지도 두뇌가 똑똑하지도 특출한 재주가
있는 것도 아니었다.

그저 하루하루 살기에도 벅찬 그야말로 무능력자였다. 일일이
깨우쳐 주지 않아도 스스로 자신의 한계를 알았다. 그래서 무리
하게 욕심을 부리거나 헛꿈은 꾸지도 않았다. 그런데도 사람들
은 어떻게 알았는지 내 의식 저변에 깔린 희망 사항들을 용케도
끄집어내 마구 짓뭉개고 있었다.

떠나야 한다.

내 주변 환경과 지인(知人)들로부터. 아웃 업 사이드 아웃 업
브 마인드 해야 한다.

나는 자신에게 끊임없이 주술을 걸었다. 안 보고 살면 지긋지
긋한 가난과 악몽 같은 기억들도 사라지리라 믿었다. 어릴 때
읽었던 동화책이나 드라마의 한 장면처럼 그런 인생을 살아가리
라. 자아가 아닌 객체(客體), 혹은 타아(他我)가 되어.

내 인생의 반 이상을 뚝 잘라서 드라마 대본으로 그 대본의
여주인공으로 내 스스로 대사를 쓰면서 나만의 스토리를 구성해
가리라.

서울을 떠날 당시만 해도 내 집안은 사는 꼴이 말이 아니었다.
겨우 입에 풀칠이나 하면서 남에게 손 빌리지 않는 것만도 다행
으로 여길 정도였다. 나는 졸업과 동시에 딴 자격증으로 지방공
무원으로 취직하는데 성공했다.

그건 그야말로 천우신조였다. 정식 공무원이 아닌 임시직이었지만 그나마 감지덕지였다. 당시 말단 공무원 한달 월급이 8-9만원 했던 것 같다. 일 년에 6번 상여금 나오는 게 아니라면 입에 풀칠도 하기 어려운 형편이었다.

근무한 지 6개월이 지나 정식 공무원이 될 수 있었다. 정확히 말하자면 특채인 셈이었다. 정식으로 채용시험을 치른 건 아니었으니까. 보건직 공무원이 된 나는 도서벽지를 떠돌며 생활했다. 처음에는 초등학교에 근무했고 다음엔 보건소, 그 다음엔 중고등학교에 근무했다. 어릴 때 타고 놀던 빵빵이 생각이 났다.

한참 돌고 났는데 정신 차리고 보면 어느새 제자리로 와 있었다. 공직 생활 하면서 나는 별별 인생 공부를 다 했다. 이중장부 작성에도 관여했고 그 결과로 상사가 형사에게 붙들려 가는 것도 보았다.

또 정권이 바뀔 때마다 사정(司正)의 찬바람에 납작 엎드리며 벌벌 떠는 동료들도 수없이 보았다. 각종 비리사건에 억류되어 하루아침에 옷 벗고 나가는 이웃 동료들 이야기도 수없이 들었다. 그런가 하면 청백리로 표창장을 받고 존경받는 윗 상사도 모셔 보았다.

그런 여러 상황들을 보면서 나름대로 내린 결론이 있었다. 세상에 절대적인 진리는 없다. 왜냐하면 인과응보의 법칙이 꼭 맞아 떨어지는 것은 아니기 때문이다. 세상은 분명 어떤 절대적인 힘에 의해 존재하지만 그 힘이 모두에게 골고루 미치는 건 아니었다.

선과 의는 절대가치처럼 보이지만 위력을 항상 발휘하는 것은 아니었다. 때론 악이 승승장구하는 것처럼 보일 때도 많으니까.

인생의 생사화복, 흥망성쇠, 생로병사 등 인력으로 해결되지 않는 부분이 더 많았다. 사람이 제 노력으로 사는 것 같지만 사실은 그게 다 아니었다. 배후에 역사하는 또 다른 힘이 있었다. 바로 불가항력적인 힘이었다. 그건 신적인 능력임과 동시에 생각의 힘, 즉 운명과 같은 것이었다. 사람들이 고생담을 늘어놓으며 흔히 하는 말이 있다.

"내 인생 소설로 쓰자면 몇 권 될 걸."

말도 안 되는 허풍을 늘어놓는 사람을 가리켜 하는 말이 있다.

"뻥치고 있네."

"소설 쓰고 있네."

내게도 남이 들으면 뻥이라고 할 만한 소설 같은 이야기가 있다. 남쪽 끝 바닷가에 근무할 때의 일이다. 나는 그곳 부둣가에서 우연히 형자를 만난 일이 있었다. 처음엔 둘 다 서로를 알아보지 못했었다. 그때 그녀는 한 떼의 무리와 함께 있었다.

챙이 긴 보라색 모자를 쓴 빨강색 바지와 하이힐에 한껏 멋을 부리고 있었다. 그때 그녀가 선글라스를 벗지 않았더라면 그냥 지나쳤을지도 모른다. 마침 부둣가를 걷고 있던 나는 주변에서 떠드는 소리에 놀라 멈춰 섰다.

선착장 근처에서 싸움판이 벌어지고 있었다. 구경꾼들 사이에서 야유가 터져 나왔다.

"아예 끝장을 내부러."

"다시는 못된 짓 못허게 다리몽댕일 분질러 부러여 한당께."

바닥을 뒹굴며 난투극을 벌이는 사람은 어시장에서 술집을 하는 하남댁과 처음 보는 중년남자였다. 그들은 남모르게 불륜의 싹을 틔우다 발각되었거나 술값을 떼먹었거나 둘 중의 하나였다. 그곳에서 벌어지는 싸움의 대부분이 그랬다. 그때마다 사람들은 온갖 욕설을 동원해 가며 육박전을 벌였다.

사람들은 허구헌날 벌어지는 그 지겨운 싸움판을 지치지도 않고 신기한 표정으로 구경했다. 희한한 건 구경꾼만 있을 뿐 말리는 사람은 아무도 없는 것이었다. 그건 드세고 억센 사람들이 즐길 수 있는 유일한 낙이었는지 모른다.

바닷바람이 갯냄새와 함께 싸하니 가슴을 스치고 지나갔다. 선착장을 지나 어시장 골목길로 들어서는데 누군가 내 뒤통수에 대고 소리를 냅다 질렀다.

"야! 이혜윤 이혜윤 맞지?"

내 이름을 부르는 건 30대 중반으로 보이는 끼가 넘쳐 보이는 여자였다. 작달막한 키에 차림새가 얼마나 요란한지 창피스러워 외면하고 싶을 정도였다. 퉁퉁한 몸집에 착 달라붙는 빨강색 바지와 젖가슴을 반쯤 드러낸 셔츠를 입은 그녀가 선글라스를 고쳐 쓰면서 말했다.

"나 정말 모르겠니? 우리 같은 중학교 나왔잖아."

얼굴에 놀라움과 반가움이 역력했다. 둥그스름한 얼굴에 가느다란 눈빛이 기억을 재촉하며 말했다. 중학교라는 말에 나는 재빨리 기억의 수렁 속을 뒤졌다. 그러다 추억 속의 이름을 끄집어냈다. 형자, 형자였다.

"아! 그래 맞아 형자 형자야. 그런데 이게 몇 십 년만이지?"

"한 이십 년 됐나?"

이렇게 멀리서 이십 년도 넘는 세월을 뛰어 넘어 만나다니, 좀 전의 생각은 어디로 갔는지 나는 소리를 고래고래 지르며 말했다.

"그래 우린 동창이었지, 그때 형자 너 학교 다닐 때……."

나는 말하려다 말고 입을 굳게 다물었다. 공납금을 내지 못해 불려 다니던 그녀의 모습이 떠올랐다. 20년도 뛰어 넘는 세월이 그녀와 나 사이를 바닷물처럼 넘실대며 다가왔다. 우리는 누구랄 것도 없이 먼저 물었다.

"결혼은 했니? 아이는? 여기는 어쩐 일이니."

안색을 보아 하니 형자는 산전수전 다 겪은 인생노장 같았다. 그러나 스치는 눈가를 보니 야릇한 비웃음이 보였다. 불안이 불현듯 마음에 스며왔다.

"그때 학교 졸업하고 취직한 거 아니었어? 그런데 어쩐 일로 여기까지 온 건데? 놀러 왔니?"

그러나 아무리 봐도 여행객 차림은 아니었다. 그렇다고 원주민 차림은 더더욱 아니었다.

"난……. 그러니까 여긴 말이지……."

그녀는 잠시 머뭇거리더니 물었다.

"넌 여긴 어떻게, 설마 여기 사는 건 아니겠지?"

그녀는 내 차림새를 보더니 미심쩍은 표정으로 물었다. 의심과 비웃음이 섞인 표정이 상당히 기분 나빴다.

"나 여기 공무원으로 근무하고 있어."

"뭐? 공무원?"

그녀는 놀라는 표정이었다. 너 같은 게 무슨 공무원? 하는 표정이었다. 전혀 예상 밖이라는 깔보는 듯한 표정이었다.

"전공이 뭐였는데, 그보다도 무슨 직책인데."

"응 보건직 공무원, 지방직이야, 여기 저기 떠돌아다니며 살아."

"결혼은 했겠지. 남편은 뭐하시는 분이니?"

그녀는 자기 이야기는 하나도 안 하면서 마치 신상조사 하듯 내 이야기만 물었다.

"응, 남편도 같은 공무원이야, 아이는 서울서 학교 다녀, 그런데 너는 여긴 어떻게 온 거야? 서울여상 나와서 취직한다고 그때 그러지 않았던가?"

"응, 서울서 직장 다니다 이곳에 볼일 있어서 왔지, 남편과 사업을 운영하고 있어, 건어물을 만들어 수출해, 그, 그러니까 중국이나 일본에."

거짓말. 내 안에서 음성이 들렸다. 그녀는 분명 거짓말을 하고 있다. 말투와 표정이 그걸 증명하고 있다. 형자는 분명 결혼에 실패했거나 그도 아니면 무슨 사건에 연루돼 쫓기고 있는 게 틀림없다. 저 불안한 표정과 지나치게 꾸민 차림새와 씨도 안 먹힐 거짓말이 그것이다. 나는 속으로 소설을 써대며 그녀의 표정을 살폈다.

빨강색 바지에다 하이힐을 신은 그녀는 안 그래도 작은 키가 더 짜리몽땅해 보였다. 어릴 때는 공부도 잘해 무엇이든 하기만 하면 성공할 줄 알았는데…… 제 뛰어난 성적 하나 믿고 나를 얼마나 멸시하던 그녀였던가.

수시로 내게 심부름을 시키고 모욕에 찬 언사까지 서슴지 않던 나는 그때 분노도 못 느낄 만큼 몸과 마음이 망가져 있었다. 학창시절엔 누구나 공부가 인생의 전부인 줄 안다. 공부만 잘하면 인생성공은 따 놓은 당상이라고 하지 않았던가.

그녀의 성적은 항상 상위그룹이었고 나는 언제나 중간치를 맴돌았다. 게다가 몸마저 허약해 병든 닭처럼 겨우겨우 살얼음 디디듯 살아왔다. 내겐 순간순간이 고비였던 것 같다. 수렁 속에서 정신 차리고 보면 어느새 마지노선을 통과하고 있었다.

죽을 둥 살 둥 아등바등하면서 내가 의지할 수 있는 건 신의 은총뿐이었다. 그런 식으로 상급학교 진학에 성공했고 결혼도 동정으로 이루어졌다. 내 처지를 불쌍히 여긴 동료였던 남편이 나를 구제해 준 것이다.

자기가 아니면 나를 구제해 줄 사람이 없을 것 같아서라는 이유 아닌 이유를 대면서.

남편은 어리석고 흐리멍덩한 내가 여간 불안한 게 아니었던 모양이다. 그냥 내버려 두면 누군가에게 속아 인생 박살날 것 같다며 동정으로 결혼해 주었다고 큰소리쳤다.

"죽지 않고 살아 있으니까 이렇게 만나게 되는구나, 난 배 도착 시간이 되어서 갈게, 잘 지내."

형자가 손짓 하며 말했다.

"그래, 어디서든 잘 지내. 하는 사업도 잘 되길 빌게."

나는 손을 흔들며 말했다. 뭔가 알 수 없는 싸한 느낌이 가슴을 훑고 지나갔다. 그때였다. 돌아서다말고 형자가 말했다.

"혜윤아, 이 말 한마디만 명심해. 현실보다 꿈이 더 중요한 거란다. 건강하고 잘 지내."

내 생각을 뒤집는 말 한마디를 하고 돌아서는 형자는 전혀 딴 사람 같았다. 그 말이 내 가슴에 콱 와 박혔다. 인생은 반전이다. 그 반전을 위해선 꿈을 결정해야 한다. 그리고 무엇보다 꿈을 위해 현실을 뛰어 넘어야 한다.

형자는 가끔씩 연락을 취해 왔다. 내용은 주로 돈을 빌려 달라거나 보증을 서달라는 말도 안 되는 부탁이었다. 그럴 때면 그녀는 몹시 쫓기는 목소리였고 처음에는 사정조였다가 나중에는 반 협박조로 변했다.

한밤중이나 새벽에도 전화가 걸려왔고 한낮 근무 중에도 걸려왔다. 그러던 어느 날인가 중국으로 사업체를 옮겼다며 마지막으로 전화가 오고는 소식이 뚝 끊겼다. 어느 날. 나는 문득 한 결심을 굳혔다.

아들이 서울에서 대학을 졸업하고 막 유학 채비를 서둘 때였다. 오랜 세월 타지를 떠돌며 살다 보니 이젠 안주하고 싶었다. 남편도 서울 중심지 관공서에 발령받아 안착했고 서열도 높아져 있었다.

드디어 나는 공직생활을 마감하고 고향 서울로 돌아왔다.

내가 태어나서 자란 동네는 내 젊은 시절의 모든 기억을 안은 채 나를 기다리고 있었다. 정확하게 25년 만이었다. 지천명의 나이가 되어 돌아온 고향은 천지가 개벽할 만큼은 아니어도 엄청난 발전을 거듭하고 있었다. 그러나 한편 구석으로는 흑백 사진처럼 추억의 거리도 남아 있었다.

나의 친정 가족은 내가 어릴 때 살던 그 동네에 여전히 거주하고 있었다. 사연 많고 눈물 많은 상상 꼭대기 달동네는 아파트 군단으로 변했고 오래된 가옥을 헐어 내고 빌라가 들어선 골목도 많았다.

하지만 후미진 골목에는 오래된 옛길이 함께 숨 쉬고 있었다. 어릴 때 동네를 오가며 보았던 대저택은 세월과 함께 쓸쓸한 고택으로 변했고 동네에서 큰소리치던 어른들도 상당수 천국으로 이사 가고 없었다.

어느 유명한 여배우가 살았다는 성황당 고개는 대규모 상가가 들어섰고 어릴 때 동네 꼬마들과 뛰어놀던 장승배기 모퉁이는 전철 역사와 함께 큰 교회당이 들어섰다. 또 전직 대통령이 살던 동네에는 터널이 뚫리면서 교통의 요충지로 변해 있었다.

뿐만 아니라 대방동의 유일한 자랑거리였던 공군사관학교는 청주로 이사 간 지 25년 세월이 흐르고 있었다. 지금은 보라매 공원으로 변해 시민들의 쉼터와 문화센터 역할을 하고 있었다. 각 동리마다 들어선 대형마트는 옛 기억을 까맣게 묻어 버렸다. 나의 친정집도 빨간 기와집을 허물고 다세대 주택으로 변모했다. 그나마 건물이 오래 됐다 하여 재개발 주택단지가 조성돼 얼마

안 가면 곧 철거가 들이닥칠 거라 했다.

남편이 출근하고 나면 나는 집을 나와 마트 건너편에 있는 주택단지 샛길을 걸었다. 그곳에는 오래된 주택들이 시멘트 골목길을 사이에 두고 기다랗게 뻗어져 있었다. 기와 칠이 벗겨지고 시멘트 담벼락 사이마다 항아리와 장독대가 햇볕을 받아 익어가는 모습이 내 어린 시절을 떠올리게 했다.

단층짜리 가옥들은 세월을 완전히 빗겨나 을씨년스럽기까지 했다. 한 걸음 내딛을 때마다 기억이 과거 속으로 곤두박질했다. 힘들고 병약해 간신히 걸음을 옮기던 유년시절과 청소년 시절이 빠르게 머릿속을 훑고 지나갔다.

그때 다녔던 동네 병원 이름도 생생하게 떠올랐다. 남편 자랑과 아이 자랑에 열 올리던 연정이와 그녀의 친정 부모도 생각났다. 평생 끼고 살 짐 보따리 같은 줄 알았던 딸이 시집가 아이를 낳자 온갖 자랑을 늘어놓던 그녀의 부모는 몇 해 전에 천주교 공동묘지에 묻혔다고 한다.

객지에서 생활할 때 잠시 만났던 형자도 생각났다. 중학교 다닐 때 자기는 이 다음에 선생님 될 거라며 그렇게 큰소리 탕탕 치더니, 바닷가 마을에서 만났을 때는 전혀 딴판이지 않았던가. 기억들이 뇌 속에서 한꺼번에 용솟음쳤다가 다시 현실 바닥으로 떨어졌다. 마트 건너편 주택단지를 벗어나면 상가가 보이는 중앙시장이 나타난다.

그곳에서 대로변까지는 학원가가 조성돼 있다. 처음에는 입시 학원이 줄을 대더니 지금은 공무원 취업학원이 경쟁하듯 이어져 있다. 학원을 사이로 두고 상가와 하숙집이 거미줄처럼 얽혀 세태를 반영하고 있다. 바로 취업전쟁이다.

이미 TV 리포터 기자가 수없이 훑고 지나간 학원 골목길은 젊은이들이 수없이 출몰하고 새로운 문화를 양산해 내고 있다. 세대의 교체와 삶의 격동기를 드라마처럼 생생하게 보여주고 있다. 삶의 현주소는 이곳을 두고 하는 말일 게다.

걸음을 옮길수록 옛길은 사라지고 각종 신조어와 함께 미로처럼 꼬인 좁은 길만 보일 뿐이다. 익숙한 건 이미 구태로 전락해 취급도 못 받는 시대다. 전쟁터처럼 변해버린 삶의 군상들이 모든 길을 다 차지해 버렸다.

각종 문화혜택과 복지시설로 세상은 몰라볼 만큼 살기 좋아졌는데 인심은 더 흉흉해졌다. 컴퓨터의 발달은 사람들에게서 많은 일자리를 빼앗고 대학을 취업준비소로 전락시켰다. 복지혜택은 늘어갔지만 자살자는 날로 속출했다.

각종 언론 매체는 한류열풍을 보도했지만 우울증 환자는 국민병으로 늘어갔다. 지천명의 나이에 이른 나는 언젠가부터 보수층이 되어 7080 노래를 부르고 있다. 드라마도 70-80년대 배경으로 하는 한물간 것을 좋아한다.

아침마다 소설 극장 드라마를 보면서 회상에 잠긴다. 생각이 옛 향수에 잠길 때면 나의 정신연령은 한없이 추락한다. 드라마에서 하는 인물들의 대사가 옛날에 내가 많이 들었던 말이어서 더 흥미를 끈다.

"쟤 초등학교 다닐 때 구구단도 제대로 못 외워서 나한테 꿀밤

을 얼마나 많이 맞았는지 몰라. 재한테 비하면 난 천재 수준이
지."

여자는 제 조카를 바보 취급하며 자신을 치켜세운다.

"오빠가 쟤를 대학 보내려고 얼마나 애썼는지 알아? 원서만
내면 갈 수 있는 대학도 모조리 떨어졌다니까. 그래도 인물 하
나는 잘나서 시집 잘 가는 것 봐. 그저 여자는 인물이 최고야."

내 머리 수준도 저 여자가 말하는 조카와 비슷하지 않았나 싶
다. 초등학교 입학했을 때 나는 겨우 내 이름자만 쓸 정도였다.
2학년이 되어 구구단을 외우는 데도 꽤 많은 시일이 걸렸던 것
같다. 겨우 덧셈 배우고 났는데 뺄셈을 못해서 얼마나 애를 먹
었던가.

사리판단에 어둡고 눈치코치 없어 놀림감이 되기 일쑤였고 좀
더 자라서는 온갖 병고에 시달리느라 이 세상과 하직하는 줄 알
았었다. 간신히 몸 움직여 학교 다니고 턱걸이로 겨우 입시에
합격해 상급학교에 진학했다.

불행인지 다행인지 내가 상급학교에 진학할 때마다 입시제도
가 바뀌는 바람에 많은 덕을 보았다. 전혀 진전을 보이지 않던
내 머리는 갈수록 실력이 향상되는 결과로 나타났다. 대학입시
를 앞두었을 때 성적이 상위권으로 진입하는 기적이 나타났다.

그러나 진짜 기적은 가정에서 나타났다. 없는 살림에 대학 등
록금을 내놓은 것이다. 그 엄청난 거금이 어떻게 마련되었는지
지금도 이해가 가지 않는다. 아무튼 모두의 예상을 뒤엎고 나는
대학에 진학했고 말단이나마 공무원이 되어 공직생활을 한 것이

다. 우리 집안으로선 첫 공무원 출신이었다.

동생들도 공부를 마쳐 각자 전문분야에 진출했다. 여동생은 국내에서 가장 크다는 병원의 간호사가 되었고 남동생은 재벌그룹의 고위 임원이 되어 뉴욕으로 진출했다. 막내 여동생은 인천의 한 전문대학에서 강사로 일하고 있다.

모두가 현직인데 나만 은퇴해 백수가 된 셈이다. 그래도 친정 가족들은 집안의 장녀인 내가 첫 스타트를 잘 끊어 동생들도 잘 나갔다며 좋아한다. 지방에서 공직생활을 끝내고 오던 날 나는 한 꿈을 꾸었다.

그건 어릴 때부터 꾸어온 오래되고 찬란한 꿈이었다. 그 꿈은 초등학교 시절 무렵 동네 도서관에서 시작된 동화작가였다. 그러나 나이 오십에 동심의 세계로 돌아가 동화를 쓴다는 게 어디 쉬운 일인가. 세파에 찌들고 현실론자가 되어 감정이 부서지고 낡아질 대로 다 낡아진 상태였다.

그래도 어딘가에 어릴 때 기억이 숨어 있겠지. 나는 매일 집을 나와 옛길을 찾아다니며 동심을 회복하려 노력했다. 길은 여러 갈래로 나뉘어져 숨바꼭질 하듯 여기저기서 나타나 나를 혼동케 했다. 때로는 치기(稚氣) 어린 감정이 솟아나와 갑자기 울음을 터뜨린 적도 있었다.

30-40년 전 기억이 묻어 있는 옛길을 걸을 때면 저절로 동화 구상이 떠올라 밤새 컴퓨터 앞에 앉아 글을 쓰기도 했다. 옛길은 나를 동심으로 인도하는 통로였다. 아픔과 고난의 상징처럼 마음을 울리기도 하고 옛 지인(知人)들이 한꺼번에 떠오르는 마

음의 창구가 되기도 했다. 어느 날 나는 우연히 그 옛길에서 한 꺼번에 여러 가지 추억을 만났다. 그날은 눈이 엄청난 기세로 쏟아 붓던 한 겨울날이었다.

동네 골목길을 바쁜 걸음으로 총총히 지나는 여자가 있었다. 곤색 점퍼에 털로 짠 모자를 뒤집어 쓴 채 발에는 털신을 신고 있었다. 검정 비닐에 테두리를 황토색 털실로 짜서 두른 30년 전에 유행하던 털신이었다. 그 털신이 지나가다 말고 나에게 말을 걸었다.

"이 구멍가게 근처에 만화 가게 있었는데 못 봤나요?"

"요새도 만화 가게가 있나요?"

"네에, 30년 전 여기 이 자리에 있었어요. 떡볶이랑 오뎅도 팔면서 태레비도 보여주던……. 그런데 어디서 낯이 익은 듯한데……. 혹시 초등학교 어디 나오셨어요?"

여자는 아무래도 제정신이 아닌 듯했다. 슬픔에 가득 찬 눈빛이 나에게 무언가를 간절히 원하는 눈치였다.

"역 근처에 있는 ○○○초등학교예요."

"네? 저돈데요. 몇 년도 졸업? 아니 지금 나이가?"

나는 잠시 머뭇거렸다. 머릿속에서 생각이 마구 엉겨 붙는 것 같았다.

"혹시 이혜윤?"

"네? 절 아세요?"

"나 영미 영미야, 기억 안 나? 우리 초등학교 2학년까지 같이 다녔잖아. 그때 난 ○○초등학교로 전학 갔잖아. 그때 본동 근처에 학교가 신설되는 바람에."

말은 맞는 것 같은데 얼굴 모습이 영 아니었다. 어릴 때 영미 모습이 떠올랐다. 앞머리를 눈썹 위까지 자르고 뒷머리를 중간 까지 비스듬하게 잘라 촌스럽기 짝이 없는 모습이었다. 나는 그 머리가 마음에 안 들어 일부러 멀리 있는 미용실로 갔었다.

영미는 나이보다 훨씬 늙어 보였다. 50대 중반, 아니 후반으로까지 보였다. 손자를 봐도 서넛은 봤을 얼굴이었다. 그나저나 영미가 확실하다면 어떻게 나를 알아본 걸까.

"아직도 나 생각 안 나? 나 영미잖아, 김영미."

"알아, 저기 방직공장 뒤 꼭대기에 살던, 우리 같이서 한강으로 놀러갔었잖아."

"기억하는구나, 그랬었지. 그때도 이렇게 눈이 많이 왔었는데."

"나 집에 급히 가봐야 하는데 핸드폰 있지? 번호 좀 알려줄래, 내가 나중에 연락할게."

"나 핸드폰 없는데."

"없다구?"

"뺏겼어."

"누구한테?"

"그냥……."

살기가 힘든 모양이구나, 가슴 한쪽에서 슬픈 목소리가 들렸다.

"난 25년 동안 지방에서 공무원 하다가 서울로 올라온 지 얼마 안 돼, 영미야 시간 있으면 우리 집에 놀러와."

나는 그녀에게 내 핸드폰 번호를 알려 주었다. 중앙시장 쪽으로 걸어가는 그녀의 뒷모습이 너무 춥고 위태로워 보였다. 가난의 대명사, 상상 꼭대기 달동네 1번지에 살던 그녀의 어릴 적 삶이 희미하게 떠올랐다. 그녀는 어떻게 나를 알아본 걸까.

아무리 생각해도 이해가 안 간다. 내 이름과 초등학교를 기억하는 걸로 보아 영미가 틀림없다. 언덕배기에 있는 교회당 너머로 하나의 큰 달동네 군락이 형성돼 있었었다. 산자락을 헐어내 지은 판잣집들은 일 년 내내 연탄가스 사고가 끊일 날이 없었다. 또 여름이면 집집마다 쏟아내는 오물로 악취가 진동했었다. 하루 벌어 하루 먹고사는 날품팔이 인생들, 그 동네엔 인생 막장 드라마가 날마다 펼쳐지고 있었다.

그 산동네의 인심은 개울물만큼이나 얼마나 더럽고 흉흉하던지, 나는 그 가난에 멀미나는 그곳을 찾아갈 때마다 동심에 먹물을 뒤집어쓰는 기분이었다. 당시 60-70년대는 국민 대부분이 가난했지만 그 달동네만큼 궁기가 흘렀으랴.

우리 집안 또한 가난이라는 치욕을 껴안고 살긴 마찬가지였지만 그래도 그 동네보단 나았다. 언젠가 연명(延命)이란 단어에 대해 생각해 본 적이 있었다. 도시에 살아 보릿고개를 겪진 않았지만 굶기를 밥 먹듯 하는 집을 여러번 보았다.

가난한 집안에 웬 자식들은 그렇게 많이 낳았는지 집집마다 아이들로 바글댔다. 제대로 먹이지도 가르치지도 못한 집안의 여자애들은 식모살이로 남자애들은 공장살이로 떠나갔다.

그중에서도 영미네가 가장 가난했던 것 같다. 그녀 가족은 모두 국졸이 최종 학력이었다. 그녀의 부모는 얼마나 엄격한지 자식들이 말대꾸 하는 걸 허용하지 않았었다. 판잣집에서 어린 자식들이 바글대며 살다 어느 날인가 하나도 보이지 않았다. 식모살이 공장살이 하기 위해 떠난 것이다.

그때 나는 영미의 눈물을 처음 보았다. 아무리 힘들어도 눈물을 보이거나 원망 불평 한번 없는 그녀였다. 어머니의 모진 핍박에도 예! 예!로만 응답하던 그녀였다. 지금 생각해 보면 그녀의 어머니는 계모였던 것 같다.

그러기에 그렇게 매몰차게 딸을 식모살이 보냈던 것이다. 중학교 이야기는 아예 입 밖에도 꺼내지 못한 채. 최종학력을 국졸로 마친 그녀는 내 교복 입은 모습을 보고는 망연자실 하며 눈길을 돌렸다.

그녀는 식모살이 가면서 어머니에게 마지막으로 애원했었다. 차라리 공장으로 가게 해달라고. 당시 청계천에 있는 봉제공장에 미싱사로 가게 해달라고 조르다가 엄청 두들겨 맞았다. 아무래도 영미를 만난 게 꼭 꿈만 같다.

어떻게 30년 세월을 뛰어넘어 한 순간에 만나질 수 있단 말인가. 그날 퇴근하고 들어온 남편에게 영미 이야기를 열 번도 더 했다.

"글쎄 아무리 생각해도 꼭 꿈만 같더라니까, 그때 내가 길을 가는데 하필이면 그 골목에서 영미를 만날게 뭐야, 이건 꼭 운명의 장난 같아."

"아이구 아주머니 그렇게 반가우셨어요? 헤어진 옛 애인을 만났더라면 얼마나 더 반가우셨을까."

"헤어진 옛 애인이 있기라도 하면 원이 없겠네."

"하긴 내가 아니었으면 누가 당신을 구제해 주었겠냐, 남편 잘 만나 마음고생 안 하고 편히 살았지."

"누구야말로, 나 아니면 어떤 여자 만나서 생고생했을지 생각해 봤어? 마누라 잘 만나 호강한 줄이나 아셔."

남편과 나는 서로 공치사를 하며 우겨댔다. 다음날 아침 집을 나서려는데 핸드폰이 울렸다. 영미였다. 어제 만났던 그 골목에서 기다리고 있겠다고 했다. 이상하게 마음이 설렜다. 나는 도로 집안으로 들어와 거울 앞에 앉았다.

장롱에서 새 옷으로 꺼내 입고 얼굴에 화운데이션을 바르고 화장을 고쳤다. 구두도 하이힐로 꺼내 신었다. 집을 나와 비탈길을 내려가는데 몇 번이나 넘어질 뻔했다. 구두 굽이 높아 발목이 접지를 것 같았다.

조심조심 걸어 마트 앞을 지나 횡단보도를 건너는데 저쪽에서 영미가 보였다. 어제처럼 털신을 신고 어깨를 잔뜩 웅크린 채 골목길 옆에 서 있었다. 체구로 보자면 꼭 초등학교 수준이었다. 키가 150센티나 될까. 어릴 때도 그렇게 작더니 성인이 되어서도 키가 자라지 않고 그대로였다.

"혜윤아!"

그녀는 반갑다는 듯 내 손을 꼭 잡았다.

"춥지?"

"난 괜찮아, 우리 어디 들어갈까?"

"그보다도 우리 다녔던 초등학교에 가보자."

"이렇게 추운데?"

오래돼 색깔이 바랜 점퍼를 두 손으로 움켜쥐며 그녀는 앞장서 걸었다. 나랑 같이 초등학교를 겨우 2년 다니다 본동 쪽에 신설된 학교로 전학 간 영미는 마치 동창인 것처럼 말했다.

"혜윤아 나는 친구가 없단다. 학교를 초등학교만 나왔잖아."

그 소리에 그만 가슴이 콱 막히는 것 같았다.

"영미야, 내가 앞으로 니 친구해줄게."

"고마워 혜윤아, 아이는 몇이니? 남편은?"

"남편은 국가 공무원이야, 아이는 아들 하나 뒀어, 지난달에 유학 갔어."

"난, 남편이 우리 신랑이 공사장에서 일하다 다쳐서 누워 있어, 하지만 보상금이 나와서 그럭저럭 살아, 아이는 딸만 둘인데다 시집갔어. 지금 대전에서 살아."

"넌 그러면 계속 여기에서 산 거야?"

"아니, 대전에서 20년간 살다 여기 온 지 5년쯤 돼."

"그렇구나, 우리 앞으로 자주 만나서 이야기하자."

골목을 지나자 대로변이 나타났다. 수많은 차량이 휙휙 지나며 굉음을 냈다. 한낮인데도 바람이 찼다. 버스정류장 옆으로 초등학교 담벼락이 보였다. 신축된 교사(校舍)가 ㄷ자 모양으로 운동장을 향해 나 있었다.

방학 중이라 그런지 아이들이 보이지 않았다. 학원에 갔거나 아님 컴퓨터게임 하거나 둘 중의 하나일 것이다.

"우리 때는 고무줄놀이나 땅따먹기 하고 놀았는데 요즘 아이들은 학원에다 컴퓨터에다 세태가 변해도 너무 변했어."

탄식하며 교정으로 들어서는데 만감이 교차했다. 오랜만에 밟아보는 모래흙과 대로변으로 난 나무숲이 동심을 떠올리게 했다. 우리는 서로 말없이 걸어 놀이기구가 있는 곳까지 왔다. 그때 저쪽에서 우리를 보고 다가오는 발걸음이 있었다. 이마에 칼주름이 가득한 중년여자였다. 그녀가 다가오더니 큰소리로 외쳤다.

"영미야, 혜윤아."

영미와 나는 멍하니 그 목소리 주인공을 쳐다봤다.

"나 모르겠니? 형자, 형자잖아."

아, 그러고 보니 형자와 영미는 동창이었다. 어느새 알아본 영미가 형자와 두 팔을 붙잡더니 마구 환호했다. 나는 솔직히 형자의 출현이 반갑지 않았다. 그냥 영미와 말동무만 하려 했는데 느닷없이 형자가 나타나는 바람에 마음에 금이 가고 말았다.

그날 우리는 음식점과 커피숍을 오가며 엄청나게 수다를 떨었다. 셋 다 말이 없는 스타일인데 어디서 그렇게 말의 홍수가 터진 걸까. 주로 어린 시절 이야기를 하며 현실의 어려움을 곁들였다. 음식 값과 커피 값은 모두 내가 부담했다.

그리고 그것은 만날 때마다 반복됐다. 형자는 만날 때마다 돈타령에 죽는 소릴 했고 영미는 남편이야기와 살림 걱정에 역시 돈타령이었다. 만남이 거듭될수록 반가움은 없어지고 짜증과 부담만 늘어갔다.

그러던 어느 날 나는 우연히 길에서 연정이를 만났다. 손자를 등에 업고 병원에 가는 중이라 했다. 아기가 감기증세가 심해 주사를 맞혀야 하는데 폐렴으로 번질까 걱정이라 했다. 그렇게 만남이 거듭되는 동안 나는 매일 습작을 계속해 드디어 동화작가로 등단했다.

거기에는 영미와 형자, 그리고 연정이의 몫도 포함돼 있었다. 중년의 고개에서 만난 우리의 이야기는 동심을 자극하기에 충분했다. 물론 수십 년 세월 동안 마음의 때도 많이 끼었지만 아픔과 상처라는 공감대가 있어서 더 가까이 지낼 수 있었다.

형자는 중국으로 옮긴 사업체를 정리하고 동대문에 작은 점포를 얻었다. 영미는 남편이 기사회생하는 기적을 체험했다. 거의 식물인간이나 다름없는 남편이었는데 매일 자리에 누워 인터넷으로 설교를 듣더니 어느 날 기적처럼 자리에서 일어났다는 것이다. 나는 처음에는 그 말을 믿지 않았다.

"무슨 쇼 같은 소리냐?"

내 말에 영미는 잠시 당황스러워 하는 눈치였다. 그러자 그 말을 들은 형자가 말했다.

"그렇담 나도 다음 주일부터 교회 나가야지."

"왜?"

"누가 알아? 혹시 쟤네 남편처럼 우리 남편이 하는 사업도 기사회생해서 번창할지."

그 말에 우리는 한참을 웃었다. 우리는 만날 때마다 시도 때도 없이 옛 이야기를 했고 옛길을 걸으며 추억을 상기했다. 그러던 어느 날이었다. 영미가 심각한 눈빛으로 말했다.

"우리가 살고 있는 집 말야, 곧 재개발 들어간대, 그럼 우리
앞으로 아파트 한 채 떨어지고 어쩌면 상가도 분양받을 수 있
대."

"어머! 정말 잘 됐구나, 살다 보면 좋은 일 있다고 이제 영미
너한테도 좋은 일만 생기려나 보다."

"그러게 영미야, 앞으로는 좋은 일만 생길 거야, 옛말에 그런
말이 있잖아 쥐구멍에도 볕들 날 있다고."

"응 고마워, 남편은 벌써부터 새 일거리 없나 찾으러 나갔어."

집으로 돌아오면서 생각했다. 이제 마지막으로 남은 옛길이
사라지고 나면 어디 가서 동화거리를 찾을 것인가. 동네 마트를
지나는데 어디선가 복음성가가 마음속에 들려왔다.

"나의 가는 길 주님 인도하시네, 그는 보이지 않아도 나를 위
해 일하시네. 주 나의 인도자, 늘 함께 하시네, 사랑과 은혜를
베푸시며 인도하시네……."

가만히 소리 나는 곳을 쳐다보니 상가 맨 위층 교회였다. 얼
마 전에 형자가 나가기 시작한 교회였다. 그녀가 왜 갑자기 교
회에 등록하고 교인이 되었는지 확실치는 않다. 사업상 필요해
선지 아님 자기 말처럼 기적이라는 축복을 받기 위함인지. 아무
튼 나는 동화 쓰는 일에 차질이 생길까봐 여간 걱정되는 게 아
니다.

하지만 언젠가 형자가 한 말처럼 꿈이 현실보다 중요하니까
걱정은 나중에 하기로 했다. 동네 상가를 지나 비탈길을 오르는
데 누군가 내 곁에 오더니 작은 목소리로 말했다.

"오직 그가 나를 아시나니 나를 단련하신 후에는 내가 정금같이 나아가리라."

(2012년 만다라 문학)

낯선 거리

　비 오는 객지의 거리를 걷는다.

　이 도시는 알 수 없는 쾌감이 흐른다. 내 소설 속 주인공들이 살다 간 탓일까. 유난히 정겹고 건물과 골목 샛길마다 사연이 흐르는 것만 같다. 기찻길을 따라 조금만 걷다 보면 초록 숲길과 휘몰아치는 거센 물줄기가 시선을 압도한다. 교각 밑을 흐르는 개울물 건너편에 초등학교 건물이 동화의 한 대목처럼 외로이 서 있다.

　그러나 자세히 다가가 보면 교사(校舍)는 텅텅 비어 있는 채로 외지인들의 발길을 맞고 있다. 낯섦과 방황의 함수관계가 여행객들 마음에 흐른다. 사람들은 낯선 여행지에서 미래의 그리움과 만나고 옛 추억 하나를 떠올린다. 그리고 현재와 미래의 숨바꼭질에 몰두한다.

　열차가 시골 역사(驛舍)를 지나치며 세월이 멎는 소리가 들린다. 마을은 강물과 초록 산자락과 논과 밭을 껴안고서 평화로이 낯선 이방인을 대한다. 소도시의 낭만과 경이로움, 미지의 그리움과 또 다른 나를 만나기 위해 서둘러 떠나는 코레일 열차여행.

시간과 정념을 묶어 놓고 시나리오의 주인공이 되어 본다.

언젠가부터 난 열심히 살기가 싫어졌다. 그냥 맘 편하게 대충 살고 싶어졌다. 너무 지친 나머지 모든 기력이 소진되었기 때문에 이젠 생각조차 하기 싫었다. 나는 본래 억척이란 단어와는 거리가 멀어도 한참 멀었다. 병약한 육신과 나약한 의지가 삶을 방기하다시피 했다.

육신보다 허약한 정신상태가 더 먼저였다. 정신력만 튼튼하다면 육신의 병고도 능히 이겨내련만 나는 미리부터 의지의 끈을 놓고 있었다. 애초부터 끈기와는 거리가 멀었고 사방에서 들려오는 악다구니로 정신 줄마저 놓고 있었다. 하루 종일 멍한 눈빛으로 방구석에 처박혀 기껏 생각한다는 게 죽음이었다.

30세가 되기 전에 죽어지리라.

그러나 나는 30살을 넘기고도 20년째 살고 있다. 생목숨 끊는 게 그렇게 간단한 일이 아니었다. 세월은 변화라는 힘을 가지고 있어 때때로 운명을 바꾸어 놓기도 했다. 내 나이 중년을 넘어 허약한 육신이 활기를 되찾고 안정가도를 달리고 있는데 기막힌 소식이 들려왔다.

"명혜가 자살을 기도했단다, 지금 안양에 있는 병원에 누워 있는데 생명이 위독하다."

근 3년 만에 들어보는 외숙모의 전화 목소리였다. 자살이라니……. 처음에는 무슨 연속극의 한 대사인 줄 알았다. 생명이 위독하다면 아직 살아 있단 말인가. 무슨 말을 해야 할지 몰라 그냥 전화를 끊어버렸다. 3년 전 외삼촌의 장례식 때 명혜가 이혼했다는 말은 얼핏 들었던 것 같다.

아이들은 명혜가 키우기로 최종 합의하고 갈라선 지 몇 달 됐다고 했다. 결혼한 지 1년 만에 남편을 잃은 막내 명현이가 외숙모 곁에서 말없이 울고 있었다. 한 집안에 돌싱이 둘이나 된 셈이다. 큰 딸 명윤이는 남편 따라 독일로 거주지를 옮겼는데 나이 40이 넘도록 아이가 없었다.

명윤이는 장례를 치르기 위해 급거 귀국 중이라 했다. 명혜는 아예 장례식장에 나타나지도 않았다. 이혼 사실도 극구 숨기고 있었다. 명혜가 이혼했다는 사실도 장례식이 끝나고 나서야 알았다. 친척들이 우민이와 우경이가 왜 안 보이냐고 묻자 명혜가 아이들 데리고 일찍 들어갔다고 거짓말을 둘러댔다.

장례식이 끝난 뒤 일가친척은 뿔뿔이 흩어졌고 그동안 소식이 두절되다시피 했었다. 외숙모는 원래부터 허장성세가 심했다. 옛날부터 자랑을 입에 달고 살았다. 남에게 지는 것을 극도로 싫어해 질투와 비방을 늘 입에 올리고 살았다.

친척들 간에 안 좋은 일이 생기면 흉보느라 바빴고 좋은 일이 생기면 질투하느라 날 밤 샜다. 상대가 조카가 됐건 이웃 친척이 됐건 늘 질투와 비방을 일삼았다. 그래서 친척들은 외갓집에 아예 연락조차 않고 지냈다.

시골에서 올라와도 외가에는 아예 들르지도 않고 가버리기 일쑤여서 나중에 그 사실을 안 외숙모는 왜 나만 왕따 시키느냐며 눈물짓기도 했다. 우리 집 방바닥에 가시를 심어놨냐 왜 앉기도 전에 일어서냐며 서운함을 토로했다.

"나는 그 집에 가면 불안해서 도저히 앉아 있을 수가 없어야, 너희 외숙모 소리 지르는 것도 무섭고."

어쩌다 외숙모가 대접을 잘해 주어도 결과는 마찬가지였다. 곁에 가기만 해도 찬바람이 부는데 불안해서 견딜 수가 없다 했다. 외숙모는 자기 처사는 생각지도 않고 다른 사람만 줄기차게 비방했다. 그러니 더 사람들이 싫어할 수밖에. 외숙모는 시기 질투도 심했지만 미신 잡신 섬기는 걸 좋아해 돈을 물 쓰듯 낭비했다.

집안을 온통 뻘건 부적으로 도배하다시피 했고 찬송가 소리를 제일 싫어했다. 무슨 일을 앞두고는 부정 탄다 복 달아난다, 소리를 연발하며 입조심을 시켰다. 그러나 먼저 입조심 해야 할 사람은 바로 외숙모였다.

말이 씨가 된다고 항상 부정적인 말과 남의 험담하는 것을 좋아했기 때문이다. 작은 꼬투리만 잡혀도 그걸 물고 늘어지며 상대를 약 올리고 온갖 조롱과 수치를 퍼부었다. 내가 결혼하기 전, 엄마가 중매를 부탁하자 대뜸 한다는 말이 가관이었다.

"쟤는 인물이 없어서 곤란해, 키가 크길 하나 얼굴이 반반하길 하나, 게다가 직장이 번듯하길 하나, 뭐 하나 볼 게 있어야지."

외숙모의 말이 채 끝나기도 전에 불호령이 떨어졌다.

"얘가 인물이 없긴 왜 없어? 자네, 그게 지금 조카한테 할 말인가? 중매를 안 하면 그만이지 악담을 해라 악담을 해."

엄마의 불호령에 외숙모는 흠칫 놀라는 기색이었다. 젊었을 땐 안 그랬는데 날이 갈수록 그악스러워지는 건 외삼촌 때문이었다. 하루가 멀다 하고 외박에다 바람을 밥 먹듯 피워댔기 때문이다. 외삼촌의 엽색행각은 내림현상이었다. 외할아버지는 물론 형제들까지 평생을 바람피우다 갔기 때문이다.

게다가 외삼촌은 술 중독에다 고혈압 증상으로 언제 터질지 모르는 시한폭탄 같은 존재였다. 그럴지라도 엄마는 끝까지 외삼촌을 두둔했고 모든 걸 외숙모의 잘못된 성품으로 몰아붙였다.

핏줄이 무슨 잘못을 저질러도 팔은 안으로 굽는 모양이었다. 숙모도 어릴 때는 착하고 순했다고 한다. 그러나 결혼 이후 하도 험악한 일을 많이 겪다 보니 자신도 모르게 심사가 악해진 것이라 했다.

그럴지라도 자식들에겐 끔찍했다. 딸 셋을 공주 여왕님처럼 받들어 키우며 온갖 극성을 다 부렸다. 집까지 팔아치우며 큰딸을 대학을 보냈고 가운데 명혜는 삼수까지 시켜 일류대학에 보냈다. 막내딸 명현이도 재수 끝에 서울 끝자락에 있는 대학에 보냈다.

가끔 명현이는 우리 집에 푸념을 했다.

"고모, 엄마 아빠가 나는 안 예뻐하고 위의 언니들만 좋아해, 화가 나 밥도 먹기 싫어."

"저런, 못된 것들이 있나, 우리 명현이가 얼마나 예쁘고 귀여운데 니의 집에 전화해서 당장 오라고 해라. 내 이것들을 혼쭐을 내줄 테니."

"정말?"

명현이는 만족한 미소를 짓더니 이내 까르르 웃음을 터뜨렸다.

외숙모는 무슨 일이 됐건 특히 집안일에 있어서는 꼭 점쟁이에게 물어보고 하는 버릇이 있었다. 돈만 생기면 치성을 드린다고 야단법석을 피우다 사기꾼에 걸려 집을 날려버린 일도 있었다. 그럼에도 딸들의 혼사를 놓고 유명하다는 점쟁이에게 찾아가 사주 궁합은 물론이고 길일을 따져 택일하고 온갖 유난을 다 떨었다. 명윤이 명혜 명현이 결혼도 그렇게 이루어졌다.

하지만 결혼 이후 계속 불상사가 발생하자 아예 친척들과 발길을 끊고 살다시피 했다. 잘난 체하고 뻐기는 게 취미생활인데 더 이상 자랑거리가 사라진 것이었다. 버스만 타면 한 시간 거리인데도 나는 숙모집에 찾아가지 않았다.

가서 무슨 말을 하겠는가. 두 돌싱 앞에 내가 딱히 할 말이 무엇이 있겠는가. 본래 말 주변머리가 없었고 숙모의 거센 입담에는 당할 재주가 없었다. 모전여전이라고 명윤이 명혜 명현이 성격도 장난이 아니었다.

셋 다 숙모를 닮아 곁에 가기만 해도 찬바람이 불고 상대가 누가 됐건 툭하면 악담하고 비방했다. 상처가 많아서라기보다 듣고 보고 자란 게 그러니 어쩔 수 없는 현상이었다. 딸 셋 중에서 명혜가 그중 나았다.

명혜는 딸 중에서 숙모를 가장 많이 닮아 날씬하고 얼굴도 예뻐 미인 축에 속했다. 숙모가 젊었을 때의 모습 그대로라고 했다. 그래서인지 숙모의 사랑을 가장 많이 받았다. 대학을 세 번이나 떨어지긴 했지만 손에 물 한 방울 안 묻히고 산 공주마마였다. 집에서 해주는 밥 먹고 직장생활 한번 안 해보고 한 결혼이었다.

여자가 능력이 있으면 평생 그걸로 밥 벌어먹고 살아야 하니 그건 팔자가 센 증거이기 때문에 좋지 않다는 게 숙모의 주장이었다. 그래서 집에서 편하게 놀다 중매로 만난 남자와 결혼했다. 남자는 인물도 좋고 머리도 똑똑했다. 유명한 기업체에 다닌다고 하는데 명혜와 어울리게 미남형이었다.

예의도 바르고 성격도 원만해 보이는데 그건 착각이었다. 그 예의바른 태도 뒤에 무서운 계산적인 심리가 숨어 있었다. 사위 셋 중에서 제일 잘 생겼고 능력도 있어 보였다. 하지만 결혼한 지 얼마 안 가 다니던 직장을 그만두고 사업을 시작한 게 문제였다.

그는 남의 밑에서는 일을 못하는 그런 스타일이었던 것이다. 본가에서 사업자금을 대줄 형편이 안 되니 의지할 데라곤 처가밖에 없었다. 살던 전셋집을 빼내 처갓집으로 들어갔다. 안 그래도 집안 살림이라곤 겨우 설거지나 하는 정도인 명혜는 오히려 잘됐다 싶었다.

집안 살림과 육아를 숙모에게 몽땅 떠넘기고 놀러 다니기에 바빴다. 모처럼 우리 가족과 함께 모여 이야기하고 있을 때였다.

전화벨이 울리자 명혜가 냉큼 받더니 상냥한 목소리로 "응 빨리 들어와."하고 끊었다.

듣고 있던 사촌들이 누구냐고 묻자 "남편."하고는 웃는 것이었다. 아유, 얄미워하자 이번에는 호들갑스럽게 웃었다. 아이들이 커감에 따라 제부는 사업체를 여러 번 바꾸고 환란(患亂)도 많이 겪었던 것 같다. 처가에서 분가해 나갔다가 다시 들어오기를 여러 번, 그때마다 숙모는 우리 집에 찾아와 빚보증 서주기를 몇 번이나 애원했는지 모른다.

조카들이 잘될까봐 미리 배 아파하고 악담을 밥 먹듯 하면서도 필요할 때면 꼭 찾아와 돈 내놓으라, 집 담보로 사업자금 대달라 한바탕 난리를 치르고 돌아갔다. 숙모가 살고 있는 집은 벌써 저당 잡혀 있는 게 틀림없었다. 평생 한 번도 힘든 일 겪지 않고 살아온 명혜였다. 부모 사랑 속에 한 번도 싫은 소리 한번 안 듣고 자란 딸 셋 중에서 가장 성품이 좋은 아이였다.

인물도 좋아 모델 대회 나가보란 소리도 수차례 들었었다. 그런데 남편 하나 잘못 만나 운명이 엇갈리고 만 것이다. 우리는 어릴 때부터 바로 이웃집에 살아 사이도 좋았는데……. 눈물이 울컥 솟았다. 그동안 모른 체하고 지낸 세월이 안타까웠다. 살아만 있다면 내가 힘이 되어 줄 수도 있는 문제였는데.

바쁜 삶속에 서로 외면하며 무관심 속에 살다가 위기를 맞이하고 말았다. 아직까지는 숨이 붙어 있다는 말에 나는 서둘러 병원 갈 채비를 했다. 가방을 들고 막 현관문을 나서려는데 친정 아버지가 말렸다.

"어딜 가려고?"

"명혜한테 가 봐야지, 죽기 전에 얼굴이나 한번 봐야지."

"볼 것 없다."

"왜?"

"글쎄 여자는 그런 곳에 갈 필요 없다니까."

뉘앙스가 이상했다. 아버지는 남동생과 함께 자동차에 오르더니 금세 골목길을 빠져 나갔다. 나는 멍한 얼굴로 서 있다 발만 동동 굴렀다. 혹시 그새 죽은 건 아닐까. 생각조차 하기 싫었지만 현실은 부정할 수 없었다. 숙모에게 핸드폰을 걸었지만 받지 않았다. 이튿날 나는 가족에게 명혜가 있는 병동을 물었다.

"거긴 가서 뭐하려고?"

죽기 전에 전도해서 천국 가게 하려고. 그러나 말은 입안에서만 뱅뱅 돌았다. 마음은 화급한데 불안과 슬픔이 가슴을 억눌러 한마디도 할 수 없었다.

"벌써 화장(火葬)하고 왔다, 자식을 둘이나 떠안은 게 죽긴 왜 죽어? 악착같이 살아야지."

순간, 머리가 텅 빈 것 같았다. 죽다니……. 그래도 설마 설마 했는데 기적적으로 소생해 주길 바랐는데 죽을 거라곤 생각조차 하기 싫었는데. 죽더라도 천국복음만은 전해 천국에서 재회하길 바랐는데. 아! 가슴이 찢어진다는 표현이 바로 이런 거였구나. 자책감이 통증이 되어 가슴을 짓눌렀다.

불쌍한 것. 아무리 힘들어도 자식들 생각해서 살지, 죽긴 왜 죽어? 살다 보면 좋은 날 있고 쥐구멍에도 볕들 날 찾아오는 거지. 이혼하면서 빚까지 떠안았다는 소식도 충격이었다. 도대체 그동안 무슨 일이 있었기에 빚에다 신용불량자까지 됐단 말인가. 몇 년 전엔가 명혜가 우리 가족에게 물건을 강매한 적이 있었다.

건강식품이라며 한 통에 이백만 원이나 하는 고가였다. 제부가 다단계 사업을 하면서 명혜에게도 물량을 떠맡긴 모양이었다.

명혜는 날마다 친구들을 찾아다니며 물건과 다단계 회원가입을 권유했고 그 과정에서 상처도 많이 받은 것 같다. 정수기에다 건강식품, 기능성 속옷에다 전자제품까지 취급하지 않는 물건이 없을 정도였다.

친척들에게도 물량이 배급됐다. 최저가가 오십만 원 많게는 수백만 원 하는 고가를 강제로 떠맡기다시피 했다. 그것도 한두 번이지 사정이 어려운 집에서는 거절을 했는데 그걸 두고 숙모가 욕설을 퍼붓고 난리를 친 모양이다.

나는 남편과 아들이 외국에 나가 있어 형편이 여의치 않다고 사정을 해 겨우 모면했다. 숙모는 평소에는 소식도 없다고 급한 일만 생기면 친척들을 찾아 도움을 청했다. 그러다 외삼촌 사후에는 그마저도 소식이 끊기고 말았다.

언젠가 김장 김치를 보낸 적이 있었는데 그것을 두고 얼마나 오랫동안 생색을 냈는지 모른다. 유난히 자식 욕심이 많았던 숙모였다. 젊었을 때에는 외삼촌의 바람기 때문에 마음고생도 엄청 많이 했다. 처녀 때는 이웃 동네까지 인물이 좋다고 소문나 중매가 빗발쳤었다고 한다. 외삼촌과는 연애결혼이었다.

우연히 길을 지나가다 한눈에 반했는데 그에 대한 일화는 친척들 간에도 유명하다. 서릿발같이 엄격했던 50여 년 전에 어떻게 자유연애를 했는지 이해가 안 간다. 그것도 서울이나 도회지가 아닌 손바닥만 한 시골 동네에서.

처음 만나 데이트하고 다음 약속시간을 정하는데 마음이 엄청 설레었다고 하던 외삼촌의 모습이 떠오른다. 외삼촌도 젊었을 때는 영화배우 하라는 말을 들을 만큼 인물이 뛰어났었다. 둘 다 인물에 반해 연애하는데 소문이 온 동네를 지나 이웃동네까지 퍼졌었다고 한다. 그런데도 숙모에게는 대시하는 총각이 줄을 이었다.

워낙 인물이 출중한 데다 총각들이 물불 안 가리고 덤벼들었기 때문이다. 외삼촌은 그 이야기를 하면서 내게 말했다.

"내가 왜 니 숙모랑 결혼한 줄 아냐? 니의 숙모가 동네에서 제일 예뻤어, 더 이상 예쁜 여자는 찾아볼 수 없었어, 그래서 담박 결혼했지."

숙모가 당연하다는 표정으로 웃었다.

후에 들은 이야기로 외숙모는 속도위반까지 했는데 그 소문이 먼 동네까지 퍼졌다고 한다. 외갓집에서는 그런 줄도 모르고 결혼을 결사반대했다. 그래도 두 사람은 죽기 살기로 결혼을 몰아붙였다. 숙모가 외삼촌의 바람기를 놓고 신세타령을 할 때마다 엄마가 한 말이 생각난다.

"자넨 입이 열 개라도 할 말이 없네. 누가 자네더러 결혼하랬냐? 다 말리는데 지들이 좋아서 했지."

숙모는 입을 다문 채 고개를 떨궜다. 그때가 삼십 년 전이었던 거 같다. 세월 따라 엄마가 천국으로 이사 가고 숙모는 외삼촌 병수발하고 자식들 결혼시키느라 바쁜 삶을 살았다. 젊어서는 바람피우느라 돈과 세월을 다 낭비한 외삼촌은 어느 날 심근경색으로 쓰러졌다. 빨리 병원으로 옮겨 급한 위기는 넘겼지만 오랫동안 자리보전을 해야 했다.

　　몸이 회복하긴 했지만 예전과는 확연히 달랐다. 인지능력이 현저히 떨어져 돈벌이를 할 수 없었고 몸도 예전 같지 않아 자리에 눕는 날이 많았다. 그 와중에도 외삼촌은 매일 술로 살았다. 그런 외삼촌에게 즐거움이 있다면 명혜가 낳은 외손자들이었다. 가족에게는 곧잘 화를 내면서도 손자 손녀에게는 웃음을 지으며 사랑스러워 어쩔 줄을 몰라 했다.

　　이제 갓 돌이 지난 외손자의 얼굴을 쓰다듬으며 "코는 엄마 닮고 눈은 제 아빠 닮고 우리 애기가 세상에서 제일 예쁘다"하며 즐거워했다. 그러다 어느 날 소리도 없이 천국행 열차에 올라탔다.

　　지난날이 한꺼번에 가슴속에서 전설처럼 되살아났다. 눈으로 안 보았기에 망정이지 보았더라면 얼마나 애통했을까. 생목숨을 끊은 명혜를 보는 외숙모의 심정은 어떠했을까. 또 명현이와 우민이 우경이는……. 또다시 가슴에 찢어지는 듯한 통증이 일었다.

　　우리 집안은 친척들 간에 초상이 나면 남자들만 참석하는 게 관례였다. 여자가 가면 부정 탄다는 게 그 이유였다. 외숙모네는 인근에 살고 있었고 또 어릴 때부터 워낙 친하게 지냈기 때문에 가능했던 일이다. 쉬쉬하고 치러진 장례였다. 앞으로 사태를 어떻게 대처할 건지는 생각하기도 싫었다.

　　머리보다 마음이 깨질 듯이 아파왔다. 생각해 보니 명혜의 나이도 중년이었다. 45세. 고등학생 중학생 두 자식을 두고 생목숨을 끊은, 남은 자식들은 세상을 어떻게 살라고 죽었단 말인가.

책임감 너머 오죽 힘들었으면 자살을 택했을까 이해가 가면서도 분노가 가슴을 치받고 일어났다.

쳐 죽일 놈의 새끼가 남의 귀한 동생을 죽였구나.

욕설이 저절로 나왔다. 자식 둘에다 빚까지 떠안기고 끝내 신용불량자까지 만들어놓고 그것도 모자라 자살로까지 내몰고 나서 그 놈은 어디서 무엇을 하고 있단 말인가. 잘 생긴 게 다 무엇이고 머리 좋고 똑똑한 게 다 무슨 소용이란 말인가. 세상이 아무리 말세 풍조라지만 어떻게 그런 일이 발생했단 말인가.

자살은 남은 가족들에게 씻을 수 없는 생채기를 남긴다. 심한 자책감과 우울증, 온갖 부정적인 감정의 대명사가 떠올랐다. 악감정이 분노와 함께 머리를 태울 듯이 달려들었다. 불쌍한 것, 그래도 끝까지 살아볼 일이지. 살다 보면 좋은 일도 생기는 법인데 죽긴 왜 죽어? 자식을 둘이나 남겨두고.

명혜는 이른 아침 집을 나서 버스를 타고 멀리 안양에 있는 산에 도착했다고 한다. 잘은 모르지만 자살바위로 올라갔거나 암튼 고지대로 올라가 그대로 몸을 날렸다고 한다. 추락사였다. 얼마나 힘들었으면…….

막상 자살이라는 단어를 곁에서 대하니 자연사도 축복이란 생각이 들었다. 자기 명줄대로 살다 가는 것도 복이라 여겨지는 것은 생명은 내 관할이 아닌 신(神)의 몫이기 때문이다. 태어나는 것도 죽는 것도 내 뜻이 아닌 신의 뜻이다. 운명은 세월에 따라 변할 수도 있고 비록 신용불량자라 해도 노력 여하에 따라 살 길도 열릴 수 있을 텐데. 아쉬움은 시간이 갈수록 애통함이 되어 가슴을 때렸다.

　자살을 택하기까지 명혜가 겪었을 고통을 생각하면 자다가도 벌떡 일어날 일이었다. 하지만 고인은 갔고 남은 자들은 삶을 위해 마음을 다스려야 했다. 눈에 안 보이면 잊혀진다고 그 망각의 수단을 의지할 수밖에 없었다. 나는 한 때 남편이 있는 싱가포르로 가 합류할까 생각도 해 보았지만 이내 포기했다.

　책 출간도 앞두고 있었지만 친정을 떠날 수가 없었다. 동생들이 모두 외국에 나가 있어 나라도 친정아버지를 돌봐야 했기 때문이다. 명혜가 떠난 뒤, 난 한동안 백치가 된 것처럼 살았다. 정신이 멍하고 산만해 도무지 집중할 수가 없었다.

　우민이가 태어난 지 8개월 쯤 되었을 때였다. 전철역 앞에서 버스를 기다리고 있는데 누군가 내 앞으로 급하게 뛰어오는 것이었다. 아기를 앞으로 안은 젊고 날씬한 여자였다.

　"언니 어디 가?"

　명혜였다. 밖에서 보니 해맑고 예쁜 모습이 탤런트감이었다.

　"아니 이게 누구야? 우리 잘생긴 아가씨, 밖에서 보니 더 미인이네."

　나는 얼굴을 쓰다듬으며 말했다. 얼굴에 천사라고 써진 순둥이 미인이었다. 명혜는 갑자기 아기를 손가락으로 가리키며 웃었다. 아기를 보고 칭찬해 달라는 뜻이었다. 우민이는 우량아였다. 제 엄마를 닮아 잘 생기고 귀여운 아기는 손가락을 빨며 나를 빤히 쳐다보며 웃었다.

　"아니 우리 아기가 언제 이렇게 컸나? 우량아에다 엄청 미남이네, 아구, 잘도 생겼네, 우리 왕자님."

칭찬이 끝나자 명혜는 만면에 미소를 짓더니 버스에 올라탔다. 둘째 우경이가 태어나서 7살쯤 되었을 때였다. 동네 사우나를 가는데 길거리에서 명혜와 우경이를 만났다. 그야말로 우연이었다. 우경이는 여자 아이가 어찌나 사나운지 밖에 나가 놀면 절대 맞지 않고 오히려 때려주는 편이라 했다.

그것도 모자라 집에 와 제 오빠도 때리는데 우민이는 그냥 맞고 지낸다고 했다. 여동생이 너무 사나우니까 아예 이길 생각을 않는다는 것이다. 우경이는 오빠를 항상 이겨 먹다가도 제가 필요할 때면 다가가 오빠! 오빠! 하며 애교 공세를 펼쳐 제 목적을 이룬다고 했다. 외숙모는 그런 우경이보다 첫 손자인 우민이를 더 사랑했다.

그때가 엄동설한이었던 것 같다. 우경이는 꼭 다문 입에 눈꼬리가 살짝 올라간 게 성질이 잔뜩 묻어 있었다. 반가운 마음에 뛰어가 우경이의 손부터 잡았다.

"우리 우경이 참 예쁘게 생겼구나, 내가 우경이 이모야, 우경아 이모 이모 해봐."

얼굴을 쓰다듬으며 한번만 이모라고 불러달라고 그렇게 사정하는 데도 아무 소용없었다. 얼굴을 반대쪽으로 돌리고는 한번도 쳐다보지 않고 제 엄마 손을 잡고 그대로 가버렸다.

"언니, 우경이가 기분이 안 좋은가봐, 나중에 우리 집으로 놀러와."

명혜는 우경이가 사랑스러워 어쩔 줄 모르는 표정이었다. 다

음해 겨울인가 동네 사우나에서 만났는데 그때는 셋 다 벌거벗
은 채였다. 나는 막 탕 안으로 들어가려는 찰나였고 명혜와 우
경이는 목욕을 끝마치고 나오는 중이었다.

"우리 예쁜 공주님께서 목욕을 오셨네, 예쁜 공주님 이모예요,
뽀뽀 한번만 해줄래요?"

그러자 명혜가 우경이 귓가에 대고 말했다.

"우경아, 이모 얼굴에다 뽀뽀 한번 해야지."

그러자 무슨 생각이 들었는지 우경이는 내 얼굴에 뽀뽀를 하
고는 웃는 것이었다.

"아유 고마워라, 우리 공주님이 이모한테 뽀뽀를 해주니까 이
모는 너무 행복한 걸, 우경아 고마워."

우경이는 마음에 들었는지 손을 흔들고는 제 엄마와 함께 옷
장 있는 쪽으로 걸어갔다. 죽기 전, 1년쯤 전에 만난 기억이 난
다. 그때 숙모가 살고 있는 사거리 시장 버스정류장에서였다. 길
을 지나가는데 누가 "언니" 하며 부르는 것이었다. 자세히 보니
지치고 힘든 기색의 여자가 나를 바라보고 있었다.

그 예쁜 얼굴에 주름살이 짙고 몸도 많이 말라 있었다. 표정
이 이상했다. 어둠의 그늘이 덮은 듯 목소리도 예전 같지 않았
다. 예감이 불길했다. 가슴에 먹먹하고 뭔가 이전에 느끼지 못하
던 이상스런 분위기가 느껴졌다. 그때까지만 해도 명혜의 가정
사에 대해서는 전혀 모르고 있었다.

외숙모의 성격상 딸의 불상사에 대해서는 아예 입에 올리지도
않았기 때문이다. 짐작컨대 그때가 이혼을 하느니 마느니 하며

심한 갈등이 있었던 시기였던 것 같다. 명혜는 "언니 건강이 제일이야, 건강을 잃으면 다 소용 없어, 고모부도 건강하시지."하며 계속 같은 말만 되풀이했다.

애가 이상해졌구나. 돌아서는데 이상한 거부감과 함께 마음의 소용돌이가 일었다. 그 이전에 명혜가 친척들을 찾아다니며 다단계 물건을 떠맡기다시피 하고 있었다. 보통이 이백만 원이었다. 그때는 내 주변에 다단계하는 사람이 왜 그렇게 많았는지 모른다.

생전 연락 한번 없다가 갑자기 만나자는 전화가 오면 백퍼센트 다단계였다. 그들은 얼마나 끈질긴지 물건 강매에다 다단계 회원으로 가입해 달라고 별 억지를 다 부렸다.

시도 때도 없이 전화를 하고 집으로 찾아와서는 온갖 감언이설로 붙잡고 늘어지는데 거머리가 따로 없었다. 어떨 땐 다단계 회사 직원까지 데리고 와 아예 진치고 앉아 사람 피를 말릴 기세로 달려들었다. 명혜 남편은 자기 대신 아내를 시켜 그 역할을 감당케 한 것이다.

대부분의 다단계 말로가 그렇듯이 명혜 남편도 파멸이라는 구렁텅이로 떨어진 모양이었다. 숙모가 억척을 부리고 명혜가 발버둥을 쳐도 막을 도리가 없었다. 결국 가산은 다 말아 먹고 엄청난 빚만 남았는데 그 약아빠진 명혜 남편이 이혼하면서 그 짐을 명혜에게 떠넘긴 것이다.

결국 심약한 명혜는 충격을 감당 못한 나머지 스스로 죽음을 택한 것이다. 남편 잘못 만나 인생 종 치고 말았다는 그 흔한 스토리가 명혜에게 해당될 줄이야. 그 잘생기고 똑똑한 외모에 그런 사기 근성이 숨어 있었다니.

언젠가 숙모가 사위를 가리키며 "저놈 순 사기꾼이여." 하며 질린 표정을 하던 기억이 난다. 명혜는 주변 사람들의 가슴에 떨쳐버릴 수 없는 큰 상처를 남기고 떠났다. 본인의 아픔이야 어떻게 짐작할 수 있겠는가만 우민이와 우경이가 받았을 충격을 생각하니 정신을 차릴 수가 없었다.

아무리 생각을 안 하려 해도 그 어린 것들이 앞으로 살아가야 할 인생길에 먹구름이 잔뜩 낀 것 같아 저절로 시나리오가 써질 정도였다. 한번 숙모집에 가야겠는데 도저히 숙모 얼굴 대할 자신이 없었다. 어떻게 그 참척의 고통을 견뎌낼지 무슨 말을 해야 할지 떠오르는 말이 하나도 없었다.

저보다 힘들고 못난 사람들도 다 잘 살아가는데 그래도 끝까지 견딜 것이지 죽긴 왜 죽어? 자식을 둘이나 둔 년이. 나중에는 욕설까지 나왔다. 살아 있다면 내가 뭔가 도와줄 수도 있었을 텐데. 생각할수록 눈물만 나왔다.

인터넷에서는 왕따 당한 어린 청소년들의 자살 사건이 심심하면 기사로 떠올랐다. 잔인한 학대와 인격모독 속에서 스스로 죽음을 택한 청소년들은 모두가 심약하고 천성이 착한 아이들이었다. 그들은 살아 있을 때 누군가의 도움을 간절히 원했지만 끝내 외면당한 채 어쩔 수 없이 죽음의 신을 따라간 것이다.

왕따시킨 잔혹한 어린 심령들과 그것을 방치한 주변 인물들도 모두가 공범자들이었다. 세상은 갈수록 잔인해지는데 그 중 대표적인 게 어린 청소년들이었다. 그들은 인지능력도 충분히 발달했고 교육의 효과도 누리고 있었다. 거기에다 옛날과 달리 가정에서 사랑도 충분히 받고 있었다. 그런데 어째서 그런 왕따 현상과 자살 사건이 속출한단 말인가.

세상은 갈수록 악을 편들고 죽음으로 내몰린 약자들을 방치하고 있다. 약자들이 설 곳이 좁아지면서 자살은 최후수단처럼 비쳐지고 있다. 자살을 본인이 선택한 결정처럼 치부하면서 수수방관 하고 있다. 사람들은 견딜 수 없는 고통에 이르면 말한다. 죽으면 다 끝인데.

과연 그럴까? 결코 그렇지 않다. 가족이 생목숨을 끊었는데 멀쩡한 정신상태로 살아갈 사람이 어디 있단 말인가.

한쪽에선 어린 청소년들의 악행을 두고 교육 무용론을 주장하고 있었다. 단순한 교육적 효과만으로는 인간 악의 고리를 끊을 수 없다. 인간 악은 인류 최초로부터 시작된 원죄에 기인한다. 성경 창세기에 보면 '인간의 생각이 어려서부터 항상 악하다'라고 써 있다. 인간 본성의 악은 상대적인 약자에게 가장 많이 행해진다.

세상에서 가장 실천하기 어려운 게 있다면 그건 사랑일 것이다. 종교에서 아무리 사랑을 강조해도 실천되지 않는 것은 악한 인간의 본성을 거슬러야 하기 때문이다. 요즘은 가장 신성해야 할 종교가 먼저 타락상을 보이고 말세지말 현상을 나타내고 있다. 종교의 금기사항이 버젓이 활개를 치고 다닌다. 그것도 다름 아닌 성직자들에 의해.

내부를 들여다보면 온갖 비리의 온상이 거의 범죄수준이다. 돈 문제를 가운데 두고 세력다툼은 기본이고 성적타락과 학대와 중독현상도 종교에서 전혀 비껴나 있지 않다. 정죄의 칼날을 들이대면 죄 없는 자가 먼저 돌로 치라며 뻔뻔하게 합리성까지 내세운다.

하긴 인류의 죄악은 동서고금을 막론하고 자행되어 왔다. 고대 근대는 물론 원시시대도 마찬가지일 것이다. 종교가 아무리 아가페 사랑 신의 사랑 심지어 신의 성품 운운해도 사랑은 마음에서 멀리 떠나 있을 때가 더 많은 것이다. 바로 명혜와 나 자신만 해도 그렇다.

누가 동심천국(童心天國)이라 했는가. 나는 요즘 들어 이 말의 모순성을 자주 깨닫는다. 명혜가 생각날 때마다 나는 자주 도심(都心)을 떠났다. 다른 곳에 관심을 두고 바쁘게 지내다 보면 마음이 한결 가벼워지지 않을까 내심 기대했다. 전철을 타고 경기도 외곽지대 물 맑고 초록 숲이 있는 곳으로 발걸음을 옮기면 생각도 달라지겠지.

그런데 웬걸? 슬픔이 애통이 되고 통곡이 되어 눈물샘이 터져 버렸다. 세상에 이렇게 아름다운 풍경과 좋은 구경거리를 놔두고 가다니, 한번 가면 다시는 못 올 이 세상인데. 그래서 사람들은 서둘러 여행을 떠나는 것이 아니던가. 옛날과 달리 요즘 세상은 돈 있고 몸 건강하면 참 살기 좋은 세상이다.

본인의 노력 여하에 따라 행복도 재창조할 수 있고 마음만 먹으면 얼마든지 살 길도 열리고, 어쩌면 이건 내가 꾸며댄 이야기인지 모른다. 죽을 수밖에 없는 사정을 지닌 사람에게는 씨알도 안 먹힐 소리이겠지. 명혜에 대한 아픔은 중독현상처럼 나를 피곤하게 했다. 계절은 삼복더위를 향해 마지막 기치를 올리고 있었다.

햇볕이 따가운 날이었다. 여의도 근방을 지나는데 종북세력은 북한으로 돌아가라는 현수막이 차도와 인도 사이에 보였다. 고수부지에서는 연날리기 대회가 한창이었다. 유람선이 지나며 강물과 도심의 아파트를 물살을 가르며 보여 주었다. 고수부지 한쪽은 대형 주차장으로 변해 있었고 수영장과 각종 편의시설이 볼거리를 제공하고 있었다.

한강을 바라보는데 갑자기 내 소설 속 주인공들이 생각났다. 불우한 가정환경 속에서 학대와 멸시를 참고 자라 각고의 노력 끝에 마침내 원대한 뜻을 이루었던 실력자들. 사랑하는 연인에게 버림받고 죽음의 미로 속을 헤매다 어느 날 갑자기 길을 찾은 여주인공들.

그런가 하면 십 년도 넘는 세월을 각기 다른 환경 속에서 살다 한꺼번에 여의도 고수부지에서 만나는 옛 동료들. 과거의 기억을 찾아다니다 우연히 만난 어린 시절의 친구들. 친구에게 애인을 빼앗기고 먼 타지로 떠나는 어린 여자.

천성인 소심증에다 온갖 고난과 악운을 인생의 예행연습으로 여기며 마침내 강건해지는 남자 주인공. 인생의 낮고 천한 자리를 돌고 돌아 마침내 가정의 행복을 이루는 입지전적인 남자 주인공들도 많이 있었다.

  그런가 하면 잘못된 인생관으로 남에게 피해를 끼치며 파멸의 구렁텅이로 떨어진 막장 인생도 있었다. 온갖 악조건 속에서 오직 신앙의 힘으로 인생을 개척한 경우와 사람 하나 잘 못 만나 인생 종친 이야기도 있다.

  해피 엔딩도 있지만 새드 엔딩도 간혹 있었다. 그렇지만 나는 내 소설 중간마다 인생은 고난의 역경 드라마라고 수없이 강조했었다. 가정도 뒤로 미루다시피 소설에만 매달리는 내게 엄마는 비웃듯 말했었다.

  "어릴 때부터 쓸데없는 소리를 그렇게도 씨부렁거리더니 제 버릇은 남 못 주는구먼, 그걸 한다고 돈이 생겨 밥이 생겨? 차라리 장사나 할 것이지."

  "돈이 왜 안 생겨? 그래도 가끔씩은 생기단 말야."

  고수부지를 따라 걸으며 나는 문득 소설구상에 잠겼다. 길을 지나는데 젊은이들의 이야기 소리가 자꾸 귓가에 들려왔다. 감정의 홍수와 이념의 혼란 속에서도 사랑은 마약처럼 강한 중독현상을 일으키고 있었다.

  어디선가 울부짖는 듯한 소리로 "글쎄 니 마음 이해한다니까, 안다구 안다구."연극대사처럼 들려왔다.

  강바람과 젊은 연인들, 진초록 나무 잎사귀들, 꽃잎과 수많은 길들. 수많은 계단이 보였다. 계단 옆으로 계곡처럼 물이 흐르고 있었다. 풍차가 돌아가며 물을 걸러내는 모습도 보였다. 계단이 끝나자 차도가 나타났다.

  차도를 건너 교각을 지나자 공원 옆으로 또다른 차도가 보였다. 차도를 건너고 빌딩 샛길을 지나자 거대한 십자가 건물이 몇 개 나타났다. 호텔 건물도 보였고 대기업 건물도 보였다. 금융기관 건물을 몇 번 돌았는데 눈앞에 지하로 빠지는 입구가 보였다. 지하도로 내려가 강화도어를 열고 안으로 들어섰다.

그러자 찬 기운과 함께 알 수 없는 분위기가 마음을 압도하며 다가왔다. 긴 복도를 지나는데 강력한 힘의 임재와 함께 평안이 물살처럼 마음을 열고 들어왔다.

감동과 눈물. 내 소설 속의 한 대목이 생각났다. 굳게 닫힌 문이 조금 열리는데 안에서 흐느끼는 듯한 남자 목소리가 들려왔다. 자세히 들어보니 그건 기도소리였다. 문을 열고 들어서니 웬 남자가 바닥에 엎드려 울고 있었다.

우리 우…… 우……민……우…….

가슴을 찢을 듯한 전율이 느껴지는, 흐릿한 어둠 사이로 들려오는 울부짖음은 고통과 자책의 무게를 잔뜩 싣고 있었다. 순간, 나는 쫓기듯이 발걸음을 돌이켜 계단 밖으로 뛰쳐나왔다. 차도를 건너자 강바람이 가슴 속으로 와락 덤벼들었다. 작렬하는 태양을 뚫고서 강바람은 내 가슴의 통증을 식혀주고 있었다.

마음을 짓눌렀던 돌덩어리 하나가 툭 떨어지는 느낌이 들었다. 그때였다. 내 앞을 쏜살같이 지나 강서대교 쪽으로 뛰어가는 남자가 있었다. 그는 신발도 신지 않은 맨발로 나는 듯이 교각을 뛰어갔다. 손을 흔들며 우우! 소리를 내기까지 했다. 머리칼이 강바람에 휘날리며 뛰어가던 남자가 갑자기 난간 위로 올라섰다.

어어! 저 사람 뛰어 내리려는 것 아냐?

내 옆에 서 있던 남자가 외마디 소리를 질렀다. 사람들의 시선이 일제히 대교 쪽을 향했다. 남자는 난간 위에 위태로이 서 있더니 곧 강물로 뛰어내릴 태세였다. 나도 모르게 안 돼 안돼! 소리가 터져 나왔다. 사람들은 손가락으로 가리키기만 할 뿐 발만 동동 굴렀다.

"누가 좀 도와주세요! 사람이 죽으려고 해요, 강물로 뛰어 내릴 것 같아요."

어떤 사람은 울부짖으며 핸드폰으로 도움을 요청하고 있었다. 어디선가 구급차 사이렌 소리가 들리는 듯했다. 그때였다. 경광등을 켜며 미친 듯이 달려가는 구급차와 경찰차가 내 앞을 지난 것은.

운전자들은 고개를 내밀어 난간 위에 위태로이 서 있는 남자에게 주목했다. 남자는 달려오는 구급차를 보더니 위기감을 느꼈을까. 양팔을 벌리더니 그대로 강물로 몸을 던졌다.

텀벙!

물살은 소리와 함께 남자의 몸뚱이를 당장에 삼켜 버렸다.

아! 사람들의 입가에서 짧은 신음이 새어 나왔다. 죽음을 목격한 사람들은 손으로 얼굴을 가리고 일제히 돌아섰다. 또 한명의 안타까운 생명이 스러져 갔구나.

그러나 다음 순간 모터보트가 강 복판을 향해 달려가는 소리가 들렸다. 119구급대원들이었다. 그 안에는 잠수부들이 강물로 뛰어들기 위해 두 팔을 벌린 채로 서 있었다. 휴! 다행이었다. 마침 집으로 가는 버스가 도착했다. 버스로 오르다 말고 나는 급하게 소리쳤다.

"아! 아저씨 잠깐만요."

잊은 것이 생각난 것처럼 말하고는 급하게 버스에서 뛰어 내렸다. 좀 전에 성전에서 기도하던 남자 목소리가 생각났다. 그 처절한 울부짖음 끝에 나오던.

우리 우…… 우……민……우…….

가슴을 찢는 듯한 전율이 느껴지는, 흐릿한 어둠 사이로 들려오던…….

정신없이 뛰어 성전 문 앞에 도착한 나는 멈칫했다. 두려움이 어떤 기대감과 함께 손이 부들부들 떨리고 있었다. 설마 아니겠지. 잘못 들은 거겠지. 우연이겠지. 착각이겠지. 내 상상력이 빚어낸 것일지도 몰라.

그래도……. 한번 나는 손으로 문을 살짝 열어 보았다. 칠흑같이 깜깜했다. 아무도 없었다. 밖으로 통하는 계단을 걸으며 나도 모르게 중얼거렸다.

그래 내가 환상을 본 걸 거야. 그런 걸 거야.

밖으로 나와 길을 걷는데 공원 벤치에 이상한 그림자가 보였다. 웬 걸인 하나가 비스듬히 누워 잠들어 있었다. 옆에 까만 보퉁이를 끼고서. 산발을 한 어떤 여자는 풍선을 들고 내 곁을 지나며 소리를 고래고래 지르고 있었다. 슬리퍼에는 찌든 때가 잔뜩 묻어 그녀의 마음 한편을 보여주는 듯했다.

그녀 뒤로 배가 풍선처럼 부른 젊은 여자가 하늘을 향해 두 팔을 벌리며 깔깔대며 웃었다. 그 옆에 노숙자 차림의 남자가 술병을 들고 걸어가는데 욕설이 마구 터져 나왔다. 남자 옆에는 얼굴을 비닐로 뒤집어 쓴 노파가 어깨를 잔뜩 웅크린 채 따라가고 있었다.   그 뒤를 정장 차림의 여자가 따라 걸으며 낮은 목소리로 외쳤다.

"수고하고 무거운 짐 진 자들아, 다 내게로 오라 내가 너희를 쉬게 하리라."

풍선이 바람에 밀려 강쪽으로 날아갔다. 건널목에는 신호등이 수시로 바뀌면서 행인들을 옮겨줬다. 거리는 다시 정적이 감돌았다. 평화가 불안한 평화가 국회의사당 쪽에서 서서히 몰려왔다.   (2014년 한국소설)

역설

전동차가 개봉동 전철역사에 닿았다.

에스컬레이터를 타고 내려오니 곧바로 마을버스 정류장이 보였다. 보도블록을 사이로 차로와 상권이 형성돼 있었다. 화장품 체인점과 다이소 매장 옆으로 채소와 과일 등 먹을거리를 파는 가게가 보였다. 산더미처럼 쌓아놓은 과일 박스 옆으로 계란더미가 보였다.

'한 판에 2500원'

눈물 나는 가격이었다. 농민들의 아픔에 눈물이 났다. 한 판에 2500원이라니? 사료 값도 안 나오겠다. 커피 한잔 값도 안 되는 가격이다. 실제 산지 가격은 더할 것이다. 운송비 빼고 나면 1,000원이나 될까? 계란 30개에 고작 커피 한잔 값도 안 되다니. 요즘은 닭고기 값마저 추락 시세에 있어 농민들의 고충이 극심하다는 인터넷 기사를 읽은 적이 있다.

그런데 프라이드치킨 값은 계속 오른다니 어불성설이다. 농민들을 더 슬프게 하는 건 닭고기를 브라질에서 수입해 와 전혀 경쟁이 안 된다는 것이다.

계란은 중국에서 들여오고 5월이면 수요가 급증하는 카네이션 꽃도 중국산에 밀려 농민들의 시름이 깊다는 것이다. 문민정부가 내세웠던 세계화의 물결로 농민들만 박살난 것이다. 이젠 쌀마저 전면 개방하게 되었다니 한숨만 나올 뿐이다. 얼마 전 동네 도서관 식당에 갔을 때의 일이다.

식재료의 원산지 표시에 쌀 이외는 전부 수입산이었다. 김치는 당연히 중국산이었는데 맛과 질이 형편없었다. 물컹하니 식감도 떨어질 뿐 아니라 빨강 물감을 풀어놓은 듯 색깔이 너무 진한 것도 불안했다. 소고기는 물론 돼지고기 생선류도 거의 다 수입산이었다. 인건비를 아끼기 위해 조리사를 한 명만 두어서인지 맛이나 위생 면에 있어 질이 많이 떨어졌다.

음식 값이 오르는 건 식자재의 원가 상승도 있지만 치솟는 인건비가 더 문제라고 한다. 요새는 웬만하면 힘든 일을 꺼리기 때문이다. 세상은 갈수록 빈익빈 부익부가 강화되는 것 같다. 금수저니 흙수저니 하면서 신종어까지 탄생하는 거 보면. 아무리 노력해도 안 될 때 하는 말이 있다.

팔자와 운명.

그러나 마지막 수순이 있다. 그것은 낮아질 대로 낮아지는 것이다. 모든 스펙을 내려놓고 자신을 철저히 낮추는 것이다. 나이 50대가 넘어서면 모든 일자리가 평준화된다는 말이 있다. 그것은 젊은 세대에서 밀린 은퇴 세대가 할 수 있는 일은 최저임금의 막일 수준이라는 것이다.

그마저 일하면서 느끼는 보람이 있으니 괜찮다. 언젠가 지인

(知人)들과의 대화에서 한 말이 생각난다.

인생의 최대 기쁨은 일하면서 돈을 번다는 그 자체에 있다.

태수는 작년에 운영하던 출판사를 접고 나서 완전 백수가 되었다. 그는 40대 중반의 나이로 마포 근처에서 아동용 도서를 만들고 있었는데 주 거래처인 서점이 망하면서 함께 문을 닫고 말았다. 그의 거래처인 서점은 지방에서 꽤 큰 규모로 30년 넘게 이어온 비교적 튼실한 서점이었다.

주변에 있던 서점들이 하나 둘 문을 닫으면서 위기의식을 느끼지 않은 건 아니었다. 하지만 다른 건 몰라도 학생들을 상대로 한 참고서류는 꾸준히 팔리고 있었기에 매상고는 그런대로 높은 편이었다. 마진율이 10프로 안팎이라 순 이익은 적었지만. 예전에는 처세술과 요리책 종류도 팔렸지만 스마트 폰이 급증하면서 판매율이 뚝 떨어졌다.

문학서적이나 잡지류는 이미 바닥친 지 오래였다. 예전에 잘 팔리던 베스트셀러 소설도 서고에서 푹푹 썩어나고 있었다. 반품을 하려고 해도 출판사가 망해 그마저 할 수가 없었다. 한 달이면 폐지 수집상인 고물상으로 쫓겨 가는 책이 부지기수로 많았다. 작가가 눈물겹게 쓴 책이 폐지로 변하다니 당사자들이 알면 통탄할 일이었다.

지나가는 행인들에게 천 원씩 팔아도 사가지 않았다. 전 세계적으로 우리나라만큼 책을 안 읽는 국민도 없을 것이다. 서점은 판매대금을 입금하라는 독촉에도 차일피일 미루더니 드디어 배째란 식으로 나왔다. 창고 속의 책을 모두 빼가라며 돈은 언제

줄지 모른다고 모르쇠로 일관했다.

그런 서점이 한두 군데가 아니었다. 서점의 도산은 출판사의 도산으로 이어진다. 마치 도미노식이다. 거금을 들여 찍어놓은 책이 창고에서 잠을 자더니 드디어 썩기 시작했다. 옷 같으면 땡 처리라도 하지, 책은 그럴 수도 없었다. 직원들을 모두 내보내고 혼자라도 회사를 일으켜 보려고 했지만 운명은 어쩔 수 없었다.

출판사는 한강에서 불어오는 바람을 온몸으로 맞으며 15년 세월을 견뎌 왔다. 원래는 친구 녀석이 운영하던 것을 그가 인수했는데 그게 가장 큰 실수였다. 친구는 출판사를 부탁한다며 자기는 미국에 가서 못다 꾼 꿈을 꾸겠노라고 호언장담했다. 뭐 유명한 동화작가가 되겠다나?

그런데 그 헛된 꿈을 태수도 꾼 것이다. 그것이 두 번째 실수였다. 동심의 세계를 아름다운 글과 색상으로 표현해 보겠노라고 그래서 반드시 베스트셀러를 치겠노라고 큰소리쳤던 것이다. 글 그림 모두 그의 작품이었다.

동화도 그가 직접 썼고 그림은 그래픽 디자인으로 역시 그가 직접 그렸다. 그는 어릴 때부터 색감이 뛰어나 사생대회 나가면 언제나 입상을 차지했다. 글짓기 대회도 마찬가지였다. 시 산문 모두 장원은 그가 휩쓸었다.

그리고 그건 어느 사이에 삶의 모토(母土)가 되었다. 태수는 친구의 제의를 운명처럼 받아들였고 세월을 잊고 꿈꾸기에 돌입했다. 얼마 동안은 꿈같은 일이 벌어지기도 했다. 한때는 그가 출판한 책이 교보에서 베스트셀러 안에 들어간 적도 있었다.

아동물 외에 교육동화도 만들었다. 주 거래처가 생기면서 안정궤도에 접어드는가 싶더니 어느 날 물거품처럼 사라지고 말았다. 어느 날인가부터 책은 베스트는커녕 반품되기 일쑤였다. 대형 출판사의 마케팅 전략을 따라 잡을 수 없었다.

거금 들여 책을 만들었는데 서점에 나가자마자 반품되는가 하면 책이 팔려도 주문이 들어오지 않는 기현상이 인 것이다. 나중에야 알았다. 서점가의 유통망에도 구조악이 존재한다는 것을. 우리나라 출판사정은 시대를 막론하고 불황이 아니었던 적이 없었다.

하지만 70-80년대에는 소설이 주류로 자리매김 하면서 많은 베스트셀러 기록을 남긴 것도 사실이다. 그러나 그건 이제 먼 옛날 전설 속의 이야기가 되어 버렸다. 어쨌든 꿈을 가지고 시작했던 출판사는 빚만 겨우 갚은 채 사라지고 말았다. 다행히 그에겐 거두어야 할 식솔이 없었다.

한때 아내가 될 뻔한 여자는 그의 미래가 불투명해 보인다며 고무신을 거꾸로 신고 떠나버린 지 벌써 십 수 년이 되었다. 백수가 된 그는 매일 집을 나와 배회했다. 그가 사는 집은 출판사가 있던 마포 근거리에 있었다. 4차선 도로를 사이로 고층빌딩들이 하늘을 찌를 듯 우뚝 솟아 있었다.

전철역을 중심으로 형성된 상권은 길을 지나면 누구나 알 정도다. 동네 어느 길목을 지나도 마포나룻길이란 이정표가 곳곳에 눈에 띈다. 역사의 현장이 곳곳에 스며 있는 마포나루는 예

부터 수상교통의 유지였는데 항상 상선들의 출입이 잦았다고 한
다.

특히 마포 새우젓 장수라는 말이 있을 정도로 유명세를 떨쳤
는데 그보다 더 유명했던 것은 60년대 가수 은방울 자매가 불렀
던 마포종점이란 노래가 히트치고 나서이다. 전철역에서 2분쯤
걸으면 어린이 공원이 나오는데 마포종점이란 행선지를 달고서
서 있는 전차가 보인다. 광화문 역사박물관 앞에 서 있는 전차
모양과 똑같다.

처음에는 무슨 사무실인가 했는데 화장실이었다. 바로 옆에
있는 공원에는 청동으로 만든 동상과 함께 도화동 복사골에 얽
힌 이야기가 씌어져 있다. 도화동을 옛날에는 복사골이라 불렀
는데 그 이유는 복숭아나무가 많은 데서 유래된다. 봄만 되면
온 동리에 복숭아꽃이 피는데 그 광경이 마치 무릉도원 같았다
고 한다. 내용은 대충 다음과 같다.

옛날 복사골에 마음씨 고운 김씨 노인이 살고 있었는데 그에
게는 도화낭자라는 무남독녀의 아름다운 딸이 하나 있었다.

이 도화낭자는 얼굴도 아름답거니와 마음씨 또한 착해서 효녀
로 소문이 났는데 마침내 저 하늘나라인 천궁에도 알려져서 옥
황상제께서는 이 도화낭자를 며느리로 삼겠다고 선관(仙官)을
내려 보냈다.

김노인은 딸이 천궁으로 시집간다는 것은 영광스러운 일이니
기쁘기도 했지만 한편으로는 애지중지 키워온 외동딸을 천궁으
로 보내게 되면 딸의 모습을 다시는 볼 수 없을 것 같아 몹시도

마음이 아팠다. 이러한 김노인의 마음을 애처롭게 생각한 천궁의 선관은 천상의 선도(仙桃)를 한 개 주고 갔다.

선관이 주고 간 선도 복숭아는, 먹으면 천 년을 산다는 복숭아였지만 김노인은 딸 생각에 먹을 수가 없었다. 마침내 과일은 썩고 씨만 남았는데 그 씨를 땅에 심었다. 이듬해 씨에서 싹이 트고 가지가 자라나 김노인은 정성껏 나무를 키웠다. 나무가 자라서 꽃이 피니 김노인은 천궁으로 시집간 딸 도화낭자를 보는 듯했다.

김노인이 죽은 다음에도 이 복숭아나무는 번성하여 온 마을에 퍼지게 되었다. 마을사람들이 김노인과 도화낭자를 생각하며 복숭아 열매를 계속 심어 마을 전체가 복숭아꽃밭을 이루게 된 것이다. 이러한 신비로운 전설과 함께 이 일대를 복사골로 부르게 되었다.

근처에서 15년 넘게 살면서 이제야 이 글을 읽게 되다니.

진즉 읽었더라면 동화로 펴내 반포했을 것을. 뒤늦은 후회를 하며 태수는 공원을 산책하였다. 공원에는 간단한 운동기구와 함께 벤치에 앉아 담소하는 노인들이 꼭 보였다.

공원 주변으로 상가가 형성돼 있었는데 대부분이 음식점 아니면 커피숍이었다. 공원 앞을 지나면 슈퍼마켓이 나오는데 맞은편에 꽃을 파는 화원이 있었다. 그 화원 유리창 가에는 둥그런 바구니에 항상 고양이가 앉아 있는 모습이 보인다.

뒷다리에 하얀 점이 있는 것 빼고는 온통 검은색 고양이다. 몸을 동그랗게 구부린 채 허구헌날 잠을 자는데 이름이 꽃비다.

꽃집 고양이를 줄여서 꽃비라 부르는 것 같다. 그 고양이는 깨어 있을 틈이 없이 온종일 잠만 잔다. 사람들이 다가가 유리창을 두드리며 "꽃비야"하고 불러도 일체 반응이 없다. 꽃비는 비만 고양이다.

몸을 둥그렇게 하고 누워 잠을 자는데 덩치가 여느 고양이의 두 배 정도 된다. 못 나가도 6킬로는 나가지 싶다. 큰 덩치로 얼굴을 제 몸속에 파묻은 채 잠을 자는데 아무리 유리창을 두드려도 마냥 무시하고 잠만 잔다.

어쩌다 한번 눈을 뜨면 입을 크게 벌리고 하품을 하고는 도로 누워 잠을 잔다. 한번은 안 보여 꽃집 안을 살피는데 출입문 쪽에 모습을 나타냈다. 사람들이 반가워 "꽃비야, 꽃비야" 부르자 저도 반가운지 야옹! 야옹! 하고 처음으로 대꾸를 해주었다.

이때다 싶어 사람들이 스마트 폰을 꺼내 사진을 연거푸 찍어댔다. 그것도 잠시, 날씨가 추워지자 꽃비의 모습은 유리창 가에서 사라졌다. 지나가는 사람들마다 꽃비의 안부를 궁금해 하는데 일주일 가까이 되도록 모습이 안 보이는 것이다.

어디가 아픈가? 날씨가 너무 추워 주인집으로 잠시 피신했나. 왜 안 보이지? 너무 궁금해 꽃집 문이 열리자마자 주인에게 "꽃비 어디 있어요?" 묻자 온열기가 있는 뒤쪽을 가리키며 누워서 움직이지 않는다고 했다.

아무튼 그 거리에서 꽃비는 유명묘(有名貓)가 되었다. 꽃집을 지나 언덕배기를 지나면 원효로 전자타운이 나온다. 넘어가는 길은 은행나무와 함께 온통 꽃들의 향연이 펼쳐진다.

가끔씩 장날 풍경이 펼쳐지는데 생산농가와 직거래인 만큼 믿음은 가지만 가격대는 결코 낮지 않다. 언덕배기에 올라서면 마포와 용산 지대와 한강이 한눈에 들어온다. 드문드문 지나는 차량은 한강 풍경을 영화의 한 장면처럼 담아내고 밤이면 고즈넉한 분위기마저 연출해 낸다.

거기에다 비만 왔다 하면 영화 촬영하기에 딱 알맞은 조건으로 변한다. 태수는 매일 집을 나와 동네 길을 산책하다 커피숍에 들어가 글을 끼적거렸다. 골목길을 지나다 보니 동종의 출판사도 여럿 만날 수 있었다.

구릉진 언덕 위에는 작은 텃밭도 보였고 한강이 한눈에 들어오면서 그림 같은 풍경도 만날 수 있었다. 그러나 단연 압권은 한강변이었다. 지하도를 뚫어 곧바로 한강으로 나갈 수 있는 통로가 있었다.

싱그러운 초록 물결이 한강에서 불어오는 바람을 온몸으로 맞으면서 가을이면 각종 색상을 나타냈다. 진노랑 새빨간 갈색 이파리로 멋진 단풍 풍경을 연출해 내는데 멜로드라마의 한 장면 같았다. 태수는 날마다 집을 나와 동네 길을 산책하다 어느 날 마포대교로 들어섰다.

자살률 1위로 꼽히는 마포대교는 거대한 하늘을 구름과 바람으로 휘몰아치고 있었다. 차량이 전속력으로 지나면서 죽음의 공포가 느껴졌다. 발밑을 내려다보니 시퍼런 강물이 거대한 소용돌이를 치며 흘러가고 있었다.

순간 한기가 느껴지면서 몸에 소름이 돋았다. 사람들은 왜 하필이면 마포대교를 죽음의 장소로 택했을까? 의문과 함께 죽음의 기운이 느껴졌다.

죽음을 선택할 수밖에 없었던 원혼들이 이 한강변에서 마지막으로 하고 싶은 말은 무엇이었을까? 난간을 붙잡고 서니 글귀가 보였다.

너무 힘들어 하지 마. 우리가 붙들어 줄게. 어두움 후에 빛이 온단다.

다시 한 번 가족과 삶을 붙들어 보라는 격려 문구도 보였다.

바람이 온몸을 집어삼킬 듯이 달려들었다. 당장이라도 몸이 강물 속으로 곤두박질 칠 것 같았다. 강 끝에 십자가가 달린 대형교회 모습이 보였다. 둥그런 지붕의 국회의사당 건물도 보였다. 태수는 문득 눈물이 났다.

인터넷 기사 중에 가장 많이 떠도는 것 중의 하나가 자살 사건이다. 자살은 계층을 망라하고 공공연하게 이루어진다. 일 년에 자살하는 인구가 만 사천 명이라고 한다. 하루에도 40명 가까운 사람이 스스로 죽음으로 뛰어드는 것이다.

OECD 국가 중 자살이 1위라니 그것도 10년 연속이다. 몇 년 전에는 수재들만 모인다는 KAIST에서 대학생들이 연속 자살해 충격을 준 바 있다. 엘리트 계층의 자살은 전혀 이해되지 않았다. 단순한 스트레스나 압박감 탓으로 해석하기엔 그들의 죽음은 국가적인 손실이 너무 컸다.

정부 고위층이나 지도자급 계층이 비리사건으로 자살한 건 그래도 이해가 간다. 쌓아온 명예가 붕괴될까 봐 스스로 죽음을 선택한 거니까. 하긴 전직 대통령도 자살로 생을 마감하지 않았던가. 가장 참을 수 없는 건 그런 신성모독적인 자살을 독려하고 방법까지 가르쳐 주는 자살사이트의 족속들이다.

그들은 자살을 그럴듯한 미사여구로 유혹해 고통 없이 죽으라고 방법까지 가르쳐 준다니 천인공로할 노릇이다. 연예인의 우울증이나 공황장애 빚 도산으로 인한 자살도 남은 자들에게 고통을 주기는 마찬가지다. 죽으면서 물귀신 작전을 편 기업체 총수도 있다.

그는 돈만 실컷 받아먹고 위기 때 자신을 구해주지 않은 정치권 명단을 언론에 흘리고는 계획적으로 자살했다. 죽음으로 원수를 갚아 보겠다는, 그러나 그건 잠시 수면 위에 떠올랐다 사라지는 거품에 지나지 않았다.

사람들의 기억은 또 다른 사건으로 묻히고 말 테니까.

그런데 사람들은 왜 자살의 장소로 마포대교를 찾는 걸까? 자살의 장소로 오명을 뒤집어 쓴 마포대교는 난간마다 죽음을 만류하는 글귀로 도배를 했다. 그러나 그게 과연 얼마나 효과를 발휘할지는 미지수다.

마포대교에서 자살이 잇따르자 난간의 높이를 3미터 이상으로 해야 한다는 의견이 나왔다. 쉽게 떨어지지 못하게 하기 위한 방법으론 그게 최상이라는 것이다. 하지만 경비도 엄청나게 드는 데다 그 실효성도 장담 못하기에 흐지부지되고 말았다.

한참을 걸어가는데 검정 티셔츠에 찢어진 청바지를 입은 여자가 난간을 붙잡고 서 있는 모습이 보였다. 20대 중반쯤 됐을까.

앳된 모습이 직장인이나 여대생으로 보였다. 그녀가 난간을 붙잡는가 싶더니 위로 올라서기 위해 애를 쓰고 있었다. 누가 봐도 자살 포즈였다.

"안 돼, 안 돼욧."

그는 자신도 모르게 소리가 나왔다. 얼마나 크게 소리를 질렀는지 그녀가 고개를 홱 제키더니 놀란 눈빛으로 쳐다봤다. 순간 그녀와 태수 사이로 엄청난 바람물결이 가르고 지나갔다. 그녀에게 가기 위해 발걸음을 내딛는데 바로 옆으로 생명의 전화가 보였다. 수화기를 드는 순간 손이 부들부들 떨렸다.

그러나 전화보다 그녀를 말리는 게 더 급선무였다. 여자는 왼쪽 발을 난간 위에 얹더니 오른쪽 다리를 들어 또다시 위로 올라가려고 했다. 그 바람에 신발이 벗겨져 강물 속으로 떨어졌다. 일부러 그런 것 같았다. 주변을 돌아보니 아무도 없었다.

그때였다. 갑자기 사방에서 경적이 울렸다. 여자를 발견한 운전자들이 일제히 내지르는 클랙슨 소리였다. 그들은 태수에게 손짓을 하면서 여자도 동시에 가리켰다. 어서 가서 말리라는 표시였다. 갑자기 마포대교 전체가 하나의 공동체로 변한 것 같았다. 여자의 죽음을 결코 방치하지 않겠다는 일종의 무언의 시위였다. 어디선가 경찰이 호루라기를 불며 달려왔고 강 건너편에 있던 수상구조대도 물살을 가르며 다가왔다.

태수는 있는 힘을 다해 여자를 끌어내렸다. 여자는 내려오지 않기 위해 발버둥을 쳤지만 어쩔 수 없이 바닥으로 끌려 내려왔다. 바닥에 그녀가 봐 둔 듯한 스마트 폰이 보였다. 폰에서 계속 울림이 있었다. 누군가 그녀를 찾고 있는 게 틀림없었다. 경찰이 여자와 스마트 폰을 들더니 경찰호송차로 끌고 갔다.

그제야 정차해 있던 차량들은 일제히 소리를 내며 질주하기 시작했다. 경찰이 여자를 자동차에 태우기 전 태수를 향해 힐문하듯 물었다.

"혹시 아는 사람인가요?"

"아뇨."

그는 고개를 흔들었다.

"이놈의 마포대교에 무슨 자살귀신이 씌웠나. 웬 사람이 그리도 빠져 죽노."

경찰의 넋두리가 가슴을 후벼 파는 듯했다. 바람이 삼킬 듯이 전신을 덮쳐 왔다. 태수는 전 속력으로 뛰기 시작했다. 여의도의 거대한 하늘이 초록물결과 함께 고층빌딩을 감싸고 있었다. 여의도 공원을 중심으로 오른쪽으로 수영장이 보였고 풀밭 위로 편의점과 커피전문점이 보였다.

그때 거대한 빌딩 숲속에서 불어오는 바람이 태수의 가슴에 잠시 머물다 지나갔다. 태수는 횡단보도를 건너 공원 샛길로 들어섰다. CCMM 빌딩이 눈 가까이 들어왔다. 조금 더 지나 왼쪽 길로 들어서니 거대한 쇼핑 타운이 나타났고 다시 오른쪽으로 꺾어지니 대규모의 밀집된 금융가가 나타났다.

KDB 산업은행. 수출입 은행.

맞은편으로 대형교회 십자가 탑도 보였다. 주소명을 보니 복음로였다. 그곳은 하나의 거대한 종교단지였다. 태수는 자기도 모르게 그곳으로 발걸음이 옮겨졌다. 어떤 기대 섞인 상상력이 그곳으로 이끌었는지 모른다. 그는 그때 자기 안에 흐르는 안정감을 느꼈다. 이젠 됐다는 어떤 안도감으로 그는 한숨을 내리쉬었다.

호텔이 보이는 길가에서 한 떼의 여자들이 전단지를 나눠 주는 모습이 보였다. 30-40대쯤 됐을까. 그중의 한 명이 인상이 매우 낯익었다. 둥근 얼굴에 온화한 미소가 흐르는, 그러나 어쩐지 피곤한 기색이 역력했다.

누구?

이물질을 떨치려는 듯 그는 황급히 돌아섰다. 불길한 예감이 들어맞을까 봐 서둘러 발걸음을 재촉했다. 그러나 끊임없이 달라붙는 미진한 느낌과 상상력은 발걸음을 더디게 했다. 자꾸만 눈물이 나오려고 했다. 운영하던 출판사를 망해먹고 백수가 되어 떠도는 자신의 모습이 꼭 패잔병처럼 보였다.

갈수록 미래가 두렵고 무력감에 온몸이 무너져 내리는 것 같았다. 직장을 알아봐야겠다는 생각보다 실패에 대한 두려움이 그를 더 힘들게 했다. 말로만 듣던 무력감 공황장애가 이런 건가 싶었다.

정말이지 이런 내 모습 누구에게도 보이고 싶지 않다.

그는 십자가 탑 앞에서 혼자 말했다. 갑자기 십 수 년 전 떠나버린 그녀가 생각났다. 그녀는 태수의 미래가 불투명하다는 말로 이별의 말을 대신했었다.

그건 곧 태수의 경제능력에 의문부호를 단 것과 같았다. 허망

한 꿈만 꾸는 남자를 믿고 살기에 그녀는 순수하지도 착하지도
않았다. 어쩌면 그녀는 태수의 지금 모습을 미리 간파하고 있었
는지도 모른다.

그래, 그때 떠나보내길 잘한 거야.

만일 처자까지 달렸다면 훨씬 더 비참했을지도 몰라.

그는 스스로 위안하며 호텔 쪽을 향해 힘없이 걸어갔다. 여당
과 야당 당사를 지나 9호선 전철역에 이를 때였다. 누군가 뒤에
서 급하게 부르는 소리가 났다.

"태수씨, 태수씨."

몸이 저절로 뒤로 홱 젖혀졌다. 손에 전단지를 들고 뛰어오는
여자는 분명 그녀였다.

"혹시나 혹시나 했는데."

그녀는 자신의 짐작이 맞았다며 환하게 웃는다.

"이게 얼마만이야? 경혜 맞지?"

"네."

아! 그러고 보니 그녀는 아까 교회 앞길에서 전단지를 나누어
주던 그 일행이 틀림없었다. 좀 전의 그 불길한 예감이 확신으
로 들어맞으면서 그는 난감했다. 햇수를 헤아려 보니 15년 만이
다. 그들은 길거리 한복판에서 서로를 확인하며 한참을 이야기
했다. 오가는 사람들이 야릇한 표정을 지으며 그들을 지켜봤다.

"그동안 어떻게 지냈어? 지금은 뭘 하고 지내지?"

"저야 뭐, 그러는 태수씨는요?"

순간 그는 부아가 나려고 했다. 패잔병의 그림자 모습을 그녀

가 간파한 것일까? 아니 자격지심인지도 모른다. 그녀의 여유로운 모습에 스스로 주눅 들어서?

"아까 교회 앞을 지날 때 혹시나 했는데 역시 경혜였군, 거기서 뭐한 거야? 뭔가 한참 나누어 주던 것 같던데."

"네, 전도지요."

"그럼 그 교회 신자였어?"

"아뇨."

사람들이 지나가다 말고 그녀와 태수를 바라보며 웃었다. 그들은 태수와 그녀의 관계에 대해 속으로 소설을 쓰고 있는지도 모른다. 경혜가 사람들의 시선을 의식한 듯 작은 목소리로 말했다.

"저쪽으로 가면 커피숍이 있는데 그리로 가서 이야기해요."

앞서 걷는 그녀의 뒷모습이 옛날과 똑같았다. 잘록한 허리 치렁한 머릿결. 태수는 짧은 순간이었지만 그녀의 과거와 현재를 한꺼번에 아우르느라 머릿속이 복잡해졌다. 흔한 드라마 대사처럼 아이가 몇이냐는 질문은 하지 않았다. 대신 알 수 없는 울분이 속에서 솟았다. 불길 같은 질투? 그런 건지도 몰랐다.

난 여적 싱글인데…….

그는 마치 자신이 싱글인 이유가 그녀에게 있기라도 한 듯 피해의식과 분한 감정이 일었다. 근처의 유명하다는 커피숍으로 들어섰을 때 그녀가 느닷없이 물었다.

"하시는 사업은 잘 되세요?"

그녀가 뜬금없이 사업 이야기를 꺼내자 그는 당장 얼굴이 일

그러졌다. 그러고 보니 그녀와 헤어지기 직전 출판사를 인수한 기억이 떠올랐다.

"요즘 스마트 폰 때문에 출판시장이 어렵다고."

그녀는 말을 하다 말고 태수의 눈치를 살폈다. 그의 표정이 심하게 어그러졌기 때문이다. 속에서 분노와 열패감이 소리 없이 아우성쳤다.

"그런데 이쪽엔 웬일이야? 저 교회 교인도 아니라면서?"

"저 교회 나가는 건 아니고 남편이 지방에서 목회하는데 오늘 일이 있어 왔다가 전도행렬에 참가하게 된 거예요."

"남편이 목회한다면 목사?"

그렇다면 저 여자의 신분은 목사의 부인? 그 말로만 듣던 사모(師母)란 말인가. 상상이 빗나가도 너무 빗나갔다. 너무 안 어울리는 호칭이다.

"저 사실은 제가 저 건물에 있는 목회대학원에 다녀요."

엉! 이건 무슨 시츄에이션?

"누가 경혜가?"

그는 너무도 못 미더워 재차 묻고 또 물었다.

"경혜가? 다른 사람도 아닌 경혜가?"

"네, 저도 작년에 신학교 졸업하고 신대원으로 진학했어요."

"전혀 안 어울리는군."

그는 기어코 말을 내뱉고 말았다. 누구보다 이해타산에 밝고 죽어도 손해 볼 줄 모르는 그녀가 목회자라니 말도 안 될 소리였다. 적어도 태수가 보는 견해는 그러했다. 그것을 아는지 모르는지 그녀는 계속 구원론과 신의 섭리에 대해 이야기를 이어갔다. 오늘 이렇게 만난 건 결코 우연이 아닌 신의 섭리가 틀림없다며 흡사 길 잃은 어린 양 취급을 하며 구원론에 대해 계속 강조했다.

아마도 그녀는 태수의 표정과 차림새에서 그의 파산을 감지하고 있었는지 모른다. 그래서 어떤 영적 힘과 위로를 전하기 위해 애를 쓰는 것 같았다. 태수는 순간 무너지는 자존심의 추락과 함께 깊은 무력감을 느꼈다. 자신은 아직도 과거의 두려움 속에 헤매고 있는데 그녀는 미래를 향해 힘차게 가속페달을 밟고 있었다.

그런 그녀의 모습을 바라보며 순간, 몽롱한 환상에 빠졌다. 세상에 아무리 천지가 개벽을 하고 개과천선을 해도 그렇지 다른 사람도 아닌 경혜가 저렇게 변할 수가 있단 말인가. 전혀 손해 볼 줄 모르고 배려라고는 먼지만큼도 없던 여자가 어떻게 인류의 최대 사랑인 그리스도의 구원에 대해 역설(力說)하고 있단 말인가.

이것이야 말로 역설(逆說)이다.

그는 잠시 역설이란 단어에 대해 생각해 보았다. 스마트 폰을 열어 역설이란 단어를 검색해 보았다.

「표현 구조상으로나 상식적으로 모순되거나 불합리한 말이지만 실질적인 내용은 진리를 나타내고 있는 상징적 표현법을 말한다. 예수께서는 종종 역설을 통해 중요한 진리를 깨우치셨는데 마태복음 5:39- 42. 요한복음 11:25- 26 등에 나와 있다」

"경혜, 지금 나한테 전도하고 있는 건가?"

그녀는 구원론에 대해 장황하게 설명하다 말고 당황한 눈빛으로 태수를 바라보았다.

"혹시 나를 전도 대상자로 알고 그러는 건가고?"

"태수씨, 오늘 저를 만난 건 우연이 아닌 섭리라고 생각해요. 지금 태수씨 상황이 어떤지 잘 모르겠지만 능력이 무한하시고 피난처 되신 주님을 만나세요. 사람들은 우리를 다 외면할지라도 주님은 우리의 작은 신음에도 응답하시는 좋으신 분이랍니다."

그렇다면 아까 마포대교에서 뛰어내리려 했던 여자는? 그 여자를 죽음 직전에서 구출한 것도 신의 섭리? 하긴 코에 걸면 코걸이 귀에 걸면 귀걸이 식 아니던가?

"그래. 니 말대로 그렇게 전지전능 정의로운 하나님이라면 왜 악의 번성에는 침묵하고 강자의 횡포와 약자의 고통에는 귀를 기울이지 않는 거지?"

그는 약간 흥분된 목소리로 외쳤다.

그 바람에 주변에 있던 사람들이 모두 놀라 그를 주목했다. 순간 태수는 얼굴이 확확 달아올랐다. 그러나 이왕 시작한 질문이었다. 그는 평소에 품고 있던 신의 섭리에 대해 비난조로 포문을 열기 시작했다. 마치 그녀에게 책임이라도 있는 것처럼.

"얼마 전 경혜도 인터넷에서 봤을 거야. 시리아 난민촌이었던가. 그곳에서 어린 아이들을 대상으로 한 성폭력 사태가 일어난 거에 대해서. 그 어린 아이들이 무슨 죄가 있다고 그런 끔찍한 일을 당해야 하지? 뿐인가 중동 어느 국가에서는 어린 아들을 총알받이로 내세우는 일들도 발생하고 있어. 바로 부모들에 의해서. 어린 자녀를 노동자로 팔아먹는가 하면 심지어 어린 딸을 사창가로 팔아넘기는 부모도 있어. 그것이 그 나라의 풍습이라는군, 왜 그런 천인공로할 사태에 대해서는 신의 간섭이 이루어지지 않는 거지? 예나 지금이나 약자는 언제나 피해 당사자고 힘 있는 자는 언제나 강성해. 이것도 신의 섭리일까?"

"반드시 그렇지만은 않아요. 악이 잠시 강성하는 것 같지만 종국에 가서는 심판의 대상이 되어 파멸하잖아요, 모든 걸 다 하나님 탓으로 돌릴 수는 없어요, 왜냐하면 사람에게는 자유의지가 있기 때문이에요. 자유의지는 하나님이 인간에게만 주셨어요, 천사도 악마도 자유의지는 없어요. 오직 인간에게만 존재하는 거예요, 그것은 곧 책임이에요."

"책임이라구?"

"의지를 자신의 뜻대로 사용하는 건 자유에요. 하지만 그에 대한 결과는 자신의 몫으로 돌아오죠. 이 생에서 뿐만 아니라 내세에까지 이어져요. 세상은 점점 악으로 치닫고 악이 승리하는 것처럼 보이지만 반드시 악의 종말은 있어요. 결국 심판의 대상이 될 뿐이죠. 옛날 중세 때 스파르타는 얼마나 강성한 국가였나요? 그들은 온 국민을 군주의 야욕을 위한 도구로 활용했어요. 한 마디로 국민은 군주의 명령에 따라 희생되는 인간 병기였어요. 남자들은 7살 때부터 군사훈련에 투입되면서 오직 인간 병기가 되어 전장에서 비참하게 죽어 갔어요. 여자들은 건강한 남아를 생산하기 위해 용맹한 군인과 강제결혼을 해야 했고 비상시에는 그들도 인간병기가 되어 싸우다 죽어야 했어요. 가장 기가 막힌 건 생명경시 사상이 극에 달한 거예요. 아이가 태어나면 아버지의 명령에 따라 생사가 결정됐어요. 아이를 갖다 버리라고 하면 아이는 울다 죽어갔어요. 먹을 것을 주라고 하면 그땐 사는 거예요. 그러다 7살 때부터 살인적인 군사훈련을 받다가 전장에 투입되면 무조건 승리해야 해요. 전쟁에 패한 장군은 고국으로 돌아와 공개처형 됐어요. 그렇게 용맹한 장군들이 하나 둘 사라지면서 결국 스파르타는 멸망당하고 말았어요. 악의 종말을 스스로 초래하고 만 것이죠. 인생의 고난은 누구에게나 다가오지만 그것을 대하는 태도에 따라 결과는 달라져요. 내 자유의지를 어떻게 사용하는가에 따라 결과도 다르게 나타나는 거죠."

태수는 멍하니 그녀를 바라보았다. 저 여자에게 저런 면이 있다니? 전혀 다른 여자를 대하는 느낌이었다. 냉혹하리만큼 이기적이고 자기밖에 모르던 여자가 아니었던가? 그런데 그 여자의 눈가에 작은 이슬방울 같은 것이 보이는 것이었다. 그건 연민도 애정도 아닌 영혼에 대한 안타까움이었다. 그녀는 잠시 멈칫거리더니 고개를 숙인 채 가만히 말했다.

"옛날에 저 때문에 상처 많이 받으셨죠? 본래 속마음은 그게 아니었는데 저도 모르게…… 그만."

순간 그는 의아한 기분이 들었다. 지금 저 여자가 무슨 말을 하는 것인가. 15년도 더 지난 일을 가지고. 아직까지 미련이라도 남았단 말인가.

"참회하는 심정으로 살았어요, 내가 참 독했었구나."

태수는 자리에서 벌떡 일어나며 말했다.

"남편한테 미안하지도 않아? 그때가 언젠데."

그때였다. 그녀의 핸드폰에서 요란한 벨소리가 났다. 그녀가 핸드폰을 들자마자 당황한 목소리로 말했다.

"네 알았어요, 빨리 갈게요. 오랜만에 친구를 만나서요. 알았다니까요."

그런데 그 순간 태수의 마음이 엄청 복잡해지는 것이었다. 잠시 창밖을 바라보는 사이 그녀는 이미 카운터에서 계산을 끝내고 있었다. 그것이 태수의 마음을 더 상하게 했다. 찻값을 여자에게 치르게 하다니. 커피숍을 나서자 작렬하는 태양빛이 그의 몸과 마음을 친친 동여매듯이 내리쪼였다.

그녀는 벌써 사라지고 없었다. 남편의 채근이 두려웠던지 그의 존재가 부담스러웠는지 아님 만남 자체가 껄끄러웠는지 모르겠다. 태수는 여당(與黨) 당사(黨舍) 앞을 지나 공원 쪽을 향해 휘적휘적 걸어갔다. 산업은행 앞에 회화나무가 큰 그늘막이 되어 발걸음을 재촉하고 있었다. 아스팔트 횡단보도를 건너니 곧바로 여의도 공원이었다.

꽃향기가 진동을 했다. 각종 나무와 꽃이 화려한 색상으로 어우러져 낙원을 연상케 했다. 양귀비와 작약이 연못 주변으로 무리지어 피어 있었다. 그런가 하면 수세미와 화초 호박과 박이 주렁주렁 행인들의 손길을 유혹하는 모습도 보였다. 살구나무와 매실, 모과나무와 감나무도 푸른빛을 띠고 가을을 기다리고 있었다.

작은 연못에는 연꽃이 화려한 색상과 문양으로 버드나무와 함께 색깔 퍼레이드를 펼치고 있었다. 공원은 하나의 작은 생태계였다. 어디서 나타났는지 토끼가 놀란 눈빛으로 행인들을 바라보고 있었다. 왜가리는 나뭇가지 위에서 꼼짝도 않고 화석처럼 앉아 있었다. 진초록과 새하양 노랑과 빨강 주홍 보라색이 향기와 색상을 퍼뜨리고 있었다.

자연의 기운이 상한 마음을 힐링한다고 누가 말했던가. 굳은 마음이 서서히 풀리고 있었다. 자연의 향취를 그냥 지나치기 싫었던 걸까. 사람들이 스마트 폰을 열어 계속 셔터를 눌러댔다. 층층 구름이 대형 쇼핑타운 건물 위로 유영하는 모습이 보였다. 마음이 넓어지는 기분이 들었다.

마포에서 느끼던 것과는 색다른 느낌이 여유 있게 마음을 리드했다. 한참을 걷다 보니 조금 전에 보았던 CCMM 빌딩이 보였다. 어디선가 꽥꽥 하며 오리 소리가 났다. 진한 갈색 물가에서 유영하는 오리 소리였다. 흰색 오리 두 마리와 갈색 오리 한 마리가 연못을 헤엄치며 계속 소리 지르고 있었다.

자세히 보니 오리들이 쉬는 그물망 같은 곳에 비둘기가 앉으려 하자 내쫓는 소리였다. 한마디로 기득권을 놓치지 않으려고 오리들이 갑질을 하는 것이었다. 비둘기는 잠시 그물망에 앉았다가 오리들이 다가와 행패를 부리자 금세 날아갔다. 팔뚝만한 잉어가 연못 안을 휘저으면서 잠시 파문이 일었다.

한쪽에서 왁자하니 술판이 벌어지고 있었다. 컵라면에 나무 젓가락을 끼어 놓은 채 소주잔을 기울이는 사람들은 얼핏 봐도 노숙자가 틀림없었다. 그들은 30도가 넘는 초여름 날씨에도 두꺼운 외투를 입고 있었다. 헝클어진 머리칼에 소주병을 거꾸로 들고 마시다 지나는 여자를 보고는 주먹을 쳐들어 보이며 욕설을 퍼부었다.

"야이! 씨펄 것들아!"

그 뒤에 나오는 욕설은 상상을 초월한 끔찍한 것들이었다. 세상을 향한 원한 섞인 분노는 그들의 영혼을 갈취하고 지옥 끝을 달리고 있었다. 분노는 항상 자신과 세상을 향해 곤두서 있다. 일촉즉발의 위험성을 항상 내포한 채.

노숙자들은 마시던 소주병을 보도 위로 집어 던졌다. 공교롭게도 소주병은 엄마와 함께 나들이를 나온 어린아이의 발 앞에 팍! 소리를 내며 떨어졌다. 파편이 튀면서 사람들 사이에서 비명이 터졌다. 누군가 그 광경을 보더니 급하게 전화를 걸었다. 채 2분도 안 됐는데 경비원들이 달려왔다.

경비원들은 다짜고짜로 노숙자들을 끌어냈다.

"공원 내에서 음주가무 고성방가는 금지라는 걸 모르십니까?"

노숙자들은 의외로 순순히 끌려갔다. 여유 있게 손까지 흔들며 횡단보도 쪽으로 걸어갔다. 그 뒤로 어디서 나타났는지 바퀴 달린 끌차를 끌면서 여자 노숙인도 따라 갔다.

검은 비닐봉지를 잔뜩 매단 끌차를 끌면서 여자는 허공을 향해 계속 씨부렁거렸다. 그녀는 배가 남산만큼 불러 있었는데 털이 잔뜩 달린 외투로 온몸을 꽁꽁 동여매고 있었다.

태수는 그 이유를 나름대로 짐작했다.

마음이 추운 탓이겠지.

노숙자들은 걸어가면서 뭔가 계속 이야기하며 낄낄거렸다. 태수는 자신도 모르게 그들 뒤를 따라가며 극심한 혼미에 빠졌다. 여자는 뒤뚱뒤뚱 걸으며 손가락으로 하늘을 가리키며 히죽이죽 웃었다. 슬픔과 분노가 가득한 채로.

보도블록을 걷던 그들이 계단을 오르기 시작하더니 거대한 십자가 탑이 나타났다. 그들은 누구랄 것도 없이 모두 자리에 주저앉았다. 여자가 검은 비닐봉지를 뒤지더니 신문지를 꺼내 바닥에 폈다. 그러더니 이번에는 다른 비닐 안에서 먹다 만 떡 뭉치와 과자 부스러기를 내놓았다.

그것을 보자마자 여러 손이 들려들어 허겁지겁 먹기 시작했다. 아무래도 컵라면으로는 배가 안 찼던 모양이다. 그 모양을 보고 있던 어떤 젊은 여자가 잠시 머뭇거리더니 그들에게 호일로 싼 김밥을 건넸다. 모두 네 개였다. 그러자 갑자기 노숙자들의 태도가 정중해졌다.

"감사합니다. 혹시 저희들 때문에 식사 못하시는 거 아닌가요?"

여자는 괜찮다며 손사래를 쳤다. 그러더니 계단을 뛰어 가더니 어디론가 사라졌다. 노숙자들은 젓가락도 없이 맨손으로 김밥을 집어먹더니 모두 바닥에 벌렁 누웠다. 십자가를 가리키며 뭔가 한참 이야기하더니 그대로 코를 골며 잠에 빠져 들었다.

태양은 이제 그들 뒤로 서서히 빛을 잃어가고 있었다.

그때였다. 웅크리고 앉아 있던 여자 노숙인의 입가에서 가느 다란 신음이 새어 나왔다. 고통에 찬 신음은 차라리 절규에 가 까웠다. 얼굴과 다리 부근에 시퍼런 멍 자국이 가득했다. 차마 눈뜨고 볼 수 없을 만큼 처참한 지경이었다. 그것을 보는 태수 의 마음도 시퍼렇게 멍이 드는 것 같았다. 서둘러 발걸음을 옮 겨 수돗가에 다다랐을 때였다.

30대 중반쯤으로 보이는 여자가 손에 거품을 잔뜩 묻힌 채 씻 고 있었다. 손톱 밑과 손목은 물론 팔뚝까지 싹싹 비비고 닦더 니 또다시 비누를 묻히고는 계속 닦았다. 주위에 비누거품이 가 득 흘러넘치고 있었다. 지나던 행인들이 그녀의 뒤통수에 대고 말했다.

"벌써 한 시간째 저러고 있어요, 한강물 오염의 주범이라니까 요, 매일 수돗가에서 저래요."

자세히 보니 여자의 손등은 뻘겋게 부어올라 나무 등걸 같았 다. 여자의 손 씻기는 도무지 끝날 것 같지 않았다. 아마도 비누 가 다 없어져야만 끝날 모양이었다. 이윽고 비누가 거의 다 닳 아 없어질 무렵 여자의 손 씻기가 끝났다. 손을 탈탈 털고 돌아 서는데 가운데 손가락 마디에서 피가 흘렀다.

그것을 보는 순간 태수의 마음속에도 피가 흐르는 것 같았다. 그런데 그 여자의 인상을 확인하는 순간 철렁 하고 가슴이 무너 져 내리는 것이었다. 그녀는 바로 마포대교에서 자살시도 했던 바로 그 여자였다. 문득 신발을 보니 슬리퍼를 신고 있었다. 하긴 좀 전에 한강 속으로 신발을 빠뜨렸으니.

여자는 아마도 경찰에 붙들려 가는 척하다 도망친 게 분명했다. 그런데 왜 무엇 때문에 저렇게 열심히 손을 씻는 걸까? 그것도 손에 피가 나도록. 여자는 핸드폰을 바지 속에 구겨 넣더니 호텔이 보이는 쪽으로 빠르게 걸어갔다.

어디선가 음악이 들려왔다. 경쾌하면서도 마음속에 안정감이 흐르는 음률은 신비한 힘이 느껴졌다. 태수는 음악이 들리는 쪽으로 점점 자신도 모르게 이끌려 갔다. 발걸음이 지하도로 들어서는가 싶더니 다시 계단을 올라섰고 빛줄기가 쏟아지는 광장 같은 곳으로 이끌려 들어갔다. 그곳에는 천장에서 쏟아져 내리는 불빛 외에 많은 음성들이 있었다.

조금 전에 듣던 음률과 함께 물소리 같기도 하고 천둥 소리 같기도 한 신의 음성이었다. 아! 그건 바로 마음의 소원과 함께 신비한 힘과 평안이었다. 사람이 줄 수 없는 평안, 그건 바로 신의 의지이기도 했다. 방금 전에 경혜가 힘주어 말했던 신의 역설(逆說) 바로 그것이었다.

신(神)이 사람의 형상을 입고 나타나 십자가를 통해 인류의 사랑을 보여주었다는, 경혜가 주장하는 구원론이자 신앙적 원리 역설(逆說)이었다. 인생의 죄의 문제를 단번에 해결하고 변치 않는 사랑의 힘을 공급해 주는 신적 능력, 그 신적 능력이 따스한 음률과 함께 마음속에 전해지고 있었다.

그러나 그곳을 나서는 순간 그건 어느 샌가 사라지고 없었다. 마치 그땐 딴 세상 속에 있다 나온 것 같았다. 밖으로 나서는 순간 뭔가 잔뜩 속았다는 기분이 들기도 했다. 태수는 온몸이 탈진된 상태로 마포대교를 건너 집으로 돌아왔다. 잠을 자는데 꿈속에서 수많은 빛을 보았고 경혜의 얼굴도 잠시 보이다 사라졌다.

아침에 일어난 그는 습관처럼 마포 일대를 배회하다 또다시 마포대교를 건넜다. 그 옛날 새우젓 장수가 배를 대던 모습을 상상하며 역사의 한 장면을 떠올리기도 했다. 바람이 갈기처럼 그의 온몸과 마음을 휘감았다. 거대한 폭풍에 당장 몸이 날아갈 것 같았다. 귓가에 윙윙거리는 소리는 자살한 원혼들의 신음 같았다.

다리를 건너자 공원이 나타났고 거대한 쇼핑 타운과 함께 산책로가 보였다. 차량과 사람들이 한쪽 방향으로 계속 몰려가는 모습이 보였다. 그는 발길 닿는 대로 공원길을 산책하다 마치 정해진 순서처럼 십자가 탑 앞 건물 안으로 들어갔다.

들어서는 순간 마음속으로 수많은 빛이 물결처럼 밀려 들어왔다. 빛은 마치 썰물과 밀물 같았다. 마음속에 한꺼번에 밀려 들어왔다가 다시 빠져나가는……

그것이 되풀이되면서 태수의 마음은 힘겨루기 장(場)이 되었다. 빛과 어둠, 약함과 강함이 동시에 마음속을 휘몰아치면서 갈등은 극대화되었다. 그러더니 어느 날인가부터 의지가 점점 강해지기 시작했다.

경혜가 그토록 강조하던 바로 그 신적 의지였다. 악을 이기는 담대한 믿음, 위로부터 내리는 강력한 능력 두나미스였다.

여름이 지나고 가을로 접어들면서 그의 마음속에 길이 보이기 시작했다. 동화를 쓰고 싶은 생각이 솟구치면서 상상력이 영감(靈感)이 컴퓨터 자판 위에서 춤을 추기 시작했다. 색감도 덩달아 살아나 그림도 잘 됐다. 글을 마치면 마포대교를 건너 노숙자들이 가던 십자가 탑 앞으로 갔다.

그때마다 그의 손에는 동화책과 먹을거리가 들려져 있었다. 그는 노숙자들이 잘 가는 곳을 골라 책과 먹을거리를 놓아두고는 돌아섰다. 책과 먹을거리는 순식간에 없어졌고 그는 안위를 느꼈다. 평안은 어느새 그의 마음의 기초가 되었다.

평안은 신에 의해 창조되기도 하지만 스스로 노력해서 얻어야 한다. 마음을 추스르고 의지를 신적의지에 접속시켜야 한다. 그건 탈출구이자 피난처이자 요새이자 버팀목인 마지막 수단이었다. 노숙자들의 양태도 날마다 달라졌다.

얼굴이 까맣게 타들어 가면서 악화일로를 걷다 사라지는 사람이 있는가 하면 일거리를 찾아 정상궤도로 접어드는 사람도 있었다. 물론 극소수였다. 무관심과 외면 속에 스스로 생을 마감하는 경우도 있었다.

한 가지 특이한 현상은 모두 마지막 순간까지 핸드폰은 꼭 손에 들고 있는 것이었다. 그게 태수의 눈에는 누군가의 관심을 간절히 바라는 신호처럼 보였다. 십자가 탑이 보이는 건물 안에는 와이파이가 설치돼 있었는데 태수도 꼭 그곳을 이용했다.

그러던 어느 날 그의 눈길을 사로잡는 순간이 있었다. 그에게 출판사를 인계하고 떠났던 친구가 강남에서 큰 출판사를 하고 있다는 소식을 접한 것이다.

그는 친구에게 당장 카톡을 날렸다. 생각 같아서는 친구에게 욕이라도 한바탕 해주고 싶은 심정이었다. 너 때문에 내가 당한 고통이 얼마나 큰 줄 아느냐? 사실 친구 탓도 아니었지만. 아! 아직도 그의 의식 속에는 피해망상이 남아 있는 모양이었다.

친구에게 카톡이 왔다.

너 지금 뭐하고 지내냐?

친구는 이미 그에 관한 소식을 듣고 있었음에 틀림없다. 그러니까 사업 이야기 대신 당장 안부부터 물은 것이다.

백수로 그냥 저냥 지낸다. 왜?

그는 카톡을 날리며 속으로 웃었다. 망할 자식. 내 처지를 알고 있으면서 뭘 하냐니? 누구 놀리나?

그렇다면 우리 출판사에 와서 일해라. 마침 편집장 자리가 비었다.

그는 당장 카톡을 날렸다.

싫다.

왜?

이제 출판사 일은 하고 싶지 않다.

아동도서 만드는 일이야. 니가 그 방면에 적임자라고 소문났던데.

그는 순간 마음에 힘이 났다.

누가?

그럼 너는 내가 알아보지도 않고 편집장 자리를 제의할 줄 알

왔냐? 나도 오너야 알겠냐?

그래? 그럼 한번 생각해 보지 뭐.

시간 없다. 배짱 튀기지 말고 빨리 결정해. 다른 사람도 알아보고 있는 중이니까.

마지막 멘트에 그는 자존심이 팍 상했다. 친구를 오너로 모시는 것도 껄끄러운데 채근하는 듯한 인상을 받았기 때문이다. 그는 잠시 망설이다 근래에 찾아가기로 약속을 정하고는 카톡을 끝냈다. 밖으로 나온 그는 여의도 공원을 향해 천천히 걸어갔다. 이제 공원 산책은 그에게 중요한 일과처럼 변해 있었다.

취업을 생각 안 한 건 아니었다. 그러나 생각보다 빠르게 현실로 다가오니 약간 얼떨떨했다. 마치 기적이라도 일어난 것처럼. 그만큼 백수로 지냈던 시간은 어둠 그 자체였다. 언젠가 노숙자들로부터 들은 말이 생각났다.

인생의 가장 큰 기쁨은 일을 해서 돈을 버는 것이라고.

그 말을 노숙자들로부터 듣다니 아이러니였다.

그는 취업이 결정되면서 거처를 개봉동으로 옮겼다. 마침 그곳에 저렴한 가격대의 전셋집이 있어서였다. 1호선 국철을 타고 개봉동을 갈 때면 창밖 풍경이 보기 좋았다. 땅속으로만 다니는 지하철보다 싱그러운 자연을 사시사철 볼 수 있고 마음의 여유도 있었다. 인공의 색채와 공해덩어리인 강남에 비해 훨씬 자연스러웠다.

동화작가의 본연으로 돌아가 업무에 전념하면서 그는 훨씬 마음의 여유가 생겼다. 오너인 친구는 주로 영업과 마케팅 쪽에 신경 쓰느라 그에게는 무관심하다시피 했다. 친구는 명문대 출신인 자신의 이력을 이용해 영업에는 천부적인 기질을 발휘했다. 그토록 외치던 동화는 태수에게 모두 일임한 채로.

　태수는 일에 의욕을 느끼다가도 때때로 매너리즘에 빠져들곤 했다. 창조적인 일이면서 생산적인 일이 그렇게 쉬운 게 아니었다. 뜬 구름 잡는 기분으로 직장 분위기에 무르익을 어느 날이었다. 그는 퇴근길에 강남역 근처를 지나다 이상한 광경을 목격했다. 국내 최고 굴지의 재벌 그룹에 근무하다 직업병으로 사망한 젊은 영혼들의 사진이었다.

　반도체 공장에서 근무하다 사망한 그들은 모두 20-40대 안팎으로 모두 인물도 반듯하고 미래가 창창한 젊은 영혼들이었다. 사인(死因)은 혈액암과 뇌졸중 기타 암이었다. 작업 도중 방사선과 비소에 노출된 채 암에 그대로 방치된 것이었다. 그들의 눈물의 호소가 강남역 부근에 흐르고 있었다.

　젊은 영혼들의 절규가 소리 없이 가슴을 울렸다. 사람들은 여전히 그 앞을 지나 출근길과 퇴근길을 서두르고 있었다. 가을이 깊어갔다. 태수는 퇴근길에 길거리를 지나다 몇 년 전엔가 불길같이 번졌던 싸이의 강남스타일을 들었다. 전 세계를 휘몰아쳤던 싸이의 강남 스타일 중독성 강한 멜로디와 가사에 그도 얼마나 환호했던가.

　낮에는 따사로운 인간적인 여자
　커피 한잔에 여유를 아는 품격 있는 여자
　밤이 오면 심장이 뜨거워지는 여자

그런 반전 있는 여자

나는 사나이

오빠 강남스타일

그는 자신도 모르게 노래 가사를 따라 하며 몸을 흔들었다. 몸이 공중에 붕 뜨는 느낌이었다. 자유의지가 실종되면서 마음속에 어둠과 빛이 썰물처럼 빠져나갔다 들어왔다. 발걸음을 옮기는데 술집 유리창에 써진 글귀가 보였다.

'오늘 밤 당신의 일탈을 책임져 드리겠습니다.'

식당 앞을 지나는데 창 너머로 시(詩)가 보였다. 콩나물이란 시였다.

콩나물은 서서 키가 큰다.

콩나물이 그렇다.

대개 머리가 위로 올라가면서 키가

크는 것과 달리 발이 뻗으며 키가 큰다.

하늘을 넘보지 않고 할일을 다 하는 셈이다.

단순하고 기쁘게 살아가는 법을 깨친 수도승처럼

담담하고 단호하게 발을 뻗는다.

콩나물은 서서 키가 큰다.

무슨 의미일까?

그는 잠시 멈춰 서서 생각했다.

세상은 언제나 명암이 엇갈리는 중이었다.

(2018년 순수문학)

용문에서

용문역에 내렸다.

내 소설 하수인(下手人)에 나오는 남주인공이 잠시 머물다 간 곳이다. 신축된 역사(驛舍)를 나오니 오일장이 서 있었다. 뾰족한 파라솔과 넓은 휘장이 쳐진 장마당에 뽕작과 트롯이 연신 흘렀다. 장마당은 ㄴ 자형으로 이어져 있는데 규모가 상당했다.

역에서 마주보이는 곳에 옷가지를 파는 행상이 늘어서 있고 왼쪽으로는 먹을거리 장터이고 오른쪽으로는 농산물이 장사진을 치고 있었다. 요즘은 시골 장터도 도심과 크게 다르지 않다. 치킨과 반찬코너도 그렇고 야채 코너나 옷가지를 늘어놓고 파는 곳도 마찬가지다.

조금 다른 면이 있다면 직접 농사지은 푸성귀나 말린 나물과 된장 청국장 등 토속적인 음식이 몇 가지 추가될 뿐이다. 골목과 대로변마다 자리 잡은 옛날 다방도 눈에 띄었다. 먼지 낀 창틀마다 세월을 나타내듯 많은 사연을 안고 있으리라.

장마당을 조금 벗어나니 시골 점방을 몰아내고 들어선 편의점도 곳곳에 보였다. 옛날 다방은 대부분 후미진 골목이나 도로 지하에 있었는데 언뜻 봐도 할아버지 다방 같았다. 내가 대학 다닐 당시 다방은 두 종류였다.

젊은 층을 겨냥한 음악다방과 중년층이나 노인층을 대상으로 하는 할아버지 다방이었다. 음악다방은 주로 명동이나 종로에 많았는데 DJ가 신청 음악을 틀어주곤 했었다. 반면 할아버지 다방은 커다란 수족관을 사이로 젊은 남녀가 맞선을 보거나 노년 층이 모여 잡담을 하는 경우가 많았다.

요즘은 원두커피를 직접 갈아 파는 커피 전문점이 대세인데 용문은 옛날식 다방이 많은 걸로 보아 아직도 토속적인 분위기가 강한 듯 보였다. 장터를 벗어난 거리는 한적했다. 버스가 달릴 때마다 먼지도 덩달아 함께 달렸다. 용문산은 흰 눈으로 덮여 가까운 거리임에도 확실히 온도 차이가 있어 보였다.

용문 거리는 시골 소읍이라 그런지 대부분 낮은 건물에다 시설도 낙후해 보였다. 아무리 찾아도 식사를 해결할만한 마땅한 음식점이 안 보였다. 그렇다고 장터에서 파는 국밥이나 국수 종류로 때우고 싶진 않았다. 장마당과 상관없이 도로 한편에서는 대파와 견과류 생선 등을 파는 트럭이 행인들을 향해 손짓을 하고 있었다.

늦겨울 날씨 치고 따스한 편이었다. 한참을 돌고 돌았는데 결국 멈춘 곳은 장터 한가운데였다. 휘장 친 곳에 노인들이 모여 국밥을 먹고 있었다. 뚝배기에 뜨거운 선짓국을 퍼 담는 여자는 손놀림이 어찌나 빠른지 어느 샌가 국밥을 손님 탁자 위에 놓고는 돈 받기에 바빴다.

노인들은 밥 한 숟가락 뜰 때마다 말은 서너 마디씩 했다. 주로 말 안 듣는 자식들 이야기였다. 치킨 가게 옆에 메밀전병과 수수부꾸미를 파는 곳이 있어 가격을 물었더니 천원이란다. 천원짜리 한 장 내고 메밀전병을 사먹었다. 보기와는 달리 아삭아삭하고 씹히는 맛이 좋았다.

조그만 옹기그릇에 청국장을 놓고 파는 할머니에게 얼마냐고 물었더니 3000원이라고 해 온 기념으로 하나 샀다. 옆에 서 있던 중년남자도 '청국장이 잘 떴네요' 하며 두 개를 샀다. 바닥에 농기구를 펼쳐놓고 파는 대장장이 노인도 있었다. 씨앗 종류를 보통이에 담고서 어서 사가라며 손사래를 치는 노파도 있었다.

장마당을 몇 바퀴 돌고 나서 지나가는 사람을 붙잡고 물었다.

"여기 ○○중학교가 어디쯤에 있나요?"

"여기서 오른쪽으로 꺾어지면 성당이 나와요, 거기서 계속 올라가다 보면 학교가 나와요."

손가락이 가리키는 대로 갔는데 성당은 보이지 않았다. 대신 큰 규모의 교회 건물만 몇 동 나타났다. 또다시 행인을 붙잡고 중학교 위치를 몇 번이나 확인한 다음 목적지에 도착했다. 중학교는 도로에서 북쪽으로 한참을 올라가고 나서 비로소 나타났다. 주변이 온통 논밭으로 둘러싸여 있었다.

속으로 낮게 외쳤다.

그래 그가 이곳을 떠난 지도 40년은 넘었겠구나. 어림짐작해서 40년이었다. 내가 등단 초기에 썼던 단편 하수인에 등장하는 그는 고향인 여주를 떠나 이곳에서 중학교를 다녔다. 몸이 아파서 이곳에서 하숙을 하며 중학교를 다닌 뒤 고등학교는 서울에서 다녔는데 한 해 쉬었다 이듬해 진학했다.

그는 어린 나이에 객지에서 하숙을 하며 학교를 다녔는데 주인집 딸과 절친으로 지냈다. 학교에서 일등만 하는 그녀가 그에게 모르는 것을 자주 묻곤 했는데 그건 일종의 대시였다. 먼저 운을 떼보다가 따로 만남을 갖기에 이르렀다. 밤에 약속 장소에 나갔는데 커다란 두꺼비가 나타나 둘 다 혼비백산 했단다.

70년의 역사를 자랑하는 학교는 그 지방에 있는 유일한 사학(私學)이었다. 중고교가 한 울타리 안에 있어서인지 부지가 엄청 넓고 건물도 위용 있어 보였다. 들어가는 입구에 대망(大望)의 길이라고 써진 바위가 보였다. 학교 주변은 온통 논밭과 외지로 빠지는 도로로 연결돼 있었다.

읍내에서도 거리가 상당히 떨어져 있어 외진 느낌이 들었다. 40여 년 전, 그는 무슨 생각을 하며 이 길을 오갔을까. 어쩌다 그 어린 나이에 가족과 떨어져 살아야 했을까. 학년은 나보다 한 학년 높았지만 나이는 세 살 많았다. 그는 재수를 해서 한 해 늦게 들어갔고 나는 한해 일찍 입학한 셈이니까.

성악가 못지않게 노래를 잘하고 감성적이며 명민한 그였다. 내게 문학적 재능을 일깨워 보라며 도움을 주겠다고 한 사람도 그였다. 집안 사정으로 정규대학을 포기하고 대방동에 있는 사관학교에 입학한 그는 여전히 예의바르고 두뇌가 뛰어난 지성인이었다.

29세라는 꽃다운 나이에 죽지만 않았다면 지금쯤 사단장이나 참모총장 쯤 되었으리라. 어릴 적 기억을 소설로 수십 번도 더 우려먹은 것 같다. 현실에서 이루지 못한 한을 소설과 시나리오로 대체하며 30년 세월이 흘렀다. 그와 나는 386세대다.

컴퓨터로 말하자면 도스를 사용하다가 디스켓 DNV를 거쳐 요즘은 용량이 가장 높다는 USB를 사용한다. 길을 돌아서 걷는데 좀 전에 만났던 행상들이 자리를 반대편으로 옮겨 장사하고 있었다. 거리 상가는 농촌답게 씨앗 종류와 농기구랑 제초 기계를 팔면서 수리까지 겸해주는 곳도 여럿 있었다.

그런가 하면 건널목마다 각종 강습 종목을 알리는 현수막들이 행인들의 눈길을 무한정 잡아끌고 있었다. 컴퓨터 영어 강습과 댄스나 한자 교육 등 농어촌에도 향학의 열풍이 불어 닥쳐 살만한 세상임을 피부로 느끼게 했다. 면사무소 앞 게시판에는 출산 장려를 알리는 화려한 알림판이 도배되고 있었다.

첫째 아이를 낳으면 무조건 200만 원, 둘째 아이를 낳으면 300만 원, 셋째 아이를 낳으면 500만 원 식으로 6째 아이를 낳으면 그때는 2000만 원을 지급할 테니 무조건 아이를 낳아달라고 통사정을 하고 있었다.

격세지감이었다. 내가 어릴 땐 둘만 낳아 잘 기르라고 노래를 부르더니만. 시외버스 터미널에 가까이 오자 낡고 허름한 건물 속에 옛 다방이 보였다. 세월이 30년쯤 멈춰버린 듯 향수를 그리움으로 퍼 담으며.

저 안에는 어떤 사람들이 모여 있을까. 무슨 이야기를 하며 세월을 노닥거릴까. 무슨 사연을 나누며 음악과 함께 썸을 타고

있을까. 나는 소설가다운 상상력을 앞세우며 다방 앞에서 머뭇
거리다 돌아섰다. 문산 쪽으로 떠나는 전동차가 차고를 출발해
서서히 빠져나오고 있었다.

어디선가 철 지난 유행가 가락이 들려왔다.

왜 그런지 몰라, 몰라

몰라.

자세히 들어보니 나훈아의 갈무리였다. 나도 모르게 소리가
나는 지하 계단 쪽으로 발걸음이 움직였다. 출입구 문을 여는
순간, 가슴 속에서 쿵! 소리가 나며 세월의 수레바퀴가 거꾸로
돌았다.

단편 하수인의 한 대목이 생각났다.

난 그의 감정(感情)의 하수인(下手人)이다. 그의 언어, 행동,
눈빛에 따라 내 감정이 조절된다. 내가 이성적 판단을 거부하고
그의 감정의 하수인이 되어 그에게 맹종하고 그의 정신에 묶이
기 시작 한 것은 그가 내 첫사랑이기 때문이다.

그 대목을 쓰면서 얼마나 나 자신과 타협했는지 모른다. 부끄
러움이 사랑에 맹종하는 여자가 내가 아닌 다른 여자이길 바래
서였다. 나는 좀 더 나 자신에게 솔직했어야 했다.

다음은 영화 접속에 나오는 한 장면이다. 친구의 남자를 사랑
하는 전도연. 그녀는 배반된 감정과 모순된 사랑의 논리 속에
방황하며 괴로워한다.

엘리베이터 안에서 전도연이 김태우에게 넥타이를 매주고 있
었다. 좁은 공간 안에서 몸을 밀착시킨 채─. 여자는 친구의 애

인을 사랑하고 있었다. 그 애끊는 사연을 PC통신을 통해 또 다른 남자에게 하소연하고 있었다. 친구의 애인을 사랑하는 여자. 이방 여자의 사랑.

그 전도연이 의사로 변신해 폭력배의 우두머리인 박신양을 만나 사랑에 빠지고 있었다. 지성과 미모를 겸비한 여자는 화려함으로 그 이미지를 채색하고 있었다. 고급 세단을 운전하는 남자가 스커트 자락을 끌어내리는 여자를 보고 말했다.

"아! 그만 좀 내려요. 누가 만질까 봐 그러나."

그러면서 남자는 여자의 두 무릎을 어루만지고 있었다. 접속에서의 김태우가 TV드라마에서 또 다른 왕자로 출연하고 있었다. 어수룩한 여자를 사랑하는 똑똑하고 잘 생긴 남자. 그 남자를 사랑하는 또 다른 여자. 여자는 사랑하는 남자를 제외한 모든 사람들과 적대관계에 놓인다. 신분 차이에 따른 또 다른 언어폭력과 자기포기, 고통 속에서도 여자는 행복과 기쁨에 전율한다.

아! 세월은 생각과 끊임없이 다툼을 벌이며 발목을 붙잡고 있다. 지나간 유행가 가락에도 콧등이 시큰하며 추억을 재생시킨다. 무슨 과거의 사연이 그리 많다고 청승을 떨고 푼수가 따로 없다. 나훈아의 '갈무리'가 끝도 없이 다방 안을 휘젓고 다닌다.

내가 왜 이런지 몰라 도대체 왜 이런지 몰라
꼬집어 말할 순 없어도 서러운 맘 나도 몰라
잊어야 하는 줄은 알아 이제는 남인 줄도 알아
알면서 왜 이런지 몰라 두 눈에 눈물 고였잖아

이러는 내가 정말 싫어 이러는 내가 정말 미워
이제는 정말 잊어야지 오늘도 사랑 갈무리
이래선 안 되는 줄 알아 지나간 꿈인 줄도 알아
그런 줄 뻔히 알면서도 마음을 잡지 못하잖아
이러는 내가 정말 싫어 이러는 내가 정말 미워
다시는 생각 말아야지 오늘도 사랑 갈무리

후회가 가득한 가사는 자가당착과 연민의 정을 자신에게 보내면서 끝내 갈무리를 원하고 있다. 어떡하든 사랑의 끝을 보고야 말겠다는. 그러나 그것조차 미련과 고통임을 암시적으로 설명하고 있다.

30년 전 그 갈매기 다방이었다. 유리문 사이로 낡은 소파 몇 개와 금붕어 어항이 보였다. 그때와 달라진 게 있다면 들어가는 입구와 주변 환경이리라. 예전에는 시골 소읍 풍경이라 그런지 논밭과 시외버스 터미널 부근의 상가가 유일한 구경거리였다.

세월이 흘러 서울로 직통하는 전철이 생기면서 외부인들의 발길이 눈에 띄게 잦아졌다. 용문산 관광단지가 여행 패키지 상품을 쏟아 놓으며 지역의 발전 대책도 나오고 있다. 갈매기 다방은 시골 다방답게 주 고객이 노년층이다.

커피도 원두커피가 아닌 믹스용이고 푹신한 소파 위에 비스듬히 몸을 기댄 노인들이 한가롭게 잡담을 나누며 노랫가락에 맞춰 발장단을 하고 있다. 수족관 옆에 앉은 노인은 거들먹거리는 폼이 허풍깨나 떨게 생겼다. 거친 입담이 터져 나오면서 분위기가 사나워진다.

노인이 재떨이에 담뱃재를 떨면서 카운터를 향해 손가락을 까딱해 보인다. 그러자 음악이 당장 바뀌었다.

야 야 야 내 나이가 어때서.
사랑에 나이가 있나요
마음은 하나요
느낌도 하나요
그대만이 정말 내 사랑인데
눈물이 나네요
내 나이가 어때서
사랑하기 딱 좋은 나인데
어느 날 우연히 거울 속에 비춰진
내 모습을 바라보면서
세월아 비켜라
내 나이가 어때서
사랑하기 딱 좋은 나인데

가사가 후반에 치닫자 남자는 아예 자리에서 일어나 춤이라도 출 태세다. 엉덩이가 들썩거리더니 팔을 좌우로 흔들었다. 때마침 쫙 달라붙은 원피스를 입은 중년여자가 찻잔을 탁자에 내려놓고 있었다. 아니나 다를까. 찻잔에서 김이 모락모락 피어오르는데 여자의 허벅지를 더듬는 투박한 손이 보였다.

또다시 음악이 바뀌더니 애절한 호소를 최고음으로 뱉어내고 있었다. 나훈아의 갈무리였다.

　이래선 안 되는 줄 알아, 지나간 꿈인 줄도 알아

　그런 줄 뻔히 알면서도 마음을 잡지 못하잖아…….

　거의 울면서 외치는 노랫가락에 몽롱한 느낌이 들었다. 갑자기 센티해지는 것도 추해 보이는 것도 같다. 늙는다는 것만큼 추하고 괴로운 것은 없다. 단지 늙었다는 이유만으로 거절당하는 경우가 얼마나 많은가. 작은 실수에도 나이 값도 못한다는 핀잔과 업신여김도 감수해야 한다.

　경로사상은 내가 젊었을 때도 구시대 유물 같은 것이었다. 하물며 지금 세상에야. 초록은 동색이라고 다 늙은 중년끼리 여행을 떠나도 곱지 않은 시선으로 바라본다. 단 예외가 있다. 가진 돈이 많을 경우다. 재투자와 재테크라는 명목을 내세운 힘겨루기에선 단연코 노년층을 따라잡을 수 없다. 쌓아 놓은 부는 가치척도의 1순위가 되기 때문이다.

　유난히 허세가 심한 남편은 중년이 넘어서도 욕심이 많았다. 그는 돈이면 다 된다는 사고방식을 가진 사람이었다. 요즘 유행하는 말로 그는 금수저를 물고 태어난 사람이었다. 가진 거라곤 재력밖에 없다는 그는 처음부터 끝까지 삶의 주제가 돈이었다.

　돈 가지고 안 되는 게 없다는 게 그의 지론이었다. 심지어 사랑도 목숨도 돈으로 살 수 있다고 주장했다. 그 대표적인 예가 바로 자기 아내였다. 싫다고 하는 여자를 돈 자랑해가며 죽어라 따라다녀 성사시킨 결혼이었다.

　그러나 나는 그의 주장대로 절대 돈에 환장한 여자는 아니었다. 집에서 강제로 밀어붙인 탓도 있었지만, 그래 홧김이었다. 핑계 같지만 홧김에 밀어붙였다가 코 꿰고 만 경우였다.

민영기, 그가 내 친구 민경이와의 결혼을 서둘렀기 때문이다. 당시 나의 삶은 온통 불가능의 일색이었다. 찢어지는 가난에다 집안은 매일같이 환란의 연속이었다. 지옥 같은 집구석을 벗어나기 위해선 취직을 하든가 결혼을 하든가 해야 하는데 둘 다 나와 거리가 멀었다. 스펙이 없어 어떤 직장에도 이력서 내밀 곳이 없었고 내봤자 번번이 미끄럼만 탔다.

그 주제에 나의 눈은 다락같이 높고 성격은 까탈스럽기가 이를 데 없었다. 백수로 뒹굴면서 가족과 다툼도 많아졌다. 가족들은 4년 동안 들어간 내 대학 등록금이 아깝다며 매일같이 지청구를 주었다. 당장이라도 가족들 안 보이는 곳으로 사라졌으면 좋은데 방법이 없었다. 그때 나타난 게 남편이었다.

솔직히 마음에 드는 구석이 한 군데도 없었지만 어쩔 수 없이 선택하고 말았다. 생각 같아선 민영기 그보다 더 멋지고 능력 있는 남자를 만나 보여주고 싶었다. 그래서 내 자존심에 위로를 주고 싶었다. 아니 더 솔직한 마음은 남편으로 인해 민영기에 대한 기억을 지우고 싶었는지도 모른다.

질긴 미련의 끈을. 혼자만의 외로운 마음을 갈무리 하고 싶었다. 사실 나는 지난날, 민경이 모르게 민영기를 만나기 위해 사관학교로 몇 번인가 면회를 간 적이 있었다. 그는 마지못해 만나주는 눈치였지만 나는 아랑곳하지 않았다. 민경이가 눈치 챌 수도 할 수 없다고 생각했다. 그와 많은 이야기를 나눈 것 같은데 남녀 간의 정(情)이나 미래에 대한 언급은 전혀 없었다.

기껏 생각해서 한다는 말이 작가로서의 재능이 보이는데 자료를 구해다 줄 테니 포기하지 말고 꼭 소설가가 되라고 용기 주는 정도였다. 그러나 그는 그런 만남조차 얼마 안 가 거부하고 말았다. 민경이와 결혼할 예정이라며 다시는 찾아오지 말라고 못을 박았다. 그 못이 가슴 속 깊이 박히면서 나는 엄청난 상처를 받았다.

그가 마지막으로 내게 좋은 사람 만나 결혼하라고 이야기하는데 더 이상 할 말이 없었다. 친구의 애인을 몰래 짝사랑 하다 보기 좋게 낙동강 오리알이 된 것이다. 얼마나 상심이 컸던지 복수심마저 생겨날 정도였다.

차라리 죽어버려라.

남편이 거의 매일 집으로 찾아와 가족에게 물량공세를 퍼붓는 바람에 소문은 동네방네 퍼져 나갔다. 그와의 결혼이 기정사실처럼 전해진 것이다. 아무리 싫다고 해도 막무가내였다. 가족들은 타들어가는 돈 가뭄에 홍수를 만나자 이왕 결혼할 거면 빨리 서두르라고 재촉까지 했다.

이판사판이었다. 그래 어차피 한번 사는 인생 나 좋다고 하는 남자 만나 돈이나 실컷 써보자. 그와 비교할 때 남편은 가진 재력 말고는 나은 게 한 가지도 없었다. 그런데 막상 결혼하자 태도가 싹 바뀌었다.

결혼 전에는 별도 달도 따다 줄 것처럼 말하더니 전혀 딴 사람이 된 것이다. 일가친척들에게는 한없이 풍성하면서도 가족들

에게는 그렇게 인색할 수가 없었다. 아내에게는 돈 한 푼 주면
서도 벌벌 떨었다. 밖에서 무슨 짓을 하는지 가끔씩 여자들과
문자도 주고받는 눈치였다.

그가 나를 눈 뜬 장님 취급할수록 내 입에서 거친 말이 튀어
나왔다. 나중에는 욕설이 튀어나오는데 나 스스로도 감당이 안
될 지경이었다. 분노를 견디다 못해 시작한 게 소설 창작이었다.
소설 쓴다는 핑계대고 집안 살림에는 전혀 신경 쓰지 않았다.
아들은 유학 가서 학위 따느라 정신없었고 남편은 매일 재테크
한다고 미쳐 돌아다녔다.

소설 쓰면서 나는 신세계를 만났다. 다 잊고 있었던 첫사랑의
그가 생각난 것이다. 그의 소식을 알기 위해 수소문 했을 때 뒤
로 넘어가는 줄 알았다. 민경이와 결혼한 3년 후엔가 사고로 순
직한 것이다. 29살이라는 나이에.

민경이의 소식은 알 수가 없었다. 재혼했다는 말도 있고 미국
으로 이민 가 그곳에서 사업을 시작해 꽤 많은 부를 축적했다는
소문도 있었다.

어느 봄날 혼자서 기차여행 할 때였다.

차창 밖으로 용문역사가 보였다. 짐 보따리를 든 촌로들이 시
골 장터를 향해 걸음을 옮기는데 드라마의 한 장면을 보는 듯했
다. 역사 부근은 장터 구경 온 사람들로 붐볐다. 그때였다. 내
머릿속을 스쳐간 이름. 그 민영기와 그의 아내 이민경.

그가 중학교 시절 잠시 머물렀던 그곳이 용문이라는 사실도
생각났다. 그리고 그곳에서 만났던 여중생 이민경이 그의 첫사

랑이었다는 사실도 연이어 생각났다. 나는 다음 역인 양평에 내려 도로 용문으로 갔다. 오일장은 이미 파장 분위기가 역력했다. 짐을 싸서 트럭에 옮겨 싣는 장꾼들이 핸드폰으로 누군가와 끊임없이 연락을 취하고 있었다.

나는 정신 나간 사람처럼 거리를 휘적휘적 걸었다. 35년 전 친구인 이민경을 만나기 위해 처음 용문에 왔을 때가 생각났다. 용문은 민경이의 고향이었다. 용문에서 중학교를 졸업한 민경이는 서울에 있는 여고에 진학했는데 바로 내 짝꿍이었다. 그녀가 하도 고향 자랑을 하기에 언젠가는 꼭 가주마고 약속했었다.

우연찮게도 민경이와 나는 같은 대학에 진학했다. 그녀는 거의 매주마다 애인을 만났다. 그런데 그 애인이 한둘이 아니었다. 주중에는 주로 공대생과 의대생을 만났는데 영화배우 뺨칠 만큼 잘 생긴 남자 아니면 상대도 안 했다. 그녀가 늘 하는 말이 있었다. 머리 터지게 공부하기 바쁜 의대생도 자기를 만날 때면 쫙 빼 입고 나온다는 것이다.

이유는 자기 외모가 너무 출중하기 때문이라고 했다. 하긴 민경이는 메이퀸에 나가도 될 만큼 미모가 뛰어났으니까. 주중에는 그렇게 여러 남자와 데이트를 즐기다가 주말에는 사관학교로 면회를 갔다. 머리끝에서 발끝까지 온갖 치장을 다 하고서 면회 가는 이유는 간단했다. 결혼하게 될지 몰라서라고 했다.

자기가 만나는 남자 중에 가장 외모가 뛰어나고 장래가 촉망되기 때문이었다. 아무튼 여러 모로 능력 많은 그녀였다. 딱 한 번만 보여주면 안 되겠냐고 하니까 자랑스러운 표정으로 말했다.

"그럼 딱 한번만 보여줄게. 우리 그이가 얼마나 잘 생겼는지 영화배우라고 해도 믿을 걸?"

"벌써 우리 그이라고 부르니? 그런데 너 그 많은 남자 친구들 다 어떡하고 결혼하려는 건데?"

"응 개네들은 심심풀이 땅콩이었어. 제대로 된 놈들은 하나도 없어. 다 짐승 같은 놈들이야. 그래도 우리 그이가 제일 멋지고 인격도 훌륭하고 매너 좋고 능력 있고 또……."

민경이는 눈을 깜빡이더니 말했다.

"그이는 감성적이라 시도 잘 쓰고 노래 실력은 성악가 수준이야. 집안 형편만 좋아서 예술 계통으로 나갔으면 대성했을 거야."

"그만해라, 그만 해."

말은 그렇게 했지만 여간 질투가 나는 게 아니었다.

언젠가 사관학교로 면회 갔을 때 그가 잔디밭에 앉아 가곡 금강산을 부르던 생각이 났다. 왜 갑자기 그가 노래를 불렀는지 이유를 모르겠다. 그 궁금증 때문에 나는 더욱 그를 그리워하고 가슴을 태웠다.

"제가 면회 온 사실 민경이한테는 비밀로 해주세요."

"그럼 앞으론 면회 안 오면 되잖아."

"저도 노력하고 있어요."

"뭘?"

나는 속으로 눈물을 삼켰다. 민경이를 속이는 것도 괴롭지만 그에게 부담 주는 것 같아 더 마음이 괴로웠다. 그를 면회 갈 때

는 민경이가 다른 남자와 약속이 있는 날로 정했다. 민경이가
민영기가 아닌 다른 남자와 엮어지길 얼마나 바랐는지 모른다.

인물도 좋고 남자도 잘 사귀니까 빨리 눈이 맞아 그와 헤어지
기를 간구했다. 나는 민영기를 만나러 갈 때마다 핑계거리 찾기
에 바빴다. 소설 완성한 게 있는데 평론 좀 해달라고 했고 걱정
거리가 있는데 들어달라고 했다.

전혀 마음에 없는 말도 했다. 생도 중에 성격 좋고 괜찮은 사
람 있으면 소개시켜 달라고도 했다. 그렇다고 그가 내 마음을
눈치 못 챘을 리가 없다. 그러니 내게 좋은 사람 만나라며 면회
사절을 한 것이리라.

그를 처음 만나던 생각이 난다.

잔뜩 호기심 어린 마음으로 민경이와 함께 용문역에 내린 때
가 35년 전이었다. 대학 2학년 겨울방학 때였다. 용문 역사(驛
舍)에 내려 걸어가는데 신천지를 만난 기분이었다. 태어나 그런
시골 구경은 처음이었다.

서울 태생인 내 눈에 비친 용문은 드라마에 나오는 한 장면
같았다. 역사에서 조금 떨어진 다방에 들어섰을 때 민경이는 시
계를 만지작거리며 출입구 쪽을 향해 연신 고개를 돌렸다. 대형
수족관 옆에서 맞선 보는 남녀가 자리에서 일어나 밖으로 나갔
다. 그때였다. 다방 안에 있던 사람들의 입가에서 짧은 탄성이
터진 것은.

아!

출입구 문이 열리더니 사관생도 복장을 한 남자가 나타났기

때문이다.

와! 잘 생겼다.

영화배우가 따로 없네.

사관생도는 잠시 두리번거리더니 내 앞에 와 앉았다. 민경이 옆자리였다. 망토 안에 빨간색이 잠깐 스치듯 보였다. 빨간 마후라 공군사관생도였다.

누구? 그가 민경이에게 눈짓으로 물었다. 응 내 친구. 고등학교 동창이자 대학교 동창.

그렇게 말하는 그녀의 말속에 비소(鼻笑)가 숨어 있었다. 마치 깔보는 듯한 무례함과 용렬함이 눈빛으로 말하고 있었다. 민경은 애인의 어깨에 기대고 갖은 아양을 부리더니 나를 가리키며 말했다.

"있지, 성격 좋고 괜찮은 사람 있으면 내 친구 소개시켜 주는 거 어때?"

그는 잠시 나를 쳐다보더니 고개를 끄덕였다. 애인을 향한 그의 눈빛은 사랑으로 가득 차 있었다. 나는 민경이 태도에 자존심이 땅 끝까지 추락하는 것 같았다. 저년이 사람을 대놓고 무시하네. 그때였다. 카운터에 있던 다방 여주인이 오더니 민경이한테 전화를 받으라고 했다.

당시만 해도 핸드폰이 없던 시절이라 다방 전화번호를 대신 이용하는 경우가 흔했다. 그녀가 잠깐 자리를 비운 사이 그의 얼굴을 자세히 들여다보았다.

정말 잘 생겼다. 영화배우라고 해도 믿겠네.

정신없이 바라보고 있는데 어느새 왔는지 민경이가 오더니 말했다.

"아빠가 이쪽으로 오신대. 잠깐 나갔다 올게."

"아버지께서 왜?"

그가 물었다.

"여기 근처 약국에 들르시는데 내가 안내해 드려야 해. 나갔다 올 동안 둘이서 얘기하고 있어."

민경이가 나가자 그는 친절 모드로 말했다. 민경이와 얼마나 친하냐. 정말 애인은 없느냐? 전공은 마음에 드냐, 그야말로 시시한 이야기였다. 그러다 그는 민경이와 처음 만난 이야기를 했다. 고향인 여주를 떠나 용문에서 중학교 시절을 보냈는데 그녀가 학교에서 전교 일등을 했다는 것.

그런데 그녀가 바로 자기가 하숙한 집의 딸이었다는 것과 어린 시절 그녀와 몰래 밖에서 만났는데 엄청 큰 두꺼비를 보았다가 놀라 혼비백산할 뻔했다는 것. 그는 그 이야기를 하면서 몹시 행복해 했다.

부러웠다.

그 둘의 사랑이. 어린 날부터 이어졌던 순결한 사랑의 여정이. 그는 오랜만에 찾아온 추억의 현장이 새롭게 느껴진다며 해맑은 미소를 지었다. 그의 말과 미소에 진실함이 보였다. 때 묻지 않은 순수함과 고결한 품격이 눈빛에 보였다. 순간 그에게 나의 미래를 맡기고 싶다는 생각이 덜컥 들었다. 부끄러움이 온 몸을 휘감고 얼굴이 확확 달아올랐다.

그때였다. 민경이가 나타난 것은. 그런데 옆에 그녀의 아버지로 보이는 중년남자가 서 있었다. 얼굴이 민경이와 꼭 닮았다.

"아빠, 기억나지? 우리 집에 하숙했던 민영기."

"그래 맞구먼, 영기야 오랜만이구나. 어엿한 사관생도가 되었구나, 그래 몸은 건강하고?"

"예, 아버님 그동안 평안하셨죠?"

"그럼, 우리 민경이한테 얘기 많이 들었네, 둘이 서울서 사귀는 사이라고?"

"예, 서로 좋아하고 있습니다."

"그런데 옆에 앉은 처자는 누구?"

"응 아빠, 서울서 같은 대학 다니는 친구야."

"그래? 이왕 왔으니 놀다가 우리 집에 와서 저녁 식사나 하고 가, 애 엄마가 서울 갔다가 조금 있으면 올 거야."

"예, 아버님, 이따가 들리겠습니다."

"그럼 그래야지, 어따 어느 집 사위가 될지 몰라도 인물 하나 훤하구먼, 잘생겼네 내 사위."

그리고 무슨 말인가 한참 주고받았던 것 같다. 기억 속에서 아물아물하다. 이후 서울에 있는 음악다방에서 서너 번 만났고 민경이를 따라 사관학교로 과 미팅 갔다 그를 보았다. 축제를 앞두고 급하게 했던 미팅이었는데 잘 기억나지 않는다. 졸업한 이듬해 그들은 웨딩마치를 올렸고 서울을 떠났다.

그때 느꼈던 그 짧은 순간의 감정을 잊을 수가 없다. 가슴 밑바닥에 숨어 있다 이따금씩 고개를 치밀고 살아나는 남편한테는 한 번도 느끼지 못했던 신뢰의 감정 같은 것. 설명하기는 모호하지만 그건 기쁨이라기보다 슬픔 애닮음, 그런 거였다. 남편은 재테크에 미쳐 날뛰다가 어느 날 거짓말같이 있는 재산을 몽땅 날리고 말았다.

그런데도 허세부리는 건 여전해 한 번도 기죽지 않고 살았다. 유학 간 아들한테 미안한 마음 빼고는 여전히 큰소리치는 걸 좋아했다. 젊었을 때는 허구헌 날 술만 퍼마셔대더니 이젠 늙었는지 몸 건강 챙기느라 바쁘다. 언젠가 남편이 하던 말이 생각난다.

"니 마음속에 누가 있는지 말해 줄 수 있겠나?"

"뜬금없이 그게 무슨 소리야?"

"너 나 좋아해서 결혼한 거 아니잖아, 왜 그랬니?"

"또 술 퍼마시고 주정하는 거면 집어 쳐, 받아줄 마음 없으니까."

"왜 그랬냐고? 왜? 왜? 하필이면 나였냐고?"

"니가 하도 좋다고 따라 다녀서 그랬다, 왜?"

"그게 아닌 거 같은데?"

"아니면, 아니면 이제 와서 어쩔 건데? 그러는 너는 왜 나랑 결혼했냐?"

"이게 꼬박꼬박 남편한테 너래? 버르장머리 없이?"

"시끄러우니까 잠이나 쳐 자 웬수야."

남편은 몇 번인가 말도 안 되는 소릴 해대더니 이내 잠에 떨어졌다. 다 늙어가는 처지에 사랑타령이라도 하겠다는 건가? 그냥 지나치기엔 마음이 여간 켕기는 게 아니었다. 어떻게 눈치 챘을까. 내 마음속의 기밀을. 단 한번도 입 밖에 낸 적이 없었는데.

다음은 내 단편 하수인에 나오는 한 대목이다.

나는 열에 들떠 객지의 거리를 쏘다닌다.

모래시계의 재회가 생각난다. 사랑의 감정표현이 전혀 없었던 재회보다 난 훨씬 불행했다. 단 한 번도 그 앞에 다가갈 수 없었고 단 한 번도 내 의사를 말해본 적이 없기 때문이다. 난 재회보다 훨씬 더 외로웠다. 난 외로움에 침몰되어 나의 정체를 잊는다.

외로움은 그가 내 앞에 다가왔던 그 순간부터 절망의 수위를 높여갔다. 끝까지 다다른 절망감은 분노와 자포자기로도 성이 차지 않는다. 열정 없는 가슴이 빈한하고 향방을 모르고 허둥대는 내 모양새가 어두워 회한의 눈물이 흐른다. 이미 타성화 된 외로움 앞에서 소유욕을 잃은 지 오래다. 그러나 예기치 않은 상황에서 화려한 감정을 만나게 된다면 인생은 얼마나 아름다울 것인가. 화려한 감정에 나를 맡기고 싶다.

아! 이제 알 것 같다. 남편이 왜 내게 그런 질문을 했는지. 내 소설을 훔쳐본 모양이다. 다음에는 못 훔쳐보도록 단속을 철저히 해야겠다. 나는 민영기의 죽음을 알고 난 이후에 소설가로 등단했다. 그의 죽음이 내게 어떤 기발한 상상력과 아이디어를 제공했던 것 같다. 컴퓨터에 앉는데 저절로 착상이 떠올랐다.

집안 살림을 제쳐두고 소설에만 매달리자 남편의 불만이 날마다 늘어났다. 얄미워 일부러 모른 척했더니 관심을 끌기 위해 별별 쇼를 다했다. 덩치는 산 같아도 마음은 소심하고 유약했다. 그런 성격에 돈 욕심은 많아서 재테크란 단어만 보여도 다 쫓아다녔다. 있는 재산 다 말아먹고 나자 절망하고 뒤로 나자빠질 줄 알았는데 철학자 같은 말을 했다.

"세상에 노력해서 되는 일이 있고 안 되는 게 있다. 그게 다 운때라는 건데 말하자면 신의 뜻이라고나 할까? 그러니까 사람이 노력한다고 해서 다 잘 되는 게 아니라 신이 도와주어야 한다 그거지"

난 못 들은 척하고 컴퓨터를 시선을 박았다.

"저건 지 남편이 뭘 생각하는 줄도 모르고 지밖에 없지."

"있는 거나 잘 지켜. 쓸데없이 돈이나 날리지 말고."

"이제 지킬 거나 있겠나? 없다."

"자랑이다. 그러게 왜 쓸데없는 데는 기웃거리고 다녀? 가만히 뒤집어져서 잠이나 퍼자."

"저건 맨날 지 서방보고 잠이나 쳐 자라고 하네. 그래 소설은 잘 돼가고 있나? 이왕 쓰는 거면 베스트셀러 돼서 대박이나 나라. 니 덕분에 호강 좀 해보자."

"꿈 깨셔, 요즘 책 안 팔린다고 난린데 어느 세월에."

"그런데 니 소설 속에 나오는 그 남자는 누고?"

남편은 긴장하면 사투리가 튀어나온다. 어릴 때 잠깐 살았다는데 왜 갑자기 사투리가 튀어나오는 걸까?

"또 내 소설 훔쳐봤구나? 내가 보지 말라고 했어? 안 했어?"

"왜 내가 보면 큰일 나나? 왜 지난날의 비밀이라도 되나?"

"그러면 어쩔 건데? 그러는 넌 옛날에 사귄 여자 수두룩 빽빽이었다면서?"

"남자랑 여자랑 어캐 같나?"

"뭐가 다른데? 처음부터 나 좋다고 죽자사자 따라다닌 게 누군데?"

"그야 뭐, 니밖에 눈에 들어오는 여자가 없더라. 나보다 많이 배웠고 씩씩하고 당차고."

씩씩하고 당차다니? 나를 잘못 봐도 한참 잘못 봤다. 옛날 이야기해 봤자 싸움만 날 것 같아 그만 두려는데 남편이 자꾸 물고 늘어졌다.

"글쎄 니 소설 속에 나오는 그 남자 누구냐고? 아! 그 남자가 누구냐고 구체적으로 말해 봐. 이름이 뭔데? 아! 그 뭐라커더라? 아! 생각났다. 민영기."

나는 순간 전율했다. 어떻게 알았을까? 삽시간에 내 표정이 변했으리라. 남편의 눈빛이 달라졌다.

"다 지난일인데 말해 봐라, 지난일인데 어떻노. 내 다 용서해 줄 거구마."

"용서 받을 것 없네요, 그나저나 잊고 있었는데 생각났네? 옛날에 나 만나기 전에 사귀던 여자 있었다며, 얼굴 동그랗고 섹시한 여자, 서로 죽자하고 좋아했는데 집안의 반대로 헤어졌다며?"

"언제? 나 그런 말 한 적 없는데?"

"전에 술 마시고 들어와서 말했잖아? 너 그 여자랑 어디까지 갔는데? 이번에도 남자 여자 따지지 말고 솔직하게 말해? 안 그럼 확."

주먹을 내보이자 당황했는지 화장실로 도망갔다. 남편과 나는 동갑이다. 어릴 때 같은 초등학교 다녔는데 나중에 결혼하고 나서 알았다. 초등학교는 같은 동네에서 다녔는데 중고교는 타지에서 나왔고 그는 고졸로 나는 대졸로 만났다. 나중에 알았는데 나랑 결혼한 이유 중에 대졸이라는 것도 포함돼 있었다.

그러고 보면 나를 정말 좋아한 건지 아님 자기한테 없는 대학 졸업장 때문인지 헷갈렸다. 아무래도 상관없었다. 어차피 사랑해서 한 결혼은 아니니까. 또 나는 그의 집안에 오대 독자를 낳아주었고 아들은 미국에서 학위를 마치면 귀국해 취직할 것이니까. 남편은 밖에서 무슨 짓을 하고 돌아다니는지 몰라도 늘 핸드폰에 문자메시지가 가득하다.

스마트 폰으로 바뀐 다음부터는 하루 종일 카톡이 울려댄다. 그 중에는 여자가 보낸 것들도 있으리라. 밖에 나갈 때는 선글라스에다 화려한 등산복을 입고 바쁘게 움직인다. 그런 남편을 바라보면서 민영기는 민경이와 어땠을까 상상해 본다.

다음은 내 단편 영화 플러스 인생에 나오는 한 대목이다.

또 다시 내 정신 연령이 20년은 더 넘게 후퇴하는 것 같다. 어쩌면 이것이 내 원점이자 한계인지도 모른다. 불안감이 가중될 때마다 내 정신연령은 한없이 추락하고 기억은 마디마디 끊어져 혼미를 거듭한다. 과거와 현재라는 통로 앞에서 내 발걸음은 무시로 제자리걸음을 한다. 난 이전보다 더욱 멍청한 표정으로 사방을 두리번거리며 백화점을 찾는다.

횡단보도를 건너고 지하도를 지나 혼잡한 발걸음들 사이를 지나 에스컬레이터에 오른다. 속옷 코너는 대개 2층에 있다. 난 갑자기 언니의 모습에서 오월의 신부를 생각한다. 윈도우 안의 속옷들은 부드러운 살결처럼 색깔과 감촉이 좋다. 나는 손가락으로 이것저것을 가리키며 수없이 망설이고 고른다.

"결혼하시나 봐요?"

여직원이 포장지를 꺼내며 묻는다.

그를 사랑하면서 느꼈던 방황을 떠올리며 쓴 소설의 한 부분이다. 민영기가 민경이랑 사귀면서 행복해 하던 모습이 떠오른다. 그때 내 마음속에 몰아쳤던 극심한 외로움을 잊을 수가 없다. 거의 멘붕 상태에서 길거리를 떠돌던 생각이 난다. 소설을 쓰기 시작하면서 내 정신은 끝도 없이 과거를 향해 치닫고 있다.

다음은 단편 하수인의 부분이다. 하수인에서는 여주인공을 독신으로 묘사했다. 처절한 사랑을 묘사하기 위해서였다.

"그 사람과는 왜 헤어지게 됐나요?"

"만나고 헤어지고 말고 할 사이가 아니었던 것 같아요. 나는 늘 다가가는 쪽이었고 그는 일방적으로 나를 받아주는 쪽이었으니까요"

"그럼, 혼자 짝사랑하신 거네요?"

그러자 그녀는 정색을 하고 도리질을 했다.

"그런 것 같지는 않아요. 잘 모르겠지만 다른 이유가 있었을 거예요."

"그분 지금은 어디에서 무얼 하세요? 결혼은 하셨나요?"

"이미 돌아가신 분이에요."

가슴 한쪽이 뻐근해 오는 충격을 받으면서 난 그의 모습을 떠올렸다. 가늘고 매서운 눈매. 빠른 걸음걸이. 찬바람이 이는 뒷모습.

"병으로 돌아가셨나요? 아니면 사고로?"

"사고였어요. 언젠가 TV에 보도된 적이 있어요. 전투기 고공 낙하 시험 중에……. 낙하산으로 탈출할 수도 있었는데 민가를 덮치지 않기 위해 끝까지 조종석에 남아 전투기와 함께 논으로 추락한 사건 말이에요……. 난 그때 지방에서 근무하고 있었는데 그 사건이 있고 나서 6년이 지난 다음에 그 사람인 줄 알았어요. 그 사람이 죽은 줄도 모르고 얼마나 그리워하면서 살았는지……. 인생은 아이러니에요……. 사랑하는 이의 죽음도 모르면서 계속 그리움이나 퍼 마시면서 자신을 위로하려드는……. 그가 죽기 전에 내 꿈에 나타났던 기억이 나요. 그 사람을 만나기 위해 부대로 면회를 갔는데 아무리 기다려도 나타나지를 않는 거예요. 어떻게 된 거냐고 물었더니 대답 대신 조화로 상징되는 국화 꽃다발을 내 앞에 탁 갖다 놓더니 모두들 묵묵부답이에요. 이상한 예감이 들었어요. 꿈에서 깨어나 얼마나 울었는지…… 그 꿈을 꾸고 난 지 얼마 되지 않아 그 사람의 죽음을 알았어요……."

"충격이 크셨겠어요?"

"그래도 난 마음이 외롭거나 슬프거나 그렇지는 않아요. 항상 그 사람을 생각할 수 있고……. 그리고 죽음이 더욱 두렵지가 않아요. 죽음 뒤에는 그 사람이 있으니까요."

"그래서 지금까지 결혼을 안 하셨나요?"

"꼭 그렇다고만은 할 수가 없어요. 그 사람 이외에는 모든 것이 의미 있게 받아들여지지가 않았어요. 다른 사람을 만나 이야기하다 보면 어느 사이엔가 그 사람과 비교하게 되고……. 그러다 보면 상대가 혐오스럽게 느껴질 때가 많았어요. 결국 그 사람이 판단 기준이 되어 다른 사람에게는 배타적인 감정으로 일관하게 되는 거예요. 처음에는 그 사람 흉내만 내도 결혼하려고 했어요. 그렇지만 그런 사람이 어디에 있겠어요. 결국 난 어린 날의 기억을 껴안으며 이제껏 살아온 거예요."

"제 생각에는 이제 그분을 잊는 게 좋을 것 같네요. 추억은 어디까지나 가슴 한 군데에 숨겨두고 이젠 아내 역할, 어머니 역할 해보시는 것도 좋을 것 같은데요"

"난 그런 위선자 역할은 못해요. 내 감정을 속이면서까지 상대를 불행에 빠뜨리게 할 순 없어요."

그의 죽음 말고는 다 허구이다. 그러니까 나는 그의 죽음에다 내 감정과 허구를 덧 입혀 소설로 완성한 것이다. 소설과 함께 무시로 과거로 여행을 떠나면서 현실 감각이 점점 둔해졌다. 미래라는 단어가 소설 속으로 숨어들면서 실종된 세월을 보았다. 속에서 서러움이 목구멍을 치받고 올라왔다.

소설에 빠져 정신 못 차리는 나를 향해 남편은 아예 무관심으로 일관했다. 이제 너 따위쯤 신경 안 쓰고 나는 나대로 살겠다. 더 이상 너한테 매달려 사랑을 구걸하지 않겠다. 그러면서 유학 간 아들한테는 열심히 카톡 보내고 전화 통화도 하는 눈치였다. 어느 날 남편이 선포하듯 말했다.

"그래, 너는 니 좋아하는 소설이랑 실컷 연애하면서 살아라. 그 민영긴가 누군가 하고 실컷 재미 봐라."

"아이구, 소설을 써라 소설을 써."

어느 날 나는 정신이 반쯤나간 상태에서 동네에서 전철을 탔다. 4월의 봄빛이 거리마다 벚꽃 꽃망울을 함박눈처럼 터뜨리고 있었다. 샛노란 개나리와 진분홍 진달래가 사람들의 마음을 이리 저리 마구 이끌면서 전동차 안은 이미 만원 상태였다. 승객들은 들뜬 표정으로 차창 밖을 내다보며 봄의 서정에 빠졌다.

전동차는 한강을 지나고 빌딩 숲과 논밭을 지나더니 낯익은 시골 소읍에 나를 내려주었다. 역사(驛舍)를 빠져나온 나는 무엇엔가 이끌린 듯 미로를 헤매더니 지하 계단으로 내려갔다. 출입문을 여는 순간 귀에 익은 음악이 마음을 사로잡았다.

이래선 안 되는 줄 알아 지나간 꿈인 줄도 알아

그런 줄 뻔히 알면서도 마음을 잡지 못하잖아

이러는 내가 정말 싫어 이러는 내가 정말 미워

다시는 생각 말아야지 오늘도 사랑 갈무리

수족관 옆 소파에 앉는데 정신이 몽롱한 느낌이 들었다. 지난 몇 년 동안 썼던 소설 문장 하나하나가 머릿속에 떠올랐다 잠수

했다. 여주인공은 수시로 바뀌었는데 남주인공은 언제나 민영기였다. 가끔 남편도 등장하긴 했지만 들러리에 불과했다. 여주인공은 민경이와 내가 주로 맡았는데 엔딩은 언제나 비극이었다.

또다시 노랫가락이 정신을 멍 때리게 한다.

내가 왜 이런지 몰라 도대체 왜 이런지 몰라
꼬집어 말할 순 없어도 서러운 맘 나도 몰라
잊어야 하는 줄은 알아 이제는 남인 줄도 알아

카운터와 마주보이는 곳에 파머 머리를 한 중년 여자가 남자의 품에 안겨 노래를 흉내 내고 있었다. 역겨움이 속에서 치밀어 올랐다. 남자의 투박한 손이 여자의 엉덩이를 더듬으며 음흉한 미소를 짓고 있었다. 거무튀튀한 얼굴에 험악한 인상이 영화속에 나오는 칼잡이 같았다.

섬뜩한 느낌에 자리에서 일어서는데 남자가 주머니에 손을 넣은 채 따라 일어섰다. 내가 여기를 왜 들어왔지? 무슨 생각으로 이곳에 발걸음을 디밀었을까? 몸이 용수철처럼 밖으로 퉁겨져 나갔다. 지하계단을 올라서는데 나도 모르게 눈물이 핑 돌았다. 내가 아무래도 제정신이 아닌 게야.

세월이 벌써 얼만데. 언제까지 지난 추억에 매달려 살 텐가. 밖으로 나오자 읍내 풍경이 한꺼번에 눈앞에 닥치면서 혼돈이 일었다. 세월이라는 강물이 발밑에서 남실대면서 수많은 문장이 떠올랐다.

정신없이 거리를 걸어가는데 누군가 내 뒤를 따라오는 것 같았다. 불안과 두려움으로 몸이 폭삭 가라앉는 느낌이었다. 마음은 한없이 급한데 발걸음은 천근만근 늘어지는데 누군가 뒤에서 내 어깨를 꽉 붙잡더니 험한 목소리가 들려왔다.

"어이, 아줌씨."

뒤를 돌아보니 좀 전에 다방에서 보았던 그 험상궂은 인상의 남자였다. 심장에서 쿵쾅거리는 소리가 들려왔다. 공포에 찬 표정 때문이었는지 남자가 이상하다는 투로 말했다.

"누가 쫓아온다고 그렇게 달려가요? 아까 나오면서 보니까 이게 떨어져 있던데 혹시 아줌씨 것 맞쥬?"

그가 내민 건 내 스마트 폰이었다. 얼마 전 남편이 선물해 준 최신형 고가(高價) 제품이었다. 만일 잃어버렸다면 남편으로부터 별별 의심과 오해를 샀을지도 모른다. 나도 모르게 허리를 굽실거리며 스마트 폰을 건네받았다.

"감사합니다. 감사합니다. 그런 줄도 모르고."

"그런데 무슨 급한 일이 있기에 핸드폰 잃어버린 줄도 모르고 그렇게 숨이 차게 달려간 거요? 내가 뒤따라가면서 불러도 전혀 못 듣더만."

나는 순간적으로 그를 악당쯤으로 의심한 게 미안해 고개를 숙여 핸드폰을 받자마자 차도 쪽으로 뛰어갔다. 상가를 지나고 면사무소를 지나는데 핸드폰이 울렸다. 누구? 발신자 표시를 보니 남편이었다.

순간 보호자라는 단어가 생각났다. 남편의 존재가 내 든든한 후방이라는 그가 갑자기 고맙다는 생각이 들었다. 그러나 말투는 여전히 퉁명스러웠다.

"왜? 왜 전화한 건데?"

"넌 남편한테 말버릇이 그게 뭐냐?"

"아! 글쎄 왜 전화했냐니까?"

"너 거기 어디냐?"

"그건 왜애? 무슨 일 때문에 전화 했냐니까?"

"아까 집으로 당신 찾는 전화가 왔는데 급한 전화 같아서. 오늘 누구 만나기로 했어?"

갑자기 호칭이 너에서 당신으로 바뀌었다.

"아니, 그런데 날 찾는 전화 같으면 핸드폰으로 하면 되지 왜 집전화로 했을까? 이상하네, 여자야? 남자야?"

"응, 여잔데 당신 학교 동창이라는 것 같던데 이름을 물어보니까 대답은 안 하고 다시 하겠다고 하더군. 무슨 급한 일 같던데."

"핸드폰 번호 말해주지 그랬어? 무슨 큰 비밀이라고."

"요새 수상한 사람들이 얼마나 많은데 함부로 번호를 말해줘? 그랬다간 신상정보 털리고 무슨 일 당하라고."

순간 콧등이 찡해졌다. 처음에는 너라고 했다가 갑자기 당신이라고 호칭이 바뀐 것도 그랬다.

"급한 일 같으면 또 전화하겠지."

"그나저나 빨리 들어와 냉장고에 반찬이 하나도 없어."

"알았어, 지금 전철역 근처인데 집으로 갈게."

마음만큼 변화무쌍한 건 없다. 서로 잡아먹을 듯이 으르렁대다가도 말 한 마디에 금세 온정이 흐르는 걸 보면.

뭔가 알 수 없는 그리움이 가슴을 뭉클하게 했다. 실체가 모호한 그리움은 가슴을 따듯하게 적셔오면서 어떤 기대감을 생각나게 했다. 전철 역사(驛舍) 쪽으로 발걸음을 옮기는데 종소리가 났다.

오랜만에 들어보는 교회 종소리였다.

뎅그렁 뎅그렁

오래된 추억을 일깨우려는 듯 종소리는 가슴을 파고들며 말하고 있었다. 추억은 추억일 뿐이다. 과거에 얽매지 마라. 눈을 들어 용문산을 바라보니 흰 벚꽃과 샛노란 개나리와 진분홍 진달래가 사람들의 시선을 마구 당기고 있었다.

그러고 보니 들판에도 원색 계통의 색채가 물들어 있었다. 그런데 왜 조금 전까지는 저 색채가 눈에 안 보였던 건 걸까? 마음이 화사하게 봄빛으로 물드는 순간이었다. 봄의 서곡이 시골마을에 울려 퍼지면서 봄나물 축제가 열린다는 현수막이 곳곳에 눈에 띄었다.

조금 전까지는 보이지 않았는데 어디 있다 튀어나온 걸까? 씨앗 종류를 파는 종묘상에 사람들의 발길이 모여들고 있었다. 누가 뭐래도 봄은 생명의 계절이다.

훈훈한 바람이 마음을 스치면서 어떤 예감으로 충만한 순간이었다. 전철 역사(驛舍) 앞에서 전단지를 나눠주며 전도하는 무리가 보였다. 교회 명칭이 적힌 어깨띠를 메고서. 한쪽에선 복음

성가를 부르는 청소년들도 있었다. 역사(驛舍) 계단으로 오르는
데 누군가 나를 계속 쳐다보는 느낌이 들었다.

고개를 뒤로 젖히는 순간 두 눈빛이 마주쳤다.

아! 나는 그때 보았다. 30년이라는 세월이 한 순간에 만나는
것을. 한꺼번에 세월을 뛰어 넘은 눈빛이 서로에게 말하는 것을.
나를 바라보는 그 눈빛은 온화하고 정감이 넘쳤다. 나와 동년배
로 보이는 그 눈빛은 한눈에 보아도 당장 알 수 있었다. 나는 계
단을 도로 내려와 그녀가 내미는 전도지를 받아들었다.

"예수님 만나세요, 인생의 참 행복이 거기에 있답니다."

"민경아! 민경이 맞지? 나 정혜야."

그녀는 잠시 고개를 갸웃하더니 말했다.

"그래 맞아! 정혜, 아까 저쪽에서 걸어올 때부터 어디선가 낯
이 익은 인상이었어."

그녀는 내 두 손을 마주잡더니 소리 내어 웃었다. 그러자 주
변에 있던 목회자로 보이는 중후한 인상의 남자가 다가오더니
함께 웃었다. 나는 당장 알 수 있었다. 그가 민경의 남편이라는
것을.

"오늘 귀한 손님을 만났어요, 제가 전에 말하던 여고 대학 동
창이었던 바로 그 친구예요."

"아이구, 그러십니까? 제 집사람 오랜 친구분이셨군요, 감사합
니다. 이왕 만나셨으니 저희 집에 가셔서 식사도 하시고 두 분
좋은 이야기도 나누시죠."

"그래 정혜야, 그런데 너 여기 살아?"

"아니, 그런 건 아니고 볼일이 있어 왔다가 가는 길이야."

소설 쓴다는 이야기는 굳이 하고 싶지 않았다.

"그런데 민경이 너 목회하는 거니? 그러니까 교회 목사 사모?"

"응. 고향에서 남편이랑 같이 목회하고 있어, 나 사실 10년 전에 신학교 나와 전도사야."

"뭐? 전도사?"

전혀 뜻밖이었다. 민경이가 전도사라니? 그제야 그림이 그려졌다. 신학교에서 만난 남편과 같이 목회자가 된 것이다. 전혀 어울릴 것 같지 않는데 목회자라니? 속에서 웃음이 나왔다.

민경이는 30년이라는 세월 속에서도 여전히 미모를 간직하고 있었다. 남편도 그녀와 걸맞은 출중한 외모를 지녔다. 옛날 대학시절에도 그렇게 남자 외모를 따지더니 재혼한 남편도 민영기 못지않게 잘 생겼네. 뜻 모를 질투심이 발동하는 순간이었다. 그때 하필이면 또 핸드폰이 울렸다.

남편이었다. 빨리 오라고 성화가 득달같았다.

"알았어, 지금 가고 있다니까."

신경질을 부리고 전화를 끊고 나는 민경 부부의 의아한 눈빛을 보았다. 무슨 태도가 저럴까? 하는 표정이었다.

"응, 그러니까 남편이 빨리 오라고 하네. 다음번에 오면 꼭 들릴게."

"응, 급하면 할 수 없고 내가 핸드폰 번호 줄 테니까 오면 꼭 연락해."

손을 흔들며 역사(驛舍) 계단을 오르는데 그녀가 뭐라고 계속 소리치고 있었다. 달려오는 전동차의 굉음에 소리는 이내 사라지고 없었다. 전동차에 오르면서 눈이 스르르 감겼다. 잠속으로 추락하는데 남편이 전화로 하던 말이 떠올랐다. 나 없을 때 전화한 여자가 혹시 민경이 아닐까?

그렇다면 아까 이야기했을 것이다. 아니 민경이란 보장도 없다. 아무리 생각해도 누군지 모르겠다. 다시 전화 올 때까지 기다려야지. 전동차가 망우리역에 이를 때였다. 핸드폰이 요란하게 울리는 바람에 잠을 깼다. 발신인이 민경이었다. 받으려고 핸드폰을 터치하는데 저절로 꺼졌다.

잠시 후 문자메시지에 불이 들어왔다.

'나, 사실 낮에 너희 집에 전화 했었어. 전화번호 어떻게 알았냐고? 서점에 갔다가 우연히 네가 쓴 책을 발견했어. 출판사에 전화했더니 집 전화번호랑 핸드폰 번호를 가르쳐 주더라. 책을 읽는데 우리들의 지난날 이야기가 써 있더라. 정혜 니가 영기씨를 그렇게 좋아하는 줄 몰랐어, 진작 말하지 그랬니? 그렇다면 내가 다시 한 번 생각해 볼 수 있었는데. 그런데 참 우연이란 게 우습지 뭐니? 오늘 너한테 전화했는데 만나게 될 줄이야. 사실 좀 전에 우리 만났을 때 얼마나 놀랐는지 아니? 몇 번이나 확인하고 또 확인하고. 전화 목소리 들어보니까 남편 분 좋은 사람 같더라, 얼마나 친절하신지. 난 재혼한 지 이십 년 조금 넘었어, 그이 죽고 나서 한동안 방황하며 힘들었는데 어느 날 전능 주를 만났어, 전에는 세상적인 만족 속에 빠져 살았는데 전능 주를 만난 이후 참된 만족감을 알게 된 거야, 그 만족감은 바로 영혼

사랑이야. 지금의 남편은 신학교에서 만났고 나도 가끔 니 생각
한 적 있어. 오늘 만나 반가웠고 좋은 소설 써서 대박 나길 기도
할게. 또 연락하자.'

　편지와 같은 장문의 메시지를 읽고 나자 부끄러움이 온몸을
휘감았다. 내 과거를 그녀에게 송두리째 들키고 말았으니 이보
다 더 부끄러운 일은 없을 것이다. 아무리 그녀가 재혼했다 해
도 그녀의 전 남편을 사랑한 죄가 있으니 다시는 그녀 얼굴 볼
자신이 없었다.

　서울에 도착해 마을버스로 갈아타는데 가슴이 타들어가는 느
낌이 들었다. 세상에 태어나 이렇게 부끄러운 일은 또다시 없으
리라. 얼굴이 붉게 확확 달아올랐다. 아파트 현관 키를 꽂는데
누군가 뒤에서 내 어깨를 짓눌렀다. 놀란 토끼 눈으로 바라보는
데 남편이 말했다.

　"놀랐지?"

　"놀랐잖아, 왜 뒤에서 만지고 난리야?"

　그때였다. 핸드폰에서 문자메시지가 왔다.

　잘 도착했느냐는 민경이가 보낸 문자였다. 또다시 부끄러움이
전신을 휘감았다. 그녀가 버젓이 살아 있는 줄 알았더라면 소설
을 아예 시작도 말 것을. 그녀의 초혼(初婚)을 알았을 때 내가
했던 말 한 마디가 생각났다.

　차라리 죽어버려라.

　후회가 통증과 함께 밀물처럼 가슴 속으로 몰려왔다.

　(2019년 순수문학)

생각

어느 날 나는 그녀의 노트북에서 다음과 같은 글을 읽었다.

"선생님은 성선설을 믿나요? 아님 성악설을 믿나요?"

"그야 당연히 성악설을 믿죠. 세상에 사람만큼 잔인하고 악한 존재는 없을 테니까요."

"방금 전, 인터넷에서 보았는데 중국에서 산아제한 정책으로 7 개월 된 아기가 엄마 뱃속에서 살해되었다고 하는군요. 세상에 자기들은 자식도 안 키우나 어떻게 태아를 죽일 수가 있는 걸까요?"

"인간이 저지르는 죄악상 중에 가장 큰 게 인명경시 사상이라 생각해요. 삼국지에 보면 수많은 영웅들이 나오는데 그들은 수십만 군사의 생명을 마치 소모품처럼 여겨요. 원소라는 군주는 잘못된 판단으로 수십만의 군사를 죽음으로 몰아넣는데 피가 강을 이루고 시체가 산처럼 쌓였다는 보고 앞에서도 또 다른 전쟁을 수행함으로 나머지 군사들을 죽음의 구렁텅이로 몰아넣고 마는 데요, 그는 자신의 잘못된 판단만을 자책할 뿐 자신을 따르던 군사들의 헛된 죽음에는 별 말이 없어요. 군사의 생명이 아

무리 국가의 것이라지만 생명이 존귀한 것임은 틀림없는데 말이
죠."

"과거 중세 유럽에서는 사람을 한낱 병기 취급하던 때가 있었
어요. 아기가 태어나면 아버지의 허락이 있어야만 생명을 부지
할 수 있었다 해요. 아버지가 먹을 것을 주라 하면 살고 아무 말
이 없으면 대문간에 내놓고 숨이 끊어질 때까지 내버려 두었대
요. 남자 아이는 특출 난 인간 병기가 되어야만 살 가치가 주어
졌다니 이런 천인공노할 법이 어디 있답니까?"

"가장 잔인한 죽음은 종교재판이었다 해요. 대표적인 것이 화
형이었죠. 십자가 죽음은 너무 끔찍해서 모두 고개를 돌려 외면
했다죠. 한때 유행했던 마녀 사냥으로 인해 잔 다르크도 화형에
처해졌다니 참 끔찍한 패역이 아닐 수 없어요. 중국과 우리나라
조선시대만 해도 능지처참이라는 사형제도가 있었고 천주교인들
을 학살하는 데 별 끔찍한 방법을 다 동원했다니 생각만 해도
몸서리가 쳐져요."

"그게 어디 옛날에만 그랬겠어요. 지금도 지구상에는 엄청난
인명살상이 이루어지고 있어요. 가까운 동남아에서는 아동 성매
매와 어린이 인간병기로 수없는 아이들이 죽어가고, 중동권에서
는 여자라는 이유만으로 학대와 가혹한 처사로 죽임을 당하는
경우가 공공연히 이루어지고 있대요. 그런대도 국가 기관에서는
아예 방관하고 심지어 명예살인이라 하여 가족들끼리 죽이는 살
상을 국가나 사회에서 서로 눈감아 주고 있대요. 참 별 해괴한
제도도 다 있어요."

"전 가끔씩 하느님께 질문하곤 해요. 하느님 하느님은 전지전능하신 분인데 왜 그런 죄악을 심판하지 않으시고 내버려 두시는 건가요? 살아계신다면 어서 조치를 해주세요."

"신은 악을 심판하시고 약자를 보호하시며 선한 자를 복 주시는 분이 아니신가요? 그런데 어떻게 보고 계시기만 하신 건가요? 전 인과응보도 잘 안 믿어져요. 성경에도 나와 있잖아요. 하느님은 모략에 크시며 모든 행사에 능하시며 인류의 모든 일에 주목하시며 그 일과 행위대로 보응하시는 분이다. 그런데 어떻게 악인이 번성하고 선인과 의인은 매번 고통만 당하는 걸까요?"

"악인이 잘 되는 건 축복이 아닌 재앙이에요. 그건 하느님의 관할에서 떠난 일이기에 그는 지옥이 예비 돼 있는 거나 마찬가지에요."

"살아생전 축복보다 죽어 지옥이 더 중요하단 말씀이시간요?"

"세기적인 심리학자 썬다싱을 아시나요? 그가 죽음 뒤의 심판에 대해 쓴 글 말예요. 내세에 대해서 믿고 안 믿고는 자유이지만 그는 오직 그리스도의 구원만을 인정하고 있는데 천국과 지옥은 반드시 존재한다고 해요. 만일 내세가 없다고 믿었는데 죽어 내세가 다가오면 그땐 어떻게 대처할 건가요?"

"그렇다면 죽음 뒤의 일을 미리 걱정해야 한단 말씀이신가요? 현재 일도 너무 복잡한데."

"분명한 건 신은 위대하고 선하신 분인데 사람은 악하다는 거죠. 성경 창세기에도 나와 있듯이 사람의 생각이 어려서부터 항상 악하고 모든 계획이 악에서부터 출발한다고 쓰여 있잖아요.

그런데 하느님은 자비하신 분으로 묘사되어 용서하시고 참아 주
시며 회개를 촉구하시며 축복을 약속하고 있어요."

"사람들은 모두 현재를 중시하죠, 현실이 너무 시급하다 보니
미래나 내세를 생각할 겨를이 없는 거예요."

"그러나 사람 마음이 다 악하다 해도 그 속에는 선도 포함돼
있어요. 그러니까 아무리 악인이어도 죽을 때는 회개하면서 사
람과 하느님께 용서를 빌어요. 그건 바로 내세를 믿기 때문이죠,
아무리 악인일지라도 죽어 지옥 가기를 바라는 사람은 아무도
없을 거예요."

"전 악의 문제를 다르게 봐요. 인간 본성이 악이라지만 사랑을
경험하다 보면 마음이 선해져요. 거기에다 신의 성품이 더해진
다면 그는 다른 사람을 변화시키는 능력자가 될 거라고 믿어요.
그래서 사람들은 누구나 사랑하기를 원하고 또 사랑을 꿈꾸는
거라 생각해요. 사랑은 악을 선으로 불의를 의로 변화시키는 힘
이 있어요."

"그런데 문제는 그 사랑이 하기가 너무 힘들다는 거예요. 또
사람들은 사랑받기만 원할 뿐 주는 것엔 인색해요. 거기에다 마
음속에 상처가 끼어들면 그땐 악의 화신으로 변하고 말아요."

"제가 아는 친구는 다른 사람이 남에게 칭찬받거나 인정받으면
괴로워 미치려 해요. 자기만 사랑받고 인정받아야 한다고 믿기
때문이죠. 그렇기 때문에 남이 사랑받는 걸 보면 그걸 상처로
받아들이는 거예요."

"그 사람은 성선설을 주장하는 사람이 아닌가요?"

"맞아요, 그는 항상 성선설을 주장하며 자신의 의를 내세우는
걸 좋아해요. 자신의 마음을 겹겹이 쌓아 올리면서 위선과 교만
이 하늘을 찌를 듯해요. 저는 그 친구만 보면 이해가 안 가요.
어떻게 만인에게 사랑받을 생각을 하는지. 자기는 꼭 인정받고
사랑받고 높임 받는 존재가 되어야 한다고 말해요. 공주병도 그
런 공주병이 없어요."

"아마 상처가 많은 모양이죠. 어릴 때 충분히 사랑받지 못했거
나 아님 친부모로부터 상처를 받았거나 둘 중의 하나일 거예요.
아님 사랑에 대한 집착이 지나치게 강하거나."

"전부 다인 것 같아요. 그렇지만 항상 입만 열면 자기 자랑을
해대니 얼마나 피곤한지 몰라요. 어떨 때 보면 완전 정신병자
같다니까요. 글쎄 지난번엔 남자들에 대한 자기 인기가 식은 것
같다면서 괴로워 미치려고 해요."

"아! 이야기가 비방 쪽으로 흘러가는 것 같네요. 듣기 싫으면
외면하고 모른 체하는 게 낫지 않을까요."

"남을 이해한다는 건 정말 힘든 일 같아요. 속내도 모르면서
남의 말 함부로 하는 것 같아서 이야기하고 나면 마음이 찜찜해
요. 갑자기 성경말씀이 생각나네요. 네 혀를 악에서 금하라."

글은 거기에서 끝나고 다음 파일에서 새로운 내용이 전개되고
있었다.

"세상은 참 다양한 인생들이 모여 사는 집단 같아요. 사람이
아무리 애쓰고 힘써도 생로병사 흥망성쇠 길흉화복은 어쩔 수
없는 신의 몫이에요. 그렇지만 누구도 미래를 알 수 없기에 성

실하고 선하게 살아야 해요."

"저는 직업이 상담사라 그런지 참으로 많은 이야기를 들어요. 상처에 관한 이야기인데 세상에는 이성이나 상식으로도 풀 수 없는 것들이 너무 많아요. 가끔씩 인터넷에서 보도되는 친딸을 성폭행하는 근친상간이라든지 친딸을 성매매 시키는 짐승보다 못한 인간들의 이야기를 들을 때면 정말이지 뭐라고 말을 해야 할지 난감할 때가 한두 번이 아니에요. 때로 악인들은 승승장구하며 계속 악을 저지르는데 신의 존재마저 의심스럽다니까요."

"그렇긴 하지만 세상에는 전화위복이란 말도 있잖아요. 상처와 위기를 슬기롭게 극복하고 그것을 통해 오히려 남을 이해하고 돕는 경우도 많아요. 그들의 산 경험이 상처 치유에 있어 엄청난 능력을 발휘하게 되는 거죠."

"그건 극소수의 경우이고 대부분은 상처가 파멸로 이어지거나 자살로 마감되는 경우도 적지 않아요. 그런 사람들에게 긍정적 사고를 들이대며 용서와 사랑을 강조하는 것도 문제에요. 상처는 다양한데 일방적인 방법을 적용하는 건 살인적 기만에 가까워요."

"세상에는 분명 악이 존재하고 갈수록 그 힘은 극대화되는 것 같아요, 인간의 노력에도 악은 사라지지 않아요, 인간본성이 악하기 때문이죠, 요즘 들어 청소년 범죄가 급증하고 그로 인한 자살이 속출하는 것도 다 인간 본성이 악하기 때문이에요. 같은 친구를 학대하고 왕따시켜 죽음으로 내몰고는 심심해서 짜증나서 그랬다고 말하고는 전혀 후회나 자책도 없어요. 요즘만큼 교육무용론이 실감나는 때도 없어요."

"그런 청소년들 뒤에는 엄청난 악의 문화가 존재해 있다고 봐야 해요. 게임 등 인터넷이 끼치는 해악은 상상을 초월해요. 게임만 봐도 죽이고 폭파시키는 장면이 즐비하고 여자 옷 벗기기 동성애 아동 성애 등 입에 담지도 못할 성범죄가 기승을 부려 어린 심령들을 좀 먹어들어 가고 있어요."

"영혼을 순화시키는 기능이 절대 필요해요. 하지만 그건 교육적 효과는 별로 없고 영적인 힘으로만 가능해요. 영은 마음을 생각을 다스리는 힘이 있어요."

"세상은 약자에게 잔인하고 강자에게 비굴하며 피해자에겐 가혹하고 악한 범죄자에겐 너그러운 양상마저 보이고 있어요. 너무나 기막힌 현실이에요."

"대화가 너무 부정적인 방향으로 흘러간 것 같군요. 인간본성이 악이라지만 그 악을 선으로 바꾸는 사람들이 있어요. 앞서 말한 것처럼 자신의 상처를 남을 돕는 도구로 사용하는 분들이에요. 그들은 이 시대의 산 소망이에요."

"맞아요, 언젠가 TV프로에서 기가 막힌 인생 역경 이야기를 들은 기억이 나요. 그는 50대 초반의 여목회자였는데 참 기막힌 이야기였어요. 첩의 딸로 태어난 그녀는 생모가 개가를 함으로써 본가에 맡겨진 경우였어요. 본가에서 첩의 딸이라는 이유로 온갖 학대와 멸시를 하는데 밥 때만 되면 때려서 밖으로 내쫓는 거예요. 아예 굶겨 죽이겠단 심산이었겠죠. 그래 배고파 울고 있으면 지나가던 아이들이 거지라고 또 때리고 길거리 헤매다 가게에 들어가 훔쳐 먹다 들킨 적도 여러 번 있었대요. 성인이 되어서는 폭력배에게 납치당해 방에 갇힌 채 강간당하고 그러다 자녀가 태어났는데 엄마가 맞는 모습을 보고 자란 아들에게 정신병이 온 거예요. 그러던 어느 날 집에 강도가 침입했는데 그 후유증으로 가족이 고통당하는 모습을 보면서 서서히 남편이 변화되더니 나중에는 전혀 딴 사람이 되더래요. 열심히 일해 가족을 돌보고 새 사람이 되자 아들의 정신도 되돌아오고 아내도 이대로는 안 되겠다 싶어 사역을 시작했는데 그건 다름 아닌 밥 못 먹는 사람들을 모아 밥을 먹이는 것이었대요. 그건 그녀의 평생소원이었답니다. 남편도 쉬는 날이면 나와서 열심히 아내의 일을 돕고 있대요. 한쪽 구석에서 묵묵히 아내 일을 돕는 남편은 일체 말이 없어 전혀 과거를 의심받지 않는 답니다."

"언젠가 신문기사에서 읽은 이야기입니다. 대여섯 살, 어린 나이에 계모가 들어 왔는데 하루에 한 끼만 주더랍니다. 그것도 모자라 매일 때리고 밖으로 내쫓아 결국 길거리 인생이 되었대요. 그러다 동네 불량배에게 쫓기며 처참한 지경이 되어 살아가는데 한 독지가에게 발견돼 새 삶을 찾았대요. 그러나 그가 정작 새 삶을 살게 된 건 하느님을 만났기 때문이랍니다."

"상처는 대물림 되는 것 같아요. 제가 아는 자매는 늘 친정 언니 오빠 때문에 눈물이 마를 새가 없답니다. 저도 그 자매 가족만 생각하면 가슴이 찢어지는 것 같아요. 어릴 때 자매는 아빠에게 늘 맞고 사는 엄마를 보며 살았대요. 평생을 맞고 산 엄마는 가족과 인척들의 학대에 시달리는 이중고를 겪으며 살았대요.

남편은 며느리 앞에서도 사위 앞에서도 아내를 흉보고 망신주고……. 그런데 더 기가 막힌 건 그 상처가 작은딸에게 고스란히 대물림된 거예요. 자매의 작은언니는 엄마 못지않게 아빠에게 학대당하고 살았대요. 학교 보내주는 돈이 아깝다며 툭하면 머리채를 끌고 때리고 책가방을 쓰레기통에 던지고 책과 노트를 불태우고, 시집을 보내는데 초등학교 나온 사윗감을 골라서 경상도 안동 촌구석으로 아주 멀리 내쫓더랍니다. 친아버지에게 학대당하고 살다 좀 편해지려나 싶었는데 웬걸 남편은 주폭(酒暴)에다 인간 말종도 그런 말종이 없더랍니다. 시집가자마자 큰댁에 살고 있는 시부모와 시증조부를 모셔와 시집살이를 시키는데 노예도 그런 노예가 없는 거예요. 시어른들은 매일 술 마시고 놀면서 새 며느리를 학대하고 남편은 남편대로 아내에게 온갖 폭력을 다 휘두르고, 한번은 오랜만에 놀러온 처제가 보는 앞에서도 쇠몽둥이를 가지고 아내를 때리더랍니다. 그 남편이 죽고 나자 이번에는 시집 식구들이 떼로 몰려와 논밭 문서 내놓으라며 협박 공갈치기에 구십 넘은 시할머니를 모셔 가라고 하니까 들은 체도 안 하면서 문서만 내놓으라고 난리를 치더랍니다. 구십 넘은 시할머니는 방 두 칸 중 한 칸을 차지하고 앉아 매일 손주며느리를 흉보며 돌아다니는 게 취미래요, 참 팔자도 팔자도……. 그런데 더 기가 막힌 건 뼈 빠지게 농삿일해 자식들 공부시켜 놨더니 이번에는 자식들도 엄마를 학대하는 거예요. 자매는 언니 이야기를 할 때마다 손 등을 눈물로 적셔요. 자매가 가장 가슴 아파하는 건 언니는 오랜 세월을 학대당하며 살다 보니 거기에 익숙해져 전혀 자신을 돌보지 않는 거예요. 자신을 위해서는 단돈 1000원 한 장 못 쓰고 벌벌 떤대요."

"세상에 그런 인생도 있네요. 진즉 그 시집에서 도망쳐 나올 것이지."

"그 자매의 오빠 이야기도 기가 막혀요. 엄마가 식모살이 해 겨우 대학 공부시켜 놨는데 어디서 독종인 여자가 나타나 순하디 순한 자매 오빠를 탁 낚아채더니 온갖 구실 다 붙여 해외로만 돌리면서 돈은 다 차지하고 결국 밖으로 내쫓았대요. 자매는 조카들이 정말 오빠 자식인지조차 의심스럽대요. 올케가 오빠를 해외로만 내돌려서, 지금은 오빠가 행방불명 돼서 연락조차 끊긴 상태라며 자매는 만날 때마다 울어요. 아무리 피곤해도 잠이 안 온대요."

"그 자매는 괜찮아요?"

"네? 뭐가요?"

"가정생활이 평탄한가요?"

"그럴 리가요. 자매 남편 역시 술중독 도박중독에다 성격이 난폭해서 숨 한번 크게 못 쉬고 살지만 그나마 남편이 직장은 착실히 다녀 사는데 지장은 없나 봐요. 자매는 아이들 교육열은 대단해서 각종 알바하면서 아이들 공부시켜 모두 대학 보냈어요. 새벽부터 밤늦게까지 일하면서도 잘 버틴다 했더니 언젠가는 감기가 심하게 들어 고생하더라고요."

"제가 아는 또다른 경우가 있는데 이것 역시 기가 막혀요. 그는 남도 지방에서 목회하는 분인데 참 입지전적인 인물이에요.

어릴 때 어머니가 돌아 가셨는데 갑자기 살던 집에서 외가가 있는 철원으로 보내더래요. 알고 봤더니 아버지가 계부였던 거예요. 어머니가 살아 계실 때만 하더라도 행복하고 단란한 가정이었고 아버지도 친부인 줄 알았는데 그게 아니었던 거예요. 외가에서 2-3년 살았는데 이번엔 충청도 산골짜기로 보내더래요. 친부의 고향이 있던 곳으로. 어린 나이에 어머니가 돌아가신 것만도 충격인데 5살밖에 안 된 아이를 외가로 친가로 돌리면서 학교 교육은 아예 시키지도 않았대요. 22살 때까지 남의 집 가정부로 살면서 겨우 검정고시 공부해 대입검정 마치고 신학공부 시작했대요. 28살에 결혼하는데 마음속으로 엄청나게 기뻤답니다. 아! 나에게도 드디어 가족이 생기는구나. 그런데 시집식구들의 엄청난 반대에 부딪친 거예요. 고아라는 이유 때문이었죠. 결혼 후에는 도저히 마음이 안 맞아 살 수가 없어 이혼하는데 또 시집식구들이 반대하더랍니다. 우리 집안에 이혼은 없다면서."

"참 기막힌 인생여정이네요."

"그는 그 수많은 인생역경을 겪고 지금은 상담 사역자가 되어 상처받은 이들을 돕고 있답니다."

"상처가 영광으로 바뀐 셈이군요."

"네, 그렇죠."

"전 언젠가 인터넷에서 절대긍정이란 글을 읽은 기억이 나요. 만화로 제작돼 나오기도 한 그 이야기는 눈물 없이는 읽을 수 없어요. 그의 이야기를 들은 사람들 중에는 교도소에 있는 재소자들도 있는데 그들조차도 눈물을 쏟았다고 합니다. 그는 자신의 상처를 통해 다른 사람을 돕고 또 약한 사람들을 붙들어 주는 역할을 하고 있어요."

"앞의 경우와 비슷한 이야기인가요?"

"네 비슷하긴 하지만 또 다른 감동이 있어요. 그는 현재 분당에서 학원을 운영하고 있는데 최종 학력이 초등학교 3학년이래요. 그는 한국판 오프라 윈프리라 할 만큼 험한 인생을 살았어요. 그녀의 어머니는 매파의 거짓말에 속아 애 딸린 홀아비에게 시집왔는데 남편은 술 중독에다 의처증으로 술만 마셨다하면 아내를 때리고 학대했대요. 머리칼을 잡고 마당을 돌리고 어느 날인가는 뼈가 부러진 적도 있었대요. 그 길로 집을 나간 어머니는 심심산골인 고향으로 돌아갔는데 너무도 가난하여 딸을 데리고 갈 수가 없었답니다. 딸은 전처 자식들에게 학대당하다 12살 때 배다른 오빠에게 강간당하고 이어 17살이 되던 또 강간당해 죽으려고 바닷가에 뛰어 들었는데 지나가던 사람에게 구조돼 겨우 살아났답니다. 밤새 걸어 어머니가 살고 계신 산골로 가서는 품을 팔아 겨우 목숨을 부지하고 살았는데 그녀에겐 남다른 기개가 있었던 것 같아요. 열심히 농사일 하면서 교도소에 가 간증사역을 하고 서울에 올라와 아이들을 가르치는 일을 했대요. 겨우 초등학교 3학년인 학력을 가지고. 그러다 어떤 아이 딸린 남자를 만나 결혼을 했는데 엄마가 겪었던 그 고초가 똑같이 되풀이되더랍니다. 얼마나 가족을 학대하고 인간 망나니인지 전처 자식들도 차라리 이혼하라면서 새 엄마를 따라 가겠다고 할 정도였답니다. 그는 아내를 폭행하는 것도 모자라 아내가 번 돈을 몽땅 가지고 사라졌다 또 나타나서는 돈을 빼앗아 가곤 했답니다. 그러던 어느 날 서서히 변화의 기운이 움트더니 지금은 새 사람으로 변화돼 아주 착실하고 건실한 신앙인이 되어 그 역시 남을 돕는 일을 하고 있답니다."

"그러고 보면 참 사람 일이란 게 일분일초 이후를 몰라요. 성경에도 나와 있잖아요. 하느님은 사람으로 하여금 장래 일을 모르게 하셨다고. 또 세상에 많은 종교들이 인과응보를 말하고 있지만 꼭 그게 맞는 것만은 아니에요. 행위와 복은 별개인 것처럼 하느님의 은혜가 더 절대적으로 작용할 때가 많으니까요. 또 남의 말 함부로 못할 것은 악인에게도 회개라는 마지막 기회가 남아 있다는 사실이에요, 아무리 악인일지라도 선한 영적 능력이 들어가면 그는 변화 받고 새사람으로 거듭날 수 있어요."

"저도 가끔씩 제 인생을 돌아보면 후회스러울 때가 많아요. 저는 어릴 때 어머니가 너무 고생한 게 마음 아파 저도 모르게 결심한 게 있어요. 나만큼은 어머니의 전철을 결코 밟지 않고 오로지 내 뜻 내 마음대로 살리라. 절대 손해 보지 않고 나 자신만을 위해 살리라. 오직 내 유익, 내 기쁨 내 만족만을 위해 살리라."

"그래서 만족스러우세요?"

"처음에는 약간……. 하지만 그건 일종의 마취제와 같은 것이었어요, 얼마 안 가 허무가 가슴속에 밀려오는데 너무 힘들었어요, 언젠가 암 조직검사를 받는데 자책이 끊임없이 몰려오면서 회개가 되는데 눈물이 걷잡을 수 없이 나왔어요. 내가 정말 잘

못 살았구나. 내가 이 모습 이대로 어떻게 천국 문턱을 넘을 수 있겠는가. 이제부턴 남을 돕는 일을 하면서 살아야겠다. 그러면서 제일 먼저 결단한 게 단기선교를 떠나는 것이었어요. 지금은 수입이 생기면 구제헌금 선교헌금 위주로 하게 돼요.

"뜬금없는 질문 같지만 선생님은 사랑하는 것과 사랑받는 것 중 어느 것이 더 힘들다고 생각해요?"

"그야 당연히 사랑받는 거 아니겠어요?"

"네, 그건 입장마다 다르겠지만 사랑받고 자란 사람은 항상 당당하고 기가 세요. 대접 받는 데도 익숙하고 그러다 보니 작은 홀대에도 참지 못하고 대항해요."

"사람들은 긍정적 사고를 중시하지만 그것도 경험을 바탕으로 해야지 모든 사람에게 무작정 똑같이 적용시키는 건 무리라고 생각해요. 할 수 있다 하면 된다 해보자 식으로 했다가 안 되는 경우도 허다해요. 돈키호테 식으로 일을 밀어 붙였다가 낭패 보는 일이 발생하면 그땐 누가 책임지죠?"

"그래요, 일방적으로 희생을 강요했다가 파멸의 결과가 나타날 수도 있거든요."

"흔히 사랑은 희생이라고 하지만 그 경계선을 뚜렷이 정해져야 할 것 같아요. 자기를 허물면서 하는 사랑은 사랑이 아니에요, 자기를 보호하면서 책임지는 사랑이 진짜 사랑이에요. 욕망과 사랑도 구분이 되어야 해요."

"전 불행히도 한 번도 진실한 사랑을 경험해 보지 못했어요. 이기적인 이상적인 사랑을 꿈꿨기 때문인지 항상 손해 보는 느낌이었어요."

"사랑에도 여러 종류가 있겠지만 그리스도의 갈보리 사랑만이
진짜 참 사랑이에요."

"갈수록 사랑의 실체가 궁금해져요. 도대체 사랑이 뭐기에 사
람들은 그토록 사랑에 목매다는가. 왜 그토록 인기를 누리고 싶
어 하고 혼자 있는 걸 두려워하는가. 자신은 절대 양보 못하면
서 상대에게는 희생적인 사랑을 원하는가."

"그 바탕엔 이기심이 깔려 있기 때문이죠. 사람을 만나 보면
대체로 두 종류로 나뉘어요. 하나는 어릴 때부터 사랑을 받고
자라 건강한 자화상을 가진 사람들예요. 그들은 사랑받고 존중
받고 자라 자아가 강하고 항상 당당하고 기가 세요. 매사에 긍
정적이고 활기가 넘쳐 무슨 일을 시켜도 불평하지 않고 잘 해내
요. 자신은 항상 사랑받고 인정받는 존재라 생각하기에 삶이 즐
겁고 행복하게 느껴요. 그들은 비난이나 공격을 당해도 트라우
마가 발생하지 않고 잘 견뎌요. 어려움을 당해도 슬기롭게 잘
대처하고 자존감이 높은 탓에 실패도 잘 딛고 일어서지요. 그런
가 하면 지나치게 자기 자랑이 심해요. 남의 아픔이나 상처에
지나치게 둔감하고 함부로 말을 내뱉어 상처를 가중시킬 때가
많아요. 또 자기가 사랑받지 못한다고 느끼면 견딜 수 없이 괴
로워해요."

"그래도 그런 인생은 행복한 편이죠. 과거에 발목 잡힐 일은
없을 테니까요. 적어도 피해의식 때문에 괴로워하진 않을 테니
까요."

"반면 어릴 때 사랑받지 못하고 자란 사람은 늘 정서불안에 시달려요. 감정의 기복이 심하고 작은 상처에도 지나치게 집착해요. 마음이 건강하지 못한 탓에 쉽게 상처받고 한번 트라우마가 발생하면 회복이 더디어 인간관계에 많은 지장을 초래하게 돼요. 특히 어린 시절에 당한 학대나 상처는 그 사람의 사고방식을 결정하는데 많은 악영향을 끼쳐요. 언젠가 일생을 피해의식 속에 살아가는 사람을 본 적이 있는데 처음엔 잘 이해가 가지 않았어요. 그 사람은 어느 누구의 말도 듣지 않아요. 늘 과거의 경험만 의지하는데 엄청난 피해의식이 있다는 것을 알았어요. 친부모로부터 받은 학대에 대한 기억 때문에 분노와 적개심으로 자신을 망치고 있었어요."

"그는 어떤 상담자도 믿지 않았어요. 당신이 당해 보지 않으니까 그런 식으로 말한다는 식이었어요."

"그래도 상담기관까지 찾아간 걸 보면 치료받고자 하는 의지가 있었으니 가능성이 있지 않을까요?"

"그에게는 오랜 기간 사랑을 경험할 필요가 있었어요, 자기가 원하는 대답이 나올 때까지 상담은 이어졌어요. 그러다 어느 날 한마디에 그의 병든 마음이 무너져 내렸어요."

"무슨 말이었나요?"

"그리스도의 갈보리 사랑이었어요."

"언젠가 노총각 노처녀가 되는 지름길이란 글을 읽은 기억이 나요. 결혼을 하지 못하는 주된 이유는 자신만이 꿈꾸는 이상형인 배우자를 찾기 때문이랍니다. 어떤 기준을 정해 놓고 찾기 때문에 아예 배우자 될 사람이 눈에 들어오지 않는 거랍니다. 두 번째는 우유부단하기 때문이라고 해요. 여기에서 우유분단이란 자신감이 없어서 여러 가지 생각을 하기 때문에 자꾸 기회를 놓치고 마는 거예요. 결정할 기회를 미루다 보니 결국 안 되는 거예요. 세 번째는 자기애가 너무 강하거나 자신을 보호하려는 의지가 강한 경우에요. 이 경우는 상처가 많아서이기 때문이기도 해요. 사랑과 이기심을 동시에 추구하다 보니 결혼할 상대를 자꾸 놓치는 거지요. 네 번째는 흔한 말로 인연이 없기 때문이에요. 결혼도 결국엔 신의 축복인데 인연이 맺어지지 않으면 성사가 안 되는 것이지요."

"네, 그렇군요. 결국 사랑도 자신을 버려야만 취해지는 그런 것이라 할 수 있네요. 나 자신은 버리지 못하면서 끊임없이 상대의 희생만 요구한다면 그건 사랑이라고 할 수 없겠지요."

"인생의 진짜 성공은 자신의 미션을 찾아 살아가는 거라 생각해요. 앞에서 말했듯이 자신의 상처 때문에 좌절하고 무너질 것이 아니라 오히려 그 상처를 통해 동일한 상처를 겪고 있는 사람들을 이해하고 돕는다면 그보다 더 보람된 인생은 없다 생각해요, 서로를 보듬고 의지하며 살아가는 게 진짜 미션이라 생각해요."

"성경에도 나와 있잖아요. 너희를 향한 나의 생각은 내가 아나니 재앙이 아니요 장래에 평안을 주기 위함이라."

다음은 마지막 장에 나와 있는 글이었다. 다소 산만하여 내용을 숙지하기가 어려웠지만 길지 않아 곧 읽혀졌다.

"긍정적 마인드는 매우 중요해요. 똑같은 상황을 만나도 어떤 사람은 잘 극복하고 넘어가는데 어떤 사람은 매우 힘들어해요. 감정 회복이 그만큼 잘 안 되는 거죠. 그렇지 않으면 극단적으로 나가는 것이던가."

"선생님은 자신이 행복하다고 생각하세요?"

"……."

"전 행복하다고 생각해요. 웬 줄 아세요? 전 어릴 때부터 너무 힘들게 살았어요. 한 끼의 식사를 위해 안 해본 일이 없을 정도예요. 버스나 전철 안에서 행상도 했고 길바닥에서 쓰러져 잠든 적도 있었어요. 병든 동생을 안고 한없이 울며 밤을 지샌 적도 있었어요. 그때는 참 슬펐는데 이제와 생각해 보니 감사한 건 야성, 즉 삶에 대한 근력이 그때 형성된 것 같아요. 지금은 어떤 일을 만나도 놀라지 않을 만큼 강해졌답니다."

"네에 그렇군요. 요즘 매체의 보도를 듣다 보면 참 걱정스러워요. OECD 국가 중 우리나라가 술 소비가 으뜸이라는군요. 자살률도 얼마 전 일본을 제치고 1위로 올라섰고 이혼율마저 랭킹 1위를 기록하고 있대요. 너무 편하게 대접만 받고 살다 보니 인내심 자체가 없어진 것 같아요. 조금만 견디기 힘들다 싶으면 충격 끝에 자살을 기도해요. 이제 자살은 너무 흔한 이야깃거리가 됐어요."

"이상하죠? 사랑받고 자라면 마음이 건강해서 더 잘 견디고 행복지수가 높을 거라 생각했는데."

"이를 테면 야성이 부족한 거죠. 견디는 힘이 부족해 쉽게 포

기하고 무너지는 거예요. 실패도 성공의 어머니로 알고 도전정
신을 키워야 하는데 너무 쉽게 살려고 하기 때문에 더 힘든 거
예요."

"모든 건 다 생각하기 나름이에요. 제 주변에는 참 희한한 인
생들이 많아요. 일생을 고통 가운데 살아가는 사람이 있는가 하
면 어떤 이들은 평탄하게 그야말로 아무 슬픔이나 염려 없이 그
저 편안하게 살아가는 사람도 많아요. 그런가 하면 인생을 초반
중반 후반으로 나누어 본다면 초반부는 너무 힘들었지만 중반부
터 활짝 피는 인생이 있는가 하면 초반은 너무 행복했는데 결혼
에 실패하여 인생 막장으로 치달아 끝내 파멸에 이르는 경우도
적지 않게 보았어요. 그런가 하면 초반 중반은 가정적으로나 사
회적으로 너무 잘 나가는 인생이었는데 노년에 이르러 자식과
사회로부터 버림받아 쓸쓸한 최후를 맞이하는 경우도 많아요.
그러나 중요한 건 후반부가 아름다워야 한다고 생각해요."

"사람은 늘 과거에 얽매여 살아가기가 쉬워요. 사람들은 긍정
적 사고를 중요하게 생각하지요. 생각이 앞날을 인도한다고 심
지어 그 사람의 인생과 성공여부를 결정한다고 쉽게 말해요. 하
지만 세상에 부정적 마인드도 하루아침에 만들어지는 건 아니에
요. 그걸 뒤집을만한 근거가 있어야지 무작정 긍정적 사고를 주
장하는 건 그 사람을 또 한 번 죽이는 거라 생각해요."

"네 맞아요. 부모 사랑을 받지 않고 자란 사람에게 희생적인
사랑을 강요한다면 그 사람이 얼마나 기가 막히겠어요. 한 번도
좋은 남자를 만나보지 못한 여자에게 행복한 결혼생활을 꿈꾸라

고 하는 것과 똑 같아요. 인간 본성인 악도 마찬가지에요. 인간 본성인 악을 방치한 채 상처만 거듭 경험한 사람에게 사랑을 실천하라고 하는 것과 무엇이 다르겠어요? 사람마다 차이가 있겠지만 악한 본성에다 상처가 거듭되면 그의 심성은 황폐화 된 나머지 계속 악을 부르는 결과가 나타날지 몰라요. 하지만 그 상처로 얼룩진 마음에도 사랑과 위로의 마음이 전달된다면 그는 분명 새로운 인생을 살게 될 거라 믿어요."

"제 지인 중에는 만나기만 하면 가족 자랑을 하는 사람이 있어요. 상대를 은근히 얕잡아 보려는 수작이죠. 자랑한다는 건 자기의 우월감을 내세움으로써 상대의 기를 꺾으려는 얄팍한 수단에 지나지 않아요. 그러나 저는 그대로 참고 들어줘요. 그에게도 제가 알지 못하는 사연이 상처가 있나보다 하고요."

"언젠가 들은 설교 내용이 생각나네요. 어렵고 힘든 일이 생길수록 자주 찾아주는 사람은 성공한 사람이래요. 힘든 일이 생겨도 아무도 찾아오지 않고 기도 부탁도 않고 아예 발길을 끊으면 그 사람은 인간관계에 실패한 거라고……. 모순 같지만 그게 진짜 성공이라는군요."

"신앙은 역설이에요. 강한 자가 약한 자를 섬기고 높은 자가 약한 자를 섬겨요."

"그 비슷한 의미로 이런 성경구절이 있어요. 하느님은 세상에 미련한 자를 들어 지혜로운 자를 부끄럽게 하시고 약한 자를 들어 강한 자를 부끄럽게 하신다."

"그러니까 한마디로 하느님은 공평하신 분이시다 그 말씀이네요."

"네에 또 하느님은 모든 어떤 사람이든 간에 한 가지씩 특별한 재주를 주셔서 그걸로 인생을 개척하며 살라고 선물해 주셨대요, 우스운 말로 굼벵이도 구르는 재주는 있다고……."

그 대목에서 나는 한참을 웃었다.

"또 한 말씀이 있어요. 하느님은 각 사람의 마음속에 소원을 두고 행하신다. 그것을 일종의 미션이라 해둡시다. 자! 그렇다면 지금부터 자신의 미션에 대해 말해 봅시다."

"소원 말인가요?"

"네에, 어릴 때부터의 바람이든가 아님 본인이 강렬하게 원하는 목표라든가, 아님 자신이 가장 좋아하는 일도 될 수 있어요."

"전 잘 하는 게 하나도 없어요. 특별한 마음의 소원도 없고요."

"그래도 한 가지 잘할 수 있다거나 좋아하는 일은 있을 거예요. 야망 말고요."

"그렇다면……. 전 어릴 때부터 뭔가 손으로 만드는 걸 좋아했어요. 손재주는 좋은 편이에요. 그런데 이런 것도 미션이라 할 수 있나요?"

"그럼요, 그 재주를 가지고 많은 걸 할 수 있잖아요. 이제라도 좋은 직업을 가질 수 있을 거예요. 또 남을 돕는 훌륭한 일도 해낼 수 있어요, 생각해 보세요. 우리 주변에 그런 일을 할 수 있는 사람이 몇이나 되겠는가."

"네, 그러니까 제 강점을 살리라 그 말씀이군요."

"저는 어릴 때부터 남들보다 동정심이 많았어요. 그래서 아프리카나 인도 쪽에 가 구제활동을 펼치고 싶었어요, 하지만 살다 보니 너무 바쁘고 제 앞가림도 못하면서 무슨 봉사냐 싶어 접고 있었어요. 아직 늦지 않았나요?"

"늦기는요, 지금 그 쪽에 인력이 모자라 야단이랍니다. 돈이나 물질이 없으면 몸으로 하는 봉사도 괜찮아요. 불쌍한 아이들 돌봐주고 집 짓고 우물 파는 일도 도와주고 할일이 얼마나 많은데요."

그때 누군가 큰소리로 외쳤다.

"그건 봉사활동도 되지만 하느님을 기쁘시게 해드리는 일이에요. 나아가 전 인류의 평화를 위한 일이기도 해요."

"생각은 모두 반대되는 개념으로 대치하면 돼요, 미움 대신 관심을 전쟁 대신 평화를, 분쟁 대신 화합을, 어둠 속에 빛을, 그건 가뭄을 해갈하는 것과 같아요."

"그러나 가장 중요한 건 관심이에요. 악이나 남의 고통을 그냥 지나치지 않는 관심, 그거야 말로 가장 큰 사랑의 표현이자 생각의 승리에요. 심리학에서 인지치료 라는 게 있어요. 생각으로 감정을 다스리는 거예요."

"전, 요즘 제 자신과 하느님께 감사하는 게 있어요."

"뭔데요?"

"참 살기 좋은 세상에 태어나 너무 편하게 살고 있구나. 또 북한이나 아프리카 중동권에 태어나지 않은 것도 감사해요. 더욱더 감사한 건 하느님의 자녀가 되었다는 사실이에요. 만일 하느님을 몰랐다면 난 벌써 딴 세상에 살고 있을 거예요. 아님 지옥

언저리를 헤매고 있거나 둘 중의 하나일 거예요. 남보다 부족하고 소심한 것도 사실이지만 오히려 그것 때문에 하느님을 더 의지하고 악에 빠져들 확률이 적으니 더 감사하지 뭐예요. 이제부턴 제 자신을 위로하며 격려하며 살기로 했어요. 세상에 위로자는 아무도 없을 테니까."

"선생님은 누구보다도 하느님의 은혜를 많이 받으신 분 같아요. 저는 사실 상담자 역할을 하며 살고 있지만 여전히 과거에 얽매이는 경향이 많거든요. 제 인척 중에 성격이 아주 고약한 어른이 있었어요. 그는 40년 전 시골에서 농사 지으며 힘겹게 살고 있었는데 부부 싸움 끝에 갓난아이를 벽에 집어던진 거예요. 그 사건은 당시 방송에도 보도되어 많은 사람들이 분노했지요. 세상에 아무리 화가 나도 그렇지 어떻게 자기 자식을 그것도 태어난 지 얼마 안 된 갓난아기를 벽에 집어 던집니까. 저는 그 사건 이후, 그 친척 어른을 대할 때마다 아예 사람 취급도 안 했어요."

"아기는 죽지 않고 생명을 부지 했나요?"

"죽지는 않았지만 후유증으로 자라면서 소아마비 증세를 앓으면서 엄청 고생을 했지요, 병신이라고 학교 공부도 안 시키고……."

"누구 때문에 그랬는데, 참 뻔뻔하기도 하네요."

"옛날에는 모든 화풀이를 자식에게 하는 부모가 많았어요. 툭하면 아이들을 때리고 울리고 학대하는 걸 당연하게 알았어요. 먹이는 것조차 아까워 일찌감치 객지로 돈벌이 내보내고."

"그분은 지금 어떻게 살고 있나요?"

"지금 미국에서 생활하는데 아주 입지전적인 인물이 되었지요. 초등학교를 졸업하자 아예 부모가 외면해 혼자 고향에서 떨어진 소도시로 가 공장살이를 했어요. 몸이 불편하니까 모두가 멸시하고 제대로 된 일자리를 찾기도 힘들었지요. 자살할 생각도 수 없이 했다고 해요. 간신히 입에 풀칠이나 하며 사는데 어느 날 신앙을 가지면서 서서히 생각이 바뀌었대요."

"어떻게요?"

"공장에서 퇴근하고 나면 혼자 도서관으로 달려가 책을 읽었대요. 아무도 상대해 주지 않으니까 남는 건 오히려 시간뿐이더랍니다. 혼자서 검정고시 책 사서 공부하고 합격해 공부하는 재미를 붙였대요. 특히 영어 공부를 잘했는데 어느 날 독지가가 나타나 미국으로 가게 되었대요. 미국에 가서 그야말로 피터지게 공부해 박사학위를 취득하고 지금은 좋은 사람 만나 결혼도 하고 안정된 삶을 살고 있대요. 언젠가 서점에 가니까 그 애가 쓴 책이 매대 한 가운데 놓여진 걸 보았어요, 너무 감사했어요. 고생 끝에 낙이라더니 드디어 빛을 찾았구나."

"참 다행이네요. 본인의 의지도 중요했겠지만 신의 각별하신 은총이 아닌가 싶네요. 고생한다고 열심히 노력한다고 다 성공하는 건 아닌 것처럼 신의 은총이 제일 중요하다 싶네요."

"그걸 바로 하느님의 주권이라 하더군요, 그 대표적인 케이스가 오프라 윈프리가 아닐까요? 사생자로 태어나 어린 나이에 강간당하고 온갖 폭행과 악재 속에서 마약 중독에다 감옥생활까지

한 그녀가 미국을 움직이는 중요한 인물이 되었다는 건 신의 의지라 생각해요. 또한 오프라 윈프리 마음속에 있던 꿈, 비전이라 생각해요. 앞서 말씀 드렸듯이 하느님은 우리 인생을 이끄실 때 마음속에 소원을 두고 행하시는 분이시잖아요. 하느님은 그녀 마음속에 있는 꿈을 통해 역사하신 거고요."

"오프라 윈프리는 미국인들이 가장 많이 시청하는 토크쇼의 사회자로 유명하지만 뛰어난 화술로 사람의 마음을 치유하는 능력으로 더 유명하다고 해요. 자기가 당한만큼 다른 사람의 상처를 이해하고 치유하는 효과를 나타내는 것이지요."

"우리가 조금만 관심을 가지고 주변을 살펴보면 상처받은 영혼들이 너무도 많은 걸 볼 수 있어요. 그들은 누군가에게 자신의 상처를 말하고 싶어 해요. 위로 받고 절망의 수렁에서 빠져나오고 싶어 몸부림을 해요. 제 주변에도 그런 사람들이 얼마나 많은지 모르겠어요. 차마 입에 올리기조차 힘든 너무도 끔찍한 상처를 안고 똑같은 말을 계속 되풀이하는 거예요. 혼동스럽고 그래서 몸과 마음의 기능을 상실한 채 기도부탁을 해 와요."

"상처를 말하기만 해도 벌써 치유는 반이나 된 거나 마찬가지에요. 위로는 말로도 받지만 신의 은총으로 해결될 때가 더 많아요. 전 상처나 충격이 발생하면 무조건 성당으로 달려가 하느님 앞에 엎드려요. 사람에게 위로받으려 했다가 더 큰 환란을 초래한 적이 많았거든요."

"요즘은 자살사건이 빈번하다 보니 그 문제를 가지고 찾아오는 사람들이 많아요. 자살한 광경을 목격한 후유증으로 오랜 시간

동안 고통당하는 사람들을 보았어요. 산다는 건 고역이에요. 남은 가족들이 받을 상처와 충격을 생각해서라도 자살만큼은 없어져야 한다고 생각해요. 오죽하면 그랬을까 싶다가도……."

"하느님 소관인 생명을 끝까지 간직하고 사는 것도 복이라 여겨져요. 상처나 어려움이 발생하면 외면하지 않고 서로의 짐을 져주면서 살아가는 게 진짜 행복이 아닐까 싶네요. 선생님 우리 서로 관심 가지고 함께 살아가요. 주변에 어려운 사람이 발생하면 서로 서로 도와가며 내 인생이 아닌 하느님의 인생을 잘 살아갑시다."

글은 거기에서 일단 마무리 되고 있었다. 혼돈스럽고 조잡하기 짝이 없는 글은 서두부터가 어색했고 중간 중간 맥이 끊기면서 내용이 자주 바뀌고 있었다. 대화체로 이어진 글은 서사 구조를 벗어난 그저 단순한 사건의 연속일 뿐이었다. 그러나 내용을 종합해 보면 상처의 기초는 인간 본성인 악에 있고 치유는 역시 생각을 주관하는 신의 편에 있었다.

그녀는 모든 치유책을 생각과 신의 은총인 영적 힘에 무게를 두고 있었다. 영적 힘이야말로 문제해결의 열쇠요 최후 치유책인 셈이었다. 그건 어떤 심리학의 이론보다 앞서 마음을 주장하는 능력을 발휘하고 있었다.

나는 그녀의 글에서 상처와 내적치유에 관한 그녀만의 비전을 보았고 의를 향한 갈망을 보았다. 그건 그녀의 충실한 삶의 모습이기도 했다. 나는 어느새 그녀의 비전을 내 마음속에 받아들이고 있었다. 내 인생은 이제 그녀를 삶의 파트너쉽으로 거듭날 것이다.

며칠 후, 나는 그녀의 또 다른 파일을 발견했다. 그곳에는 그녀를 만나 많은 이야기를 나누었던 사람들의 행로가 간단하게 적혀 있었다. 그들은 마음의 소원을 따라 적재적소에서 자기만의 독특한 기능을 나타내며 살고 있었다. 중요한 건 그들은 거기에서 오는 고통을 즐거운 마음으로 십자가를 지고 있다는 사실이었다.

아름답고 선한 마음들이 모여서 고통당하는 이웃들을 위로하고 합력하여 선을 이루는 사업을 진행하고 있었다. 가까운 이웃은 물론 지구촌 먼 나라에서 들려오는 소식을 들으면서 애끓는 마음으로 기도문을 외우고 있었다.

아프리카 지역에 사는 불쌍한 어린 영혼들을 위한 기도문은 내 마음을 통곡 속으로 밀어 넣었다. 가난한 집안의 아이들은 부모에게 버려져 '마라부'라는 조직체에 맡겨져 지내는데 그 삶은 참혹하기 이를 데 없다. 그들은 조직의 명령에 따라 구걸을 하며 살아가는데 그 할당량을 채우지 못하면 모진 채찍질을 당한다.

또 그들이 일러주는 경전을 외우지 못하면 또다시 엄청난 채찍을 당하는데 아이들은 바짝 여윈 눈빛에 불안과 두려움에 떨며 살아간다는 것이다. 그들을 도울 방법은 전능하신 신에게 간구하는 것뿐이라며 그녀는 기도를 끝마치고 있었다.

세상에는 인간의 힘으로는 어쩔 수 없는 암흑의 골짜기가 많이 있다. 그들을 일일이 찾아가 도울 방법도 많지 않다. 오직 영적 힘인 기도에 매달릴 뿐이다. 그리고 그들을 세상에 알리고 관심을 가져달라고 호소할 뿐이다.

「사람들이 계속해서 악을 행하는 것은 보응이 더디기 때문이다. 그래서 신에 대한 두려움이 사라지는 것이다」

성경의 한 구절이 언뜻 생각났다. (2018년 순수문학)

필연

"생각하면 할수록 기쁘고 행복한 건 사랑이래요. 하지만 아프고 괴로운 건 사랑이 아니고 집착이래요."

TV 극 속에서 여자가 말한다.

"아니 사랑은 괴롭고 아픈 거야, 그게 진짜 사랑이란다."

남자는 눈물을 글썽이며 말한다.

동네 골목길을 지나다 보면 늘 길가에 나와 앉아 있는 노파를 보게 된다. 얼굴에 검버섯이 피고 야윈 모습에 노년의 슬픔이 흐르는, 행인들에게 무언의 암시를 준다. 처음에는 섬뜩한 분노와 깊은 절망감을 주던 노파의 눈빛이 어느새 연민과 두려움이 되어 행인의 발걸음을 무겁게 한다.

노파는 초라한 행색으로 행인들에게 간절하게 관심의 시선을 보내고 있다. 도움을 관심어린 사랑을 요구하는 그의 눈빛은 고립무원의 단어를 생각나게 한다. 가끔씩 노파의 눈빛은 공포로 변한다. 주폭(酒暴)이라는 신종단어가 아들로 보이는 남자와 함께 길가에 뒹굴고 있다. 사람이기를 포기한 남자는 온 동네가 떠나려가라 소리를 질렀다.

"이 망구야, 빨랑 죽어. 죽으라구."

저런 죽일 놈 같으니. 지나가는 사람들은 속으로 분노를 삼키며 말했다. 차라리 무자식이 상팔자지, 자식 있으면 뭘 해 없는 게 낫지. 언젠가 목욕탕에 갔을 때의 일이다. 70대의 노파가 말했다.

"자식은 키우는 재미지 절대 기대하면 안 돼, 그럼 실망해."

"그래 맞아, 그저 어릴 때 키우는 재미지, 아무리 돈이 없어도 자식한테 기대면 안 되어. 나는 저희들 도시락 4개씩 싸가며 온갖 고생하며 키웠지만 그것들은 그런 거 하나도 생각 못혀. 돈 없으면 청소부를 해서라도 해결하는 게 나아."

"그러니께 늙어서도 돈이 있어야 자식들한테 큰소리치는 거예요."

"그럴 돈이 남아 있기나 하나, 자식들 공부시키느라 다 써버렸지."

"자식들한테 기대하면 안 되어요. 이혼 않고 저들끼리 알콩달콩 잘만 살아 주믄 그것이 효도이지 더 이상 뭘 바라것어유."

"우리 때는 시부모 구박받아가며 벙어리 3년 귀머거리 3년 살았는디."

"그런 소릴랑 아예 하지도 말아요. 젊은 것들은 이해를 못혀."

세월유수라더니 세태도 빨리 변한다. 자식 사랑 빼고는 모든 게 다 변했다.

요즘 가장 큰 이슈는 청년 실업과 노후 대책이다. 아울러 3포 5포 시대라는 신종 단어가 사람들의 입마다 회자되고 있다. 컴퓨터의 지능화와 인터넷의 발달은 젊은이들에게서 많은 일자리를 빼앗아갔다. 일례로 예전에는 은행에서 업무를 보았다면 요즘은 자동인출기나 텔레뱅킹 인터넷뱅킹으로 처리한다.

방법은 편리해졌지만 그만큼 위험도도 높아졌다. 해킹이라는 신종 사기수법이 등장했기 때문이다. 내가 아는 은행에 근무하는 지인(知人)은 인터넷 뱅킹을 적극 만류한다. 해킹을 통한 사기 사건이 빈번하다는 것이다. 뿐이랴, 예전에 있었던 직업도 지나친 과학의 발달로 점차 사라져 가는 추세에 있다.

예전에는 수백 명이 했던 일을 간단한 기계 하나가 해치우고 로봇이 대신하는 세상이다 보니 직업군이 줄고 일자리는 더 좁아지는 추세다. 앞으로도 이 추세는 더하면 더했지 줄어들지 않을 것이다.

또한 의학의 발달로 인간 수명은 나날이 늘어 백세 시대를 살고 있다. 젊은이들은 취직이 안 되다 보니 3포 5포 시대가 대세처럼 여겨진다. 돈이 없으니 결혼은커녕 연애도 포기하고 따라서 출산도 포기해 3포 시대이고, 그러다 보니 대인관계마저 힘들어 포기하고 내 집 마련도 포기하는 5포 시대가 되고 만 것이다.

젊은 층 중에는 이태백(이십 대의 태반이 백수라는 뜻)이 지천이고 결혼을 기피하는 솔로들이 중년층에까지 확대되고 있다. 솔로의 계층에 든 사람들 중에는 경제능력의 부재 말고도 다른 이유도 포함돼 있다.

성격 이상자나 상처 이기심 등 그 밖의 여러 이유가 있다.

올해, 불혹을 넘긴 남수철은 술자리에서 툭하면 내뱉는 말이 있다.

"아휴! 난 결혼 안 한 게 축복이지 싶어. 만일 결혼했는데 나랑 똑같은 자식이 태어났다봐. 아유, 그건 재앙이지 재앙이야."

또 다른 솔로가 말했다.

"피가 더러운 집구석은 아예 씨를 말려야 해, 그건 사회악이 될 공산이 크거든."

"돌연변이도 있지 않나?"

"돌연변이 그거 웃긴 거 아냐? 피는 못 속여 피는 물보다 진하다니까."

"야! 그런 식으로 말하면 안 되지, 그렇다면 세상에 교육이 무슨 필요가 있냐?"

"요는 인간의 뇌 자체가 원래가 악하다는 거야. 성경 창세기에도 나와 있잖아, 인간의 생각이 어릴 때부터 항상 악하고 모든 계획이 악에서 출발한다고."

"난 뭐 꼭 그렇다고 생각하지 않아. 우선 역사적으로 따져 보자고. 조선의 태종왕 이방원은 골육상쟁을 벌인 악의 축이었다 치자. 그 아들은 세종대왕이야. 성군이 나타난 거라구. 그런데 세종대왕의 아들인 수양대군은 얼마나 포악한 왕이었냐? 자기 조카를 죽인 살인마 아니었냐고."

"성경에도 나오잖아 히스기야는 우상을 철폐하고 선정을 베푼 왕이었지만 그 아들 므낫세는 이스라엘 역사상 가장 악독한 왕이었잖아. 또 사무엘 선지자는 얼마나 위대한 통치자였나. 그런데 그 아들은 뇌물 받고 못된 짓만을 골라 했잖아."

"요는 핏줄 운운할 것 없어. 다 자기 하기 나름이야. 머슴 집 안에서 정승 나올 수도 있고, 안 되면 조상 탓하는데 다 자기 속 임수라고. 알코올 중독자 가정에서 태어났다고 다 중독자 되는 건 아냐. 그 속에서도 인재는 태어날 수 있다고 있다고. 아마 음 악가 베에토벤도 그랬다지."

"그럴 수도 있겠지만 확률적으로 따지면 쉬운 건 아니잖아. 결 혼할 때 집안내력을 왜 보겠냐? 다 그게 이유가 있는 거라고."

"글쎄 그렇다니까, 예술가 집안에서 예술가가 나오고 학자 집 안에서 학자가 나오고 노름꾼 집안에서 노름꾼 나오고 확률적으 로 따져보면 그렇지 않겠어?"

성공한 사람의 말은 성공담이 되고 실패한 사람의 말은 변명 이 된다. 세상은 변명을 들으려 하지 않는다. 다 실패한 듯 보여 도 성공인은 반드시 나오게 마련이니까. 한쪽 구석에서 말없이 술만 마시고 있던 얼마 전에 명퇴 당한 현기영이 말했다.

"그래 세상에는 기적이라는 게 있다고 하더라."

그러자 또 한 사람이 말했다.

"팔자와 운명이란 말도 있다더라."

"넌 어디서 그런 퇴폐적인 따분한 말을 하는 거냐? 술맛 떨어 지게 아무리 상황이 나빠도 그렇지 긍정적으로 말을 해야지."

"그러게 말이 씨가 된다는 말도 있잖아."

"그래, 그건 맞는 말이야. 내 모습이 꼭 그렇잖아."

출입구 쪽에서 연신 술잔을 비우던 김정애가 말했다. 그녀는 올해 40대 초반으로 결혼을 한 번도 하지 않은 솔로였다. 사람들은 그녀를 돌싱으로 착각하는 경우가 있지만 사실은 완전 솔로였다. 그래픽 디자인 쪽에서 꽤나 알아주는 인물인 그녀는 집안 빼고는 부족한 게 없었다. 인물도 반반한 편이고 경제 능력도 웬만한 남자 못지않았다.

그런데 술만 마셨다 하면 튀어 나오는 집안 내력이 가관이었다. 그녀의 어머니는 평생을 식당의 조리사로 살아왔다. 엄청난 중노동을 감당하면서 오직 가정 지키기에만 최선을 다했다. 남편은 평생을 백수건달로 놀고먹는 실업자였다. 하긴 그도 젊었을 때에는 직업이 있었다고 한다.

중국음식점 조리사로 일하던 그는 어느 날 동료의 꾐으로 음식점을 인수받았다가 망하고 말았다. 권리금도 없고 지나치게 임대료가 싸다 싶었다. 그래도 이번 기회가 아니면 영영 오너가 못 될 것 같아 무턱대고 인수를 했다. 그런데 알고 보니 그 음식점은 이미 근저당이 설정돼 있는 곳이었다.

빈털터리가 되어 술로 나날을 보내던 그는 어느 날 옛 애인을 만나 야반도주 하고 말았다. 처자식은 안중에도 없었다. 어릴 적, 앞뒷집에 살면서 정분을 쌓았던 두 남녀는 만나자마자 불꽃이 튀었다고 한다. 여자는 미국에 살고 있는 오빠의 도움으로 미국으로 갔는데 남자도 따라갔다.

그들은 미국에 안착해 알콩달콩 신혼부부처럼 깨가 쏟아지게 살았다. 남자는 중국음식점 조리사로 재취업했고 여자는 살림을 하며 지냈다. 둘 사이에 아이는 없었다. 부부 금슬이 꽤나 좋았던 모양이다. 15년이란 세월을 아무 문제없이 산 걸 보면. 그런데 어느 날 슈퍼마켓에 갔던 여자가 무장 강도에게 총을 맞고 사망하는 사고가 발생했다.

아내의 죽음을 목격한 그는 거의 폐인처럼 변해 갔다. 그리고 마지막이라는 심정으로 고국으로 돌아왔다. 술로 인해 몸은 만신창이가 되어 있었다. 그런 남편을 본처는 지극정성으로 돌봤다. 그녀에게 남편은 하늘이었다. 뼈 빠지게 일하며 자식들을 건사했고 남편을 신처럼 떠받들며 행복해 했다.

남편이 미국에 가 있는 동안 집안에 많은 일들이 있었다. 중학교에 다니는 딸이 가출해 정학 처분을 받았고 아들은 다니던 학교를 때려치우고 게임에 빠졌다. 딸은 일찌감치 남자에 눈을 떠 가출을 밥 먹듯 했는데 하는 짓이 제 아빠를 꼭 닮았다. 그게 바로 김정애였다. 그녀는 중학교를 간신히 졸업하고 고등학교도 여러 번 퇴학 위기를 겪으면서 다녔다.

마음이 헤퍼 아무 남자에게나 몸과 마음을 주었다. 그래도 정신 차리고 공부한 결과 디자인과를 나와 취직에 성공했다. 그녀는 어머니를 닮아 원래부터 손재주가 좋았다. 미술에 대한 감각, 특히 색감이 좋아 디자인에는 천재적인 능력을 발휘했다. 그녀의 오빠는 현빈 못지않은 미남이었지만 아버지를 닮아 게으르고 일하기를 싫어했다.

게다가 쓸데없이 돈 쓰기를 좋아했다. 당구장에 가서 당구치고 경마장에 가 도박에 미쳤다. 학교 공부는 아예 뒷전이었다. 김정애의 어머니는 그런 아들을 위해 몸이 부서져라 일하며 용돈 대주기에 바빴다. 혹시라도 아들 기 죽을까봐 소나타 승용차를 사주며 놀러 다니라고 했다.

미치기는 김정애의 어머니도 마찬가지였다. 집구석에서 뒹굴며 놀고먹는 남편도 모자라 아들 용돈에다 자동차까지 사주며 그녀는 미친 듯이 일했다. 딸은 남자들과 사고를 쳐도 끝까지 공부를 마쳐 취직을 시켰는데 문제는 아들이었다.

잘 생긴 우리 아들 모델이나 영화배우 시키면 어떨까?

그녀는 또 엉뚱한 꿈을 꾸었다. 사람들은 김정애의 코를 볼 때마다 의아심을 품었다. 혹시 성형수술 한 거 아냐? 사람들의 눈은 정확했다. 성형수술을 해도 너무 티가 나게 했기 때문이다. 김정애의 어머니는 어쩌다 한번 쉬는 휴일에도 알바를 나갔다. 하루 일당이 십만 원이었다. 몸이 부서져라 일하며 남편과 아들을 공대했다. 남편은 그렇지 않아도 게으른데 지병마저 있어 여간 신경질적인 게 아니었다.

미국에서 사랑하는 여인을 잃은 휴유증을 본처에게 고스란히 떠넘기며 폭군으로 행세했다. 병원에 갈 때는 꼭 콜택시를 불렀고 아내에게 온갖 험담과 욕설을 퍼부었다. 적반하장도 그 정도면 인간 말종 수준이었다. 그런데도 아내는 온갖 수모를 겪으면서 한마디도 못했다.

대신 직장에 일하면서 다른 직원에게 화풀이를 해댔다. 조그만 트집을 잡아 짜증을 부리고 대판 싸움질을 했다. 사람들은 그녀 등 뒤에 대고 말했다. 제 서방한테 실컷 당하고는 엉뚱하게 다른 사람에게 지랄 떠는구나.

그녀의 사정을 모르는 동료 조리사가 물었다.

"이렇게 힘들게 일하는데 남편한테 큰소리 좀 치고 사세요, 집안일도 시키고요."

그러자 그녀는 깜짝 놀라며 말했다.

"아이구, 그런 말 말아요. 그랬다간 당장 쫓겨나요."

그녀는 자식들에게도 무시를 당했다. 뼈 빠지게 일해서 번 돈 남편과 자식들에게 다 빼앗기고 나서 자신을 위해서는 정작 천원 한 장 쓰지 못했다. 그런 어머니를 지켜보면서 김정애는 참담한 심정으로 말했다.

"나는 엄마처럼 사느니 차라리 혼자 살겠어. 연애는 할망정 결혼만큼은 죽어도 안 할 거야. 두고 봐."

"그래도 좋아하는 남자 생겨 봐라. 시집 안 보내준다고 난리칠걸."

그녀는 김정애의 말을 대수롭지 않게 여겼다. 그리고 사윗감을 알아보기 위해 여기저기 물색을 했다. 사실 김정애에게는 교제하는 남자가 여럿 있었다. 그녀는 동시에 여러 남자 사귀는 걸 좋아했다. 남자마다 느끼는 감정이 다르고 스킨십도 다르니 그게 더 좋다고 했다.

술과 잠자리도 하면서 비교하는데 이상한 건 남자들이 전혀 프러포즈를 안 하는 것이었다. 술 마시고 잠자는 건 좋아하면서도 횟수가 거듭되고 나면 미련 없이 떠났다. 들리는 소문에 의하면 그녀는 그저 섹스 파트너였다는 것이다.

그럼에도 김정애는 전혀 그것을 눈치 채지 못했다. 중학교 때

부터 시작된 버릇이 성인이 되어서도 멈추지 않아 전혀 감각이
없었다. 남자의 마음을 읽는다든가 자신의 처신에 대해서도 깊
게 생각하지 않았다.

다만 왜 남자들이 자신의 몸만 탐할 뿐 결혼에 대해서는 입도
뻥긋하지 않는지 궁금할 뿐이었다. 하긴 결혼 이야기가 나와도
결혼할 생각은 추호도 없었다. 딸의 운명은 어머니를 닮는다는
이야기가 생각나서였다. 어머니는 나이 육십이 넘어서도 이곳
저곳을 다니며 일을 했다.

나이가 많아지자 조리사로 받아주는 곳이 없었다. 젊은 층들
이 비집고 들어왔기 때문이다. 젊었을 때부터 유난히 손맛이 좋
았던 어머니였다. 그래서 뛰어난 손맛으로 돈도 많이 벌어 들였
었다.

그런데 나이 먹고 보니 몸도 병들고 쌓이는 건 울분과 상처뿐
이었다. 툭하면 아프다고 떼쓰고 병원에 데려가 달라고 보채는
남편도 보기 싫었다. 평생 가족에 대한 의무감 없이 혼자 떠돌
아다니며 살다가 늙어 병드니까 본처에게 빌붙어 살면서 여전히
못된 짓만 하는 남편이 밉고 서러웠다. 급히 알바를 구한다 해
서 나가 보면 사람들은 질색을 하며 말했다.

"저, 아줌씨. 지난번에 짜증 부리고 난리쳤던 사람 아닌가요?
아이구 징해라. 저 사람과 같이 일하느니 차라리 안 할래요."

그러자 같이 온 조리사들이 이구동성으로 말했다.

"저 아줌씨라면 징하구먼요. 일하는 사람들헌티 어쩌나 짜증을
부리고 욕을 하고 싸움을 거는지 소문났구먼요. 나 저 사람이랑

같이 일하느니 차라리 집에 가겠슈."

　그녀는 조리사들 가운데 짜증내는 사람으로 소문나 있었다. 남편한테 말 한마디 못하고 동료들한테 온갖 짜증을 내고 트집 잡아 싸우는 사람으로 각인되어 있었다. 몸은 마디마다 관절염이 생겨 성한 곳이 없을 정도였다. 그런데 이젠 일하는 곳에서마저 왕따가 된 것이다.

　아들은 나이 사십이 되자 스스로 독립해 떠났다. 노래방을 차려 달라고 하도 조르기에 통장을 톡톡 털어 해주었더니 그곳에서 만난 여자와 함께 살림을 차려 살고 있었다. 그나마 더 이상 손 내밀지 않는 게 고마울 정도였다. 딸은 독립해 혼자서도 잘 살아가고 있었다.

　여기까지가 김정애가 술만 마시면 떠드는 이야기였다. 그녀는 부끄러운 줄도 모르고 자신의 과거 이야기를 쏟아놓으며 울었다.

　말로는 어머니가 불쌍하다고 했지만 그 안에는 자신도 사랑받고 싶다는 애원 어린 소원이 숨어 있었다. 수많은 남자를 만났지만 진정한 사랑은 한 번도 경험해 보지 못한 그녀였다.

　그녀는 생각했다. 세상에는 필연이라는 것도 있다던데. 어떤 힘으로도 끊을 수 없는 질긴 인연, 과거도 묻지 않고 순수한 감정 하나로 사랑할 수 있는 그런 인연, 그러고 보면 그녀가 말하는 솔로는 거짓임이 틀림없었다. 세상에 우연은 없다. 필연을 가장한 우연이 모여 사건을 만들어내고 운명이 탄생하는 것이다.

　그래서 불교에서는 옷깃만 스쳐도 인연이라 하지 않던가. 남수철은 김정애와 한 직장에서 근무하는 30대 후반의 만년 과장이었다. 그는 자신보다 두 살 많은 김정애를 마음에 두고 있었지만 들리는 소문에 의해 포기하고 말았다. 생각보다 그녀의 남자관계가 복잡했기 때문이다. 물론 그에게도 진심이라곤 없었다.

결혼을 염두에 두었더라면 자신보다 적어도 열 살은 어린 여자를 택했을 것이다. 그가 김정애를 마음에 둔 것은 단지 그녀의 몸매가 탐났을 뿐이다. S라인의 환상적인 몸매와 헤픈 마음은 언제라도 달려와 잠자리를 같이 해줄 것 같았다. 적당히 데리고 놀다가 버려도 미련 없이 떠나줄 여자였다.

생각 같아서는 모든 데이트 비용까지 그녀에게 물리고 자신은 그저 재미만 볼 심산이었다. 그래도 별 탈 없을 것 같았다. 만약 책임이라도 물을라치면 그는 이렇게 대답할 요량이었다.

"서로 좋아서 만났던 것 아닌가? 내가 언제 너한테 결혼이라도 약속했던 적 있었냐? 내가 나보다 나이도 많은 너를 설마 사랑이라도 한 줄 알았냐?"

이렇게 말하고는 쿨하게 굿바이 할 예정이었다. 그래서 그는 시간 날 때마다 김정애에게 다가가 온갖 친절을 베풀었고 술자리로 끌어들였다. 그걸 모르는 김정애가 아니었다. 그녀는 술을 적당히 마셔주면서 밀당을 했다.

그래서 자신을 진심으로 사랑해 주길 바랐다. 그게 얼마나 치사한 방법인 줄 알면서도, 그리고 매번 실패한 방법인 줄 알면서도 그랬다. 결과는 언제나 실패였다. 그때마다 그녀는 말했다. 열 계집 싫다는 놈 없다더니 너도 똑같은 놈이었구나.

하긴 사내놈들한테 진실이란 게 있기나 하겠어. 상처를 안 받았다면 백퍼센트 거짓일 터였다. 그럼에도 그녀는 그 어리석은 놀음을 계속하고 있었다.

말로는 솔로를 고수하겠다고 하면서도 내면은 절대 그렇지 않았다. 상처를 받았다고 해서 그대로 무너질 수는 없었다. 그녀에겐 오랜 세월 다져온 마음의 무기가 있었다.

즐길 때는 화끈하게 헤어질 땐 쿨하게.

이제 사람들의 시선 따위는 두렵지 않았다. 어차피 남자들이란 존재는 다 똑같다고 생각했다. 그 안에는 아버지를 향한 엄마의 일편단심과 그런 엄마의 마음을 이용한 아버지의 이기심이 묘하게 작용하고 있었다. 나만큼은 절대 손해 보지 않고 살리라. 결심하고 결심했건만 그녀는 언제나 피해만 봤고 손은 텅텅 빈 채였다.

마치 어머니처럼.

이상했다. 발버둥 치면 칠수록 자신의 운명은 어머니를 닮아 있었다. 평생 남편에게 외면당하고 온갖 짐을 진 채 살아온 어머니. 희생을 숙명처럼 여기며 늙어서조차 남편의 사랑을 갈구하며 사는 불쌍한 여인네의 삶이 어머니였다.

아버지는 아내를 헌신짝처럼 여기면서도 자식 사랑은 끔찍했다. 뒤늦게 자식 앞에 나타나서는 아비 노릇하겠다고 애썼다. 딸에게는 딸 바보 노릇을 할 만큼 애정을 나타냈는데 김정애는 그것이 결코 싫지 않았다. 부성애가 느껴졌던 것일까.

아내에게는 몰라도 딸한테는 알뜰살뜰 다정한 아빠였다. 그때마다 마음에 울리는 게 있었다. 엄마는 도대체 아빠한테 어떻게 했기에 그렇게 외면당하고 학대받으며 살았던 걸까.

아버지는 가끔 미국에서 함께 산 첫사랑 여인 이야기도 했다. 그녀야말로 자신의 마음을 따뜻하게 해준 고마운 여인이라며. 그녀를 잃었을 때 느낀 고통은 죽음보다 혹독하고 잔인한 것이었음을. 본처는 안중에도 없었다. 그때 김정애는 세상에서 가장 불쌍한 여인은 자신의 어머니였음을 가슴 깊게 느꼈다.

불쌍한 엄마. 한 번도 남편 사랑 받아 보지 못한 채 살다가 그래도 끝까지 아내로서의 도리를 다하고자 인정받고 싶어 하는 어머니. 이제 엄마는 남편의 마지막을 위해 지극정성을 다하고 있었다. 상조보험에 가입했고 남편이 죽으면 묻힐 묘자리도 알아보았다. 하지만 곧 남편의 반대에 부딪혔다.

그냥 납골당에다 하라고 했다. 그 명령마저 아내는 순순히 따랐다. 아버지는 눈을 감기 전 온 가족을 불러 모았다. 유언을 하려는가 보다. 모두 직감했다.

"너희들 나 가고 나면 너희 엄마 잘 모셔라. 평생 나 때문에 고생만 했다. 여보, 미안해 그동안 수고 많았어."

그 한 마디에 어머니는 대성통곡을 하고 무너졌다. 김정애도 그녀의 오빠도 모두 눈물을 쏟았다. 기적 같은 일이 벌어진 것이다. 죽으려면 마음이 변한다더니 그 말이 꼭 맞는 것 같았다. 그래도 한 가닥 마음의 양심은 살아 있었던 모양이었다. 그와 동시에 김정애의 마음에도 큰 변화가 일었다.

어머니는 장례를 치르는 내내 눈물을 동이로 쏟아냈다. 살아 생전 무슨 정분을 쌓았다고 저리도 서럽게 우느냐고 외갓집 식구들은 눈총을 주었다. 외삼촌은 매제의 영정을 한 번도 쳐다보지도 않고 가버렸다. 화장장에서도 어머니는 건물이 떠나려가라 울었다. 언뜻 보면 남편에 대한 엄청난 사랑처럼 보였지만 속내는 그렇지 않았다.

자기 설움 때문이었다. 평생 속 썩고 살아온 지난 세월에 대한 분노와 설움이 뒤섞여 눈물 바가지를 형성하고 있었다. 장례식이 끝나고 난 일주일 뒤 보험회사에서 통지가 왔다. 어머니가 아버지 몰래 들어놓은 사망보험이었다. 어머니는 그 돈을 가지고 평생 가보고 싶었던 제주도 여행을 떠났다.

그건 실로 기절할 만큼 쇼킹한 일이었다. 자신을 위해서는 단돈 천 원 한 장도 못 쓰던 사람이 여행이라니. 그것도 비행기 티켓을 끊어서 떠나는 여행이었다. 다음번에는 하와이 여행을 떠나가겠다고 했다. 누구와 함께 떠나느냐고 묻자 노코멘트 했다.

세상 살다 보니 별일도 다 있지. 김정애는 오빠와 함께 기함할 지경이었다. 그런데 그 여행 경비가 의문이었다. 아버지의 사망보험이라니 그렇다면 남편의 죽음을 기다리기라도 했단 말인가. 장례식장에서 그렇게 서럽게 울던 어머니가 아니었던가. 아무튼지 모를 건 사람 마음이었다.

"내 평생 뼈가 부서지도록 일해 이만큼 가정을 일구어 놓았으면 괜찮은 거 아니냐? 이젠 나도 날 위해서 살아야것다."

"그래, 이젠 엄마도 엄마 인생 살아야지, 언제까지 그 힘든 중노동 해가며 살겠어."

"내 온 몸 뼈마디마다 성한 곳이 한 군데도 없구나. 식당 일이란 게 중노동 중에서도 상노동이여."

그러고 보니 어머니의 몸피가 많이 줄어 있었다. 얼굴에도 검버섯이 피고 병색이 완연했다. 병원에 정기검진이라도 받아 보라고 말하려는데 어머니의 신세타령이 이어졌다.

"내 꽃다운 나이 열아홉에 시집와 하루도 쉬지 않고 일했느니라. 니 아버지 객지로 돌아치며 딴 짓 하지, 당장 먹고살 건덕지가 있어야지."

어머니는 한숨을 쉬고 나더니 장탄식을 이어갔다.

"나가서 딴 짓을 하든지 계집질을 하든지 그건 내 알 바 아니라 그거여. 처음부터 정이 없었으니께. 그려도 처자식 먹고살게는 해야 할 거이 아니냐 말여 내 말은. 돈은 벌어서 엉뚱한 딴 년 주머니 채워주고 나서 늙고 병드니께 내헌티 와서 병수발이나 들게 하고서, 망할 영감탱이."

"그래도 엄마는 끝까지 아빠한테 잘했잖아. 못된 투정 다 받아주면서."

"그거야 인생이 불쌍해서 그런 거지, 어차피 죽을 인생."

어머니 눈에 눈물이 고이기 시작했다. 저런 마음으로 무슨 하와이 여행을 가겠다는 건지. 제주도 여행을 다녀온 지 며칠 되지 않았는데 곧 하와이 여행을 가겠다며 서두른 지도 열흘이 되어 가고 있었다. 생전 한번도 가지 않은 백화점에 가 옷을 사고 가방과 구두도 사가지고 들어왔다.

이전에 같은 직장에서 일했던 조리사들을 만나 고급 음식점에 가 식사도 했다. 전문가들이라 그런지 먹으면서도 맛과 재료 등을 따지며 아는 체를 실컷 했다. 바뀌어도 너무 바뀌자 이상한 느낌이 들었다. 아버지가 그랬던 것처럼, 갑자기 마음이 바뀌는 것은 징조가 좋지 않다.

근래 들어 자주 피곤하다며 자리에 앓아눕고 밥술을 뜨다 말고 수저를 놓는 모양이 아무래도 수상했다. 김정애는 어린 시절부터 어머니 속을 너무 많이 썩혀 별로 살갑지 않은 사이였다. 결코 다정하지 않은 모녀 사이였다. 걱정은 됐지만 자꾸만 관심을 보이는 것도 어색하고 이상한 일처럼 여겨졌다.

백화점에서 사온 옷가지와 구두, 바퀴 달린 트렁크까지 챙겨들고 인천국제 공항으로 떠나던 아침이었다. 어머니는 대문간을 나서다 말고 쓰러졌다. 급히 119 구급대 실려 응급실에 도착했다. 결과는 예상대로 암 말기였다. 어머니는 자신이 암 환자라는 사실을 알고 있었을까. 그래서 여행이라는 카드를 꺼냄으로써 자신의 마지막을 준비하려는 것이었을까.

"엄마 알고 있었어?"

"뭘?"

"알면서……."

"니 아버지 병 수발 들면서 아무래도 이상하다 싶어 검사했더니 이미 암 말기라더라, 그 양반 그걸 알고 나더니 평생 안 하던 말을 하더라."

김정애는 알면서도 짐짓 물었다."

"뭐라고 했는데?"

"미안하다 수고했다, 그거지 뭐, 그래도 한 가닥 마음의 양심은 있었던 모양이다."

"엄마, 이제라도……."

"이제라도 뭘?"

"수술 받자, 수술 받으면 살 수 있대, 생식 위주로 식이요법하면 거 대체요법이란 것도 있다던데, 엄마 할 수 있는 대로 우리 최선을 다해 보자."

"니가 니 맘 편하자고 수 쓰는 거 같은디 잘 들어라, 정 니 마음이 그럴 것 같으면 사윗감 데리고 오거라, 그러면 내 수술도 하고 약도 먹고 그 대체요법인가 뭣인가도 해볼 텐게."

전혀 예상 못한 말에 김정애는 뒤로 나자빠질 뻔했다.

"엄마 그건 아니잖아."

"아니긴 뭘, 내 죽기 전에 사윗감 얼굴 한번만 봤으면 원이 없겠다."

"그러다가 결혼식 올리자고 할 걸?"

"그렇다면 더욱 좋고, 어떠냐? 이 에미 살리는 셈 치고 시집 한번 가주면 안 되겠냐?"

"노력해 볼게, 그러니 우선 수술날짜부터 받자 응?"

"수술 받아서 살 것 같으면 진즉에 받았지, 이미 때가 늦어서 소용없으니 사윗감 얼굴부터 보자고."

"없는 사윗감을 당장 어떻게 보여 달라는 거야? 그냥 공장에서 뚝딱 만들어내는 것도 아니잖아."

"거 있잖아, 전에 전화 자주 하던 그 남 뭣인가 하던 남자."

남수철을 두고 하는 말이 틀림없었다. 언젠가 밤 열두 시가

다 됐는데 남수철이 전화를 걸어와 술을 마시자고 한 적이 있었다. 누적된 과로로 쓰러지기 일보 직전인데 녀석이 생리적인 욕구가 급했던지 빨리 나오라고 성화를 해대고 있었다.

그때 전화상으로 하던 이야기를 어머니는 용케도 기억하고 있었다. 얼마나 사랑하는 마음이 급했으면 밤 열두 시에 나오라고 성화를 하겠는가. 엄마의 착각은 대단했다. 그 정도의 열정이 있는 남자라면 사윗감으로 손색이 없을 것 같았다.

"여자는 모름지기 자기를 사랑해 주는 남자를 만나 살아야 되는 거이다. 나 좋다고 죽자하고 매달리는 남자하고 살아야지 나만 좋아하면 말짱 헛거다. 나 봐라. 니의 아버지 좋다고 결혼했다가 평생 신세 조진 거."

"뭐야? 그럼 엄마가 아빠 좋다고 따라 다닌 거였어? 아빠가 엄마 좋다고 죽자하고 따라 다녔다며?"

"넌 그 말을 믿었냐? 사실은 내가 꾸며낸 거짓말이었다. 그러니 넌 그저 너 하나 좋다고 하는 남자 만나서 결혼해라. 그 바로 그 남인가 뭣인가 하는 남자처럼."

김정애는 남수철에 대해 어떻게 설명해야 좋을지 딱히 떠오르는 말이 없었다. 그 남자는 단지 직장 동료일 뿐 결혼할 만큼 가까운 사이는 아니다. 그냥 가끔씩 만나 술이나 마시고 즐기는 사이다. 그렇게 말하면 어머니는 펄쩍 뛸 것이다. 세상에 남녀 사이에 그런 게 어디 있는가. 서로 좋아서 만났으면 결혼을 하든가 책임을 져야지.

그게 바로 엄마의 이성관이었다. 엄마의 생각은 19세기 이전

보다 더 전근대적이고 보수적이었다. 그녀에게 있어 여자의 순
결은 목숨 걸고 지켜내야 할 덕목이었다. 그게 원인이 되어 결
혼한 게 바로 남편이었다. 동네에서 잘생기기로 소문난 총각을
따라다니다 어느 날 술김에 하룻밤 보낸 게 발각되어 꼼짝없이
결혼한 남자가 남편이었다. 남편은 여자를 건드렸다는 책임감에
옭매여 처갓집 식구들에게 혼쭐이 난 상태에서 결혼했다.

　당시만 해도 여자의 순결은 그만큼 목숨 같은 것이었다. 그런
구시대적인 발상이 아직도 통하는 줄 아는 모양이었다. 하긴 그
랬기에 그녀는 딸이 가출했을 때 자살 시도까지 했었다. 그러다
그게 반복되자 아예 포기하며 살다시피 하다 죽을 날이 임박하
자 마음이 급해진 것이다.

　이제라도 제대로 된 남자 만나 아들 딸 낳고 살면 지난날의
허물은 덮어지고 그냥저냥 살아지리라. 생각이 좁고 단순한 그
녀는 스스로 생각하고 결정 내렸다. 김정애는 난감했다. 죽은 사
람 소원도 들어준다는데 평생 고생만 한 엄마 마지막 소원 하나
못 들어주랴. 그녀는 마음이 조급했다.

　어떻게 하든 엄마의 소원을 들어주고 싶었다. 마지막 가는 길
마음 편하게 모시고 나서 효녀 노릇 하고 싶었다. 생전 하지도
않은 효녀 노릇을 하자니 마음이 여간 불편한 게 아니었다. 어
머니 대신 주방에 들어가 음식 만드는 일부터 집안 청소와 자질
구레한 일까지 일은 해도 해도 끝이 없었다.

　이렇게 집안일도 힘든데 우리 엄마는 그 힘든 식당일까지 이
중 삼중으로 중노동을 감당하며 살았구나. 더구나 남편 구박까

지 참아가며. 생각할수록 엄마가 불쌍해 눈물이 흘렀다.

그럴수록 그녀 마음속에 떠오르는 단어가 있었다. 그래, 엄마 소원을 들어드리자. 무슨 수를 쓰더라도 속임수를 쓰더라도 엄마에게 사윗감을 보여드리고 마음을 안심시킨 다음 수술 날짜를 잡자. 그녀는 핸드폰을 뒤져 남자들의 전화번호를 찾았다. 그러나 대부분 결혼했거나 여자의 목돈이나 노리는 좀비족들이었다.

그렇지 않으면 여자를 쾌락의 대상으로 여기는 남수철 같은 것들뿐이었다. 그녀는 남수철에게 전화를 걸어 모종의 제의를 할까 하다 그만 두었다. 사내에 떠도는 소문이 그에게 여자가 생겼다는 것이었다. 그것도 나이가 남수철보다 열 살쯤 어리고 은행에 근무한다는 능력도 짱짱한 여자였다.

이제 와서 남수철이 자신을 받아들일 이유가 전혀 없었다. 그때 김정애의 머리에 떠오르는 인물이 있었다. 언젠가 술좌석에서 세종대왕 이야기를 하면서 핏줄의 연계성보다 자신의 의지를 중요시하던 현기영이었다. 그는 사내에서도 소문난 크리스천이었다. 신앙 경력은 짧지만 그에게는 남들과는 다른 가치관이 있었다.

대부분의 사람들이 남의 허물을 들추어내고 비방을 하는 반면 그는 단점보다는 장점을 부각시키고 어떤 사람을 만나더라도 소통을 잘하는 사람이었다. 그래도 그렇지. 그의 귀에도 김정애라는 여자의 소문이 들어갔을 것이다. 하지만……. 김정애는 그에게서 어떤 가능성을 찾고 싶었다.

그에게 어떤 관심이나 애정을 바라는 건 아니었다. 그냥 조용히 다가가 어머니의 소원을 말하고 싶었다. 거절당할 게 뻔했지만 그래도 말이라도 꺼내고 싶었다. 현기영은 그녀보다 두 살 많은 43세였다. 한번 이혼 경력이 있었고 그래서 그 상처와 아픔을 신앙으로 극복하고자 애쓰는 중이었다.

7살 된 딸이 있었는데 전처가 데리고 살고 있다는 소문이었다. 이혼 과정이야 알 수 없었지만 그에게는 다른 사람과는 확실히 다른 어떤 믿음이 느껴졌다. 그 믿음이 김정애의 마음을 흔들게 했다. 그리고 엉뚱한 욕심을 품게 했다. 이제는 안정되고 싶다. 그의 마음을 통해.

그녀는 현기영에게 문자메시지를 날렸다.

"제가 토요일 오후에 급히 드리고 싶은 말씀이 있습니다. 시간 허락해 주시면 다시 문자 드리겠습니다."

믿거나 말거나 거절당하거나 말거나 어차피 밑져야 본전이라는 심산이었다. 그러나 마음 한편에서는 포기할 수 없는 소원 하나가 숨어 있었다. 문자를 확인 못했는지 현기영에게서는 아무 연락이 없었다. 그러면 그렇지. 김정애는 이번에는 전화를 걸었다. 혹시 제 문자메시지 확인 못하셨나요?

물을 참이었다. 긴급히 하고 싶은 말이 무엇이냐고 물으면 봄꽃구경을 가고 싶다고 대답할 요량이었다. 웬 봄꽃구경? 스스로 생각해도 어처구니없는 핑계였다. 길가를 지나는데 진달래가 너무 아름다워서요. 친구에게 구경을 가자고 했더니 모두 바쁘다고 해서요. 그녀는 마음의 대답을 준비하고 현기영이 전화 받기만을 기다렸다.

한참 신호가 울리고 났을 때 현기영이 전화를 받았다.

"네, 현기영입니다."

"네, 저 김정애예요, 지금 바쁘신가요?"

"네 저는 지금 시골 본가에 내려갔다가 지금 막 상경하는 중입니다."

"어머! 그러세요? 지금 어디쯤 오고 계신데요?"

"네, 양평 근처를 달리고 있습니다. 그런데 무슨 일로?"

"제 문자 받으셨나요? 연락이 없으셔서 전화 드렸어요."

"예, 좀 전에 확인하고 전화 드리려는 참이었는데 잘됐군요. 지금 어디 계신가요?"

"네 전 망우리 근처에 볼일이 있어 왔다가……."

"망우리? 그럼 잘 됐네요, 지금 창밖을 보니 봄꽃이 만개했네요. 그곳에서 중앙선 전철 타시고 양수리로 오세요. 한 30분쯤 걸릴 거예요. 저도 한 10분쯤 후면 양수리에 도착할 것 같네요."

"어머! 봄꽃 구경 좋지요. 그럼 잠시 후에 뵐게요."

그녀는 자신도 모르게 목소리 톤이 높아졌다. 그리고 전에 없이 마음이 설레기까지 했다. 김정애는 자기 승용차도 있었지만 일부러 전철을 이용하기로 했다. 사실 망우리에 볼일이 있어 나왔다는 건 거짓말이었다. 엄마가 사는 집이 망우역 근처에 있었다. 그녀는 거리에 만개한 봄꽃을 보면서 저절로 낭만에 들떴다.

진달래와 개나리가 거리 화단을 덮었는데 마음이 솜사탕처럼 부드러워지는 것 같았다. 따스한 봄볕이 마음마저 힐링하는 것 같았다. 집에서 나와 망우역을 향하는데 주변에 전자상가와 의류상가가 봄을 상대로 장사하는 걸로 보였다. 전동차를 타기 위해 계단을 오르고 내리면서 김정애는 묘한 환상에 사로잡혔다.

계단을 오르고 내릴 때마다 인생길이란 단어가 생각났다. 길이란 두 가지 의미에 대해서도 묘한 감흥이 일었다. 길은 로(路)의 의미와 도(道)의 의미를 언뜻 떠올리게 한다. 인생길은 이 두 가지 의미를 모두 내포하고 있다. 그런데 나는 이 인생길을 너무 무책임하고 쉽게 방만(放漫)하게 살아오지 않았던가.

그저 본능이 시키는 대로 오직 만족감에 취해 내일에 대한 구체적인 계획이나 의미도 상실한 채 말이다. 순간 자괴감이 전신을 휩쓸고 지나갔다. 전동차에 오르는데 남자들이 그녀의 몸을 쳐다보며 묘한 웃음을 흘렸다. 손가락으로 S자형을 그리며 서로 웃음을 주고받았다. 전에는 그런 동작에도 아무 느낌이 없었는데 순간적으로 모욕감과 슬픔이 느껴졌다.

전동차는 역을 지나면서 아름다운 봄의 정경을 담아냈다. 정물화와 풍경화를 차례로 보여주면서 산 그림자가 비친 강물도 담아냈다. 양수리는 청소년 시절에 여러 번 와본 곳이기도 하다. 또래의 남학생들과 어울려 몰려다니 어른들에게 눈총을 받기도 했다. 느티나무 밑에서 캔 맥주를 마시고 놀다 강물로 뛰어들었다가 죽을 뻔한 친구도 있었다.

그때 갈대숲 옆에서 유영하는 오리떼와 밤섬 뒤로 흐르는 산안개를 보면서 생명의 빛깔을 보았었다. 하늘과 맞닿은 강물은 산 그림자를 안고서 사람들의 시선을 끝까지 당기고 있었다. 그날 술 마시고 노래방 가서 춤추며 놀다 근처 여관방에 단체로

들어갔다가 신고를 받고 출동한 경찰들에게 붙잡혀 가 혼쭐이
난 기억이 났다.

그날 경찰들은 싸가지 없는 어린것들이라며 집 전화번호를 대
라고 소리를 질러댔다. 대학시절에는 짝짓기 미팅을 갔다가 불
나방처럼 하룻밤을 지내고 온 적도 있었다. 남자들은 쾌락에는
적극적인 반면 마음은 얼음보다 냉정하고 칼끝보다 날카로웠다.
미련 같은 건 먼지만큼도 없었다. 그게 쾌락과 사랑의 차이라는
걸 김정애는 나이 사십이 다 가까워서야 깨달았다.

생각할수록 지난날이 후회스러웠다. 어쩌면 그건 다 남수철의
말대로 핏줄의 영향인지도 모른다. 본처를 버리고 고향 처녀를
만나 야반도주하고 나서도 전혀 반성의 기미도 없이 본처를 학
대했던. 그녀는 공연히 모든 탓을 아버지한테 돌리며 책임전가
아닌 책임전가를 하고 있었다.

그러다 또다시 현기영이 한 말이 떠올랐다.

"성경에도 나오잖아. 히스기야는 우상을 철폐하고 선정을 베푼
왕이었지만 그 아들 므낫세는 이스라엘 역사상 가장 악독한 왕
이었잖아. 또 사무엘 선지자는 얼마나 위대한 통치자였나. 그런
데 그 아들은 뇌물은 받고 못된 짓만을 골라 했잖아."

"요는 핏줄 운운할 것 없어 다 자기 하기 나름이야. 머슴 집안
에서 정승 나올 수도 있고, 안 되면 조상 탓하는데 다 자기 속임
수라고. 알코올 중독자 가정에서 태어났다고 다 중독자 되는 건
아냐. 그 속에서도 인재는 태어날 수 있다고 있다고 아마 음악
가 베토벤도 그랬다지."

그렇다면 DNA보다 강한 힘은 무엇일까.

본능보다 강하고 용수철처럼 튀어 오르는 욕망을 제어할 수 있는 강력한 힘은 어디에서 오는 걸까? 과연 그런 힘이 존재하기는 하는 걸까. 전동차가 강물을 건너고 이윽고 목적지에 닿았다. 그녀는 전동차에서 내려 계단을 오르면서 마음속에 떠오르는 많은 의문부호를 보았다.

역사(驛舍) 밖에는 고급 커피숍과 음식점이 행락객들을 맞이하고 있었다. 갈대숲 속에 호수 길을 따라 산책로가 형성돼 있었다. 그 옆 아스팔트에는 자동차가 자연의 바람을 가르며 달려가고 있었다. 그녀가 사방을 휘둘러보는데 낯선 얼굴이 나타났다. 현기영이었다. 그가 자동차에서 내리면서 그녀에게 악수를 청했다.

"회사 밖에서 만나 뵙는 건 처음인 것 같은데 맞지요?"

그는 어울리지 않는 멘트를 날리며 그녀에게 자동차에 오르라고 손짓을 했다. 김정애는 별 거부감 없이 현기영의 옆자리에 올라탔다. 자동차는 주변 상가를 지나더니 금세 두물머리 강가에 닿았다. 현기영이 자동차를 근처에 있는 주차장에 맡기고 나타났다. 그는 품속에서 선글라스를 꺼내 끼더니 주변을 한참이나 돌아보았다.

"자연이야말로 창조주께서 인간에게 베풀어주신 가장 큰 혜택이자 은총이 아닐까 싶네요. 자연은 이토록 아름답고 신선한데 오직 사람들 마음만 부패했으니까요."

김정애는 현기영의 선글라스 낀 모습이 어색하고 갑자기 거부감이 일어 아무 말도 떠오르지 않았다. 내가 왜 이 남자에게 문자를 날렸을까. 무슨 기대감을 가지고.

"설마 이런 밖에서 회사 이야기를 하자는 건 아닐 테고 무슨 특별한 말씀이라도."

현기영은 진지하게 약간은 호기심 가득한 목소리로 물었다. 선글라스를 끼고 있어 그의 눈빛 표정을 읽을 수는 없었다.

"왜 저랑 밖에서 이렇게 만나는 게 소문이라도 날까봐 부담스러우세요. 그래서 선글라스를 낀 건가요?"

"실은 그게 아니고 제가 햇빛 알레르기가 있는데 눈이 좀 안 좋아서요. 미리 미리 방지하면 좋잖아요."

"사실 저희 어머니께서 많이 편찮으세요."

김정애는 본론부터 말했다.

"저런, 무슨 몹쓸 병이라도."

"네, 암 말기에요."

현기영은 한참 동안 말이 없었다.

"무슨 말로 위로해야 할지, 사실 저희 큰어머니께서도 암으로 돌아가신 지 십년쯤 됐습니다. 오늘이 기일이라서 다녀오는 중이었습니다."

"네에, 그러세요."

마음이 급한 그녀는 작정한 듯 말했다.

"수술만 받으면 살 수도 있다는데 저희 어머니께서 굳이 싫다시며 사윗감만 데려오라는 거예요, 제가 솔로를 선언한 지가 벌써 언제 적 이야긴데."

　주변을 들러보니 느티나무 아래서 젊은 커플들이 셀카를 찍고 있었다. 햇살 아래 흐르는 물살이 평화라는 단어를 생각나게 했다. 언젠가 길가를 지나다 복음성가를 들은 기억이 났다.

　내게 강 같은 평화 내게 강 같은 평화 넘치네.

　왜 평화를 강물로 비유했을까. 바람만 불면 당장 파도가 칠 텐데. 현기영은 선글라스를 벗더니 강 건너편을 한참 바라보았다.

　"이쪽은 양평군이고 강 저 편은 광주군이래요. 강 하나 사이로 군이 나뉜 셈이죠."

　그러더니 그가 손가락으로 사방을 가리키며 말했다.

　"주변에 봄빛이 완연해요. 온통 샛노란 진분홍 새하얀 그리고 초록빛이네요. 자연은 사람의 마음을 순수하게 만드는 촉매제 같아요. 그래서 사람들이 주말만 되면 너도 나도 여행을 가나 봐요."

　그러고 보니 두물머리 전체가 봄 색깔로 터치 당하고 있는 느낌이 들었다. 오묘한 색상의 조화가 조물주의 솜씨를 자랑하는 듯 경이로웠다.

　"제가 아까 그랬죠, 제 큰어머니가 암으로 돌아갔다고요."

　현기영은 침울한 표정을 지었다.

　"그런데요?"

　"제 큰어머니는 제 아버지의 본처, 그러니까 제 어머니는 첩실이었어요. 그러니까 전 첩의 자식인 셈이죠. 제 큰어머니 사시면서 참 마음 고생 많이 하셨어요. 드라마같이 뻔한 이야기지만,

그래서 암에 걸려 고통당하시다 가신 건 아닌가 마음이 늘 아팠어요."

　김정애는 현기영의 친모에 대해 묻고 싶었지만 참았다. 자칫 잘못했다간 그의 아킬레스건인 이혼이야기까지 나올 것 같아서였다.

　"큰어머니가 돌아가신 뒤 제 어머니는 아버지와도 헤어지셨어요. 마치 큰어머니의 죽음이 자신의 탓인 양 자책하시면서, 청소년 시절 엄청 방황했던 적이 있었어요. 첩실 자식이라는 손가락질과 상처 때문이었죠. 그래서 어머니 속도 많이 썩혀 드리고 그랬는데, 성인이 되어서는 그게 피해의식으로 남아 사사건건 말썽인 거예요. 어느 날 정신 차리고 보니 제가 이혼남이 되어 있더라고요. 후회감과 자책감으로 폐인이 되기 직전에 신앙을 갖게 됐어요. 생각이 바뀌면서 가치관이 달라지더라고요. 안정도 찾고 새로운 시야가 생긴 거 같아요. 그런데 오늘 만나자고 하신 이유가?"

　그는 자기 이야기를 한참 늘어놓더니 김정애를 바라보며 또 물었다.

　"저 역시 어두운 청소년 시절을 보냈어요. 그때는 죄가 무엇인지 의(義)가 무엇인지 가치관도 없었어요. 그저 되는 대로 산 것 같아요. 제가 오늘 무슨 이야기를 하는지 모르겠네요."

　그녀는 현기영의 질문과 전혀 다른 이야기를 하며 울먹거렸다.

　"저희 엄마가 젊은 시절 고생을 너무 많이 하셨어요. 아빠가 집 나가 가족들을 전혀 돌보질 않았어요, 그런데 자식들도 엄마

속을 썩이면서 이중고를 겪게 하고는. 이제 살만하다 싶으니까 말기암이래요. 세상에서 가장 불쌍한 사람이 우리 엄마예요. 평생 고생만 하면서 상처만 받고."

현기영이 이해가 간다는 듯 고개를 끄덕였다.

"전에는 몰랐는데 살다 보니 자꾸 죄책감만 들어요. 좀 더 의연하게 현실을 받아들이고 의롭고 선하게 살 수도 있었을 텐데 후회막급이에요."

"세상에 살면서 죄 안 짓는 사람이 어디 있겠어요?"

현기영은 발밑에서 작은 돌을 줍더니 강물 속에 퐁당 던졌다.

"작은 돌멩이도 가라앉고 큰 돌멩이도 강물 속에 가라앉아요, 요는 회개하느냐 않느냐의 차이지요."

회개? 김정애는 회개라는 단어에 필이 딱 꽂히는 느낌이 들었다. 그래 회개라는 단어가 있었구나.

"전에는 그런 걸 몰랐는데 신앙을 갖게 되면서 달라진 게 있어요. 나도 누군가를 위해 봉사하는 심정으로 살아야겠다. 그런 마음이요. 유럽에 가면 집시족들이 있대요. 그들은 거의 사람 취급을 받지 못하고 사는데 아이들이 너무 불쌍해요. 아이들은 아버지가 누군지도 모른 채 태어나는데 평생 사랑은커녕 양말 한 번도 신어 보지 못한 채 살아가요. 그들에게는 아예 아버지란 단어조차 없대요. 그들은 일을 하지 않기 때문에 가난이 대물림되고 주변 사람들로부터 혐오의 대상이 된대요. 아이들이 태어나면 정부에서 3000 달러의 보상금이 나오는데 그 때문에 어린 여자아이들이 임신을 하고 출산을 하는 거예요. 그것도 근친상간으로."

현기영은 흐르는 눈물을 감추느라 먼 산을 바라보았다.

듣는 김정애 역시 가슴이 주체할 수 없을 만큼 아파왔다.

"불쌍한 아이들은 거리의 짐승처럼 살아가는데 누군가 한번만 머리를 쓰다듬어 주어도 행복해서 눈물을 흘린대요. 태어나 한 번도 사랑을 경험해 보지 못하고 죽어가는 아이들이 어디 그들 뿐이겠어요. 직접 돕지는 못하지만 조금씩 후원금을 보내고 있어요. 그리고 올해부터 단기선교를 떠나면서 그들을 좀 더 가까이서 보고 돕기 위해 모임을 결성했어요."

현기영은 마치 김정애를 상대로 선교전략이라도 짜듯 진지한 표정으로 말했다.

"성경에 이런 말씀이 있어요. 너희는 옛적 일을 생각지 말라, 보라 이전 것은 지나갔으니 새것이 되었도다."

김정애는 난감했다. 어머니 이야기를 어떻게 꺼내야 좋을지 머릿속에서 계속 생각하는데 현기영은 이참에 죄인 한 사람 구원이라도 할 것처럼 말하고 있었다.

"영화 '약속' 보셨나요?"

뜬끔 없이 무슨 영화 이야기람.

"영화 약속 중에 이런 대사가 나와요, 죄가 더한 곳에 은혜가 넘친다고."

그때였다. 김정애의 핸드폰이 요란하게 울려댄 것은.

"정애야, 빨리 집에 와라. 엄마가 위독하다."

그녀의 오빠였다. 김정애는 너무도 놀라 쓰러질 뻔했다.

"오빠! 지금 무슨 소리 하는 거야? 좀 전까지만 해도 말짱했었는데, 나랑 점심도 같이 먹고 이야기도 했는데."

김정애는 발악하듯 말했다.

"왜요? 어머니께서 많이 편찮으시대요?"

"네, 저 좀 저희 집까지 태워다 주실 수 있으시죠?"

"네 물론이죠."

현기영은 위독이라는 단어 앞에 한 영혼의 구원을 생각했고 자동차에 오르자마자 급히 액셀을 밟았다. 마음은 조급한데 길은 한정 없이 밀렸다. 주말이라 정체가 끝없이 이어졌다. 가는 동안 김정애는 오빠에게 수없이 핸드폰을 걸었고 현기영마저 마음이 조급해졌다. 이윽고 자동차가 망우리 근처에 닿을 무렵이었다. 김정애가 말했다.

"잠깐만이라도 저희 집에 들렀다 가시면 안 될까요?"

현기영은 속으로 생각했다. 안 그래도 그럴 참이다. 온 천하보다 한 생명이 귀하다 했는데 이 기회를 놓칠 수는 없지. 내 꼭 열매를 맺고 말리라.

그들이 김정애의 어머니가 누워 있는 안방 문을 넘었을 때였다. 방안에 있던 사람들의 눈길이 한꺼번에 그들에게 쏠렸다. 김정애의 어머니는 사력을 다해 자리에서 일어나려다 도로 쓰러졌다. 그의 입가에 만족한 미소가 번지고 있었다. 그는 딸의 손을 잡으며 말했다.

"내 이제 죽어도 원 없다. 저 사람이 바로 그 사람이냐 선하게 생겼구나."

한숨을 토하듯 말하고는 현기영을 향해 무언가 말하려는 듯 손짓을 하더니 그대로 눈을 감고 말았다. 동시에 김정애의 입가에서 통곡이 터져 나왔다. 그러자 감색 양복을 입은 남자가 고인에게 다가가더니 이불을 머리끝까지 덮어 올렸다. 차림새나 표정으로 보아 그는 목사 같았다. 손에 든 성경을 펼치더니 말했다.

"그 아들 예수의 피가 우리를 모든 죄에서 깨끗케 하실 것이요 라고 했습니다. 고인께서는 그 말씀을 받아들이시고 구원과 영생을 허락 받으셨습니다. 우리 모두 천국 환송예배를 드립시다."

찬양이 울려 퍼지자 김정애는 더한층 소리 높여 울었다. 목사 일행은 김정애의 오빠 부부가 나가는 신도들이었다. 현기영은 잠시 찬양을 따라 부르다 밖으로 나갔다. 방안에서는 찬양소리와 김정애의 통곡이 얽혀 흐르고 있었다.

현기영은 김정애의 어머니가 왜 자기를 보고 웃었는지 손짓을 하며 무언가를 말하고 싶었는지 잠시 생각에 잠겼다. 그리고 김정애가 갑자기 자기를 불러낸 이유에 대해서도 궁금증이 일었다. 하지만 지금은 그럴 때가 아니었다.

그는 동료들 핸드폰에다 김정애 모친의 부고 소식을 카톡으로 날리면서 자동차에 올랐다. 그는 운전하는 내내 생각했다. 내가 조금 전에 김정애를 만나 무슨 이야기를 한 걸까?

어쩌다 그녀 집까지 따라 가게 된 걸까? 한 영혼구원을 위해서? 자동차가 사거리를 지나 횡단보도 앞을 지날 때였다. 김정애에게서 짧은 문자가 왔다.

「오늘 도와 주셔서 감사합니다. 덕분에 좋은 말씀 많이 들었습니다. 다음번에 또 듣기 원합니다. 김정애 올림」

뒤에 하트 모양이 세 개 찍혀 있었다. 현기영은 왠지 기분이 좋았다. 그 안에 자신도 모르는 어떤 영적 만족감이 강하게 흐르고 있었다. (2019년 순수문학)

외출

   석금동은 아내의 의족이 부끄러웠다. 양말을 걷어 올리면 드러나는 플라스틱 재질의 그 딱딱한 감촉. 생전 처음 보는 그 이물질은 신혼 첫날부터 그의 열등감을 폭발시켰다. 하고 많은 여자 중에 다리병신이라니…….

   이미 알고 있는 사실이었지만 그는 참으로 난감했다. 이제 와서 무를 수도 없고…….

   비록 배운 것 없고 가진 것 없어도 그에겐 나름대로 꿈이 있었다. 그것은 외모가 번듯한 아내를 만나 친구들 앞에 내놓고 자랑하는 것이었다.

   "봐라, 니놈들이 그동안 나를 깔보고 욕했지만 내 마누라는 니들보다 훨씬 예쁘지 않냐. 내가 니들보다 못 배우고 못난 건 사실이지만 마누라만큼은 니들한테 비할 것이 아니다."

   사실 그가 고향인 수릿재에 살 때만 해도 고향엔 예쁜 처녀가 많았다. 그래서 온 동네 총각들이 군침을 흘리며 다가섰지만 어림도 없었다. 얼굴이 잘났든 못났든 처녀들은 도회지 총각 아니면 쳐다보지 않았다. 읍내에서 농고를 나오고 꽤 잘생긴 편에 속한 철식이 민완이도 모두 퇴짜를 맞았다.

　처녀들은 농촌 구석에 엎드려 죽어라 일을 하느니 못 살아도 도회지로 나가고 싶어 했다. 그 중에 인물이 못나고 집안 형편이 어려운 용자와 길숙이도 여러 차례의 맞선 끝에 도시로 시집을 갔다. 간신히 중학교만 나오고 못 생긴 그에게는 아무도 시집오려고 하지 않았다. 더구나 그의 어머니는 동네에서도 드세기로 소문나 있었다.

　걸핏하면 욕설과 주먹질부터 해대는 바람에 남자들조차 상대하기를 싫어했다. 일찍 청상과부가 되어 아들 하나 믿고 살아온 터라 어느 며느리가 들어와도 고생할 게 뻔했다. 모두 악조건뿐인데도 노인네의 기세는 언제나 등등했다.

　아들 가진 위세를 부리고 싶어 안달이 났지만 아무도 딸 줄 생각을 안 했다. 더구나 내세울 조건은 쥐뿔도 없는 주제에 아들은 한사코 미인만을 원했다. 주제를 몰라도 한참 몰랐다. 이상했다. 예나 지금이나 남자들은 못나고 무능할수록 한사코 미인만을 원했다.

　나이 삼십이 넘어서도 마땅한 혼처가 나서지 않자 그제야 모자는 현실을 감지하기 시작했다. 인물은 좀 없어도 좋으니 건강하고 마음씨 착한 처녀를 구해 달라. 그러나 인물 없는 처자도 그 집안 내용을 듣고 나면 모두가 고개를 흔들며 싫어했다.

　"고생바가지를 쓰고 싶어 환장을 했냐. 그 집구석으로 들어가게 그러느니 아예 처녀로 늙어 죽겠다."고 입을 모아 거절했다.

　모자의 소문이 어찌나 나쁘게 났던지 나중에는 중매하려는 사람조차 끊기고 말았다. 궁리 끝에 모자는 가산을 정리해 동네를 떠났다. 그리고 백 리쯤 떨어진 서울 근교로 이사를 와 둥지를 틀었다. 그리고 시장에서 가게를 얻어 장사를 시작했다.

아들은 인수받은 방앗간 기계를 돌렸고 어머니는 고추를 말리고 빻는 일을 했다. 그러면서 여기저기 중매를 부탁했다. 기골이 장대한 아들은 어머니를 닮아 인상이 험악하고 성격 또한 매몰차고 그악스러웠다. 게다가 못 배운 열등감에다 여자 보는 안목까지 높아 번번이 성사에 실패했다.

맞선 자리에 나서면 가식적인 웃음과 허세 섞인 거짓말로 능치며 상대를 속이려 들었지만 눈치 빠른 처녀들은 모두 고개를 돌려 외면했다. 얼굴 예쁜 아가씨에게 반해 온갖 아부 발언을 하며 일을 몰아붙였다가 곤욕을 치른 적도 있었다. 여자가 남자의 직업을 문제 삼고 나선 것이다.

하필이면 왜 방앗간인가. 그렇담 나보고 일평생 방앗간에서 일이나 하다 죽으란 말인가. 그러자 아들은 급한 김에 말했다. 방앗간 일은 어머니와 내가 할 일이지 아내 몫은 아니다. 여자가 말했다. 그렇담 시어머니와 분가하게 해달라. 그리고 결혼 예물로 각종 패물을 요구했다.

목걸이 귀걸이, 반지 세트는 물론 따로 다이아 반지도 요구했다. 거의 천만 원 대에 해당하는 액수였다. 그러면서 한다는 말이 일생에 한번 하는 결혼인데 그 정도쯤은 해줄 수 있지 않느냐고 오히려 반문하는 것이었다.

"그 정도쯤이야……."

여자의 말에도 어느 정도 일리가 있다고 생각했다. 일생에 한 번 하는 결혼인데 여자가 보석에 욕심내는 것은 당연한 일이라 생각됐다. 그는 빚을 내서라도 그녀가 요구하는 대로 각종 패물을 해 줄 요량이었다. 그만큼 여자를 놓치기 싫었다. 그러나 그는 어머니의 눈치를 보지 않을 수 없었다. 그래서 신혼기간만이라도 나가 살게 해 달라고 졸랐다.

그러자 노인네는 거품을 물고 뒤로 쓰러졌다. 끝내는 자살 소동까지 벌이며 결사반대해 막판에 깨지고 말았다. 아들과 어머니는 그 일로 인해 한동안 옥신각신 다퉜다. 그리고 그 사건은 아들의 기억 속에 상처라는 치명타를 날렸다. 그후 세월이 얼마 지나 아들은 아내를 맞고 두 딸을 보았으면서 그때의 기억을 고스란히 안고 있었다.

그 여자의 맑고 흰 피부와 날씬한 체격, 그리고 자신의 주장을 한 치도 양보할 줄 모르는 당당함까지……. 그건 잊지 못할 단 하나의 추억이자 아픔이었다. 그는 한동안 방황을 거듭했다. 그 이면에는 어머니에 대한 원망도 한쪽 끼어 있었다. 하지만 그것을 발설했다간 언제 또다시 어머니가 소동을 벌일지 몰랐다.

그만큼 노인네는 성정이 완악하고 포악했다. 어찌 보면 노인네에게 있어 아들은 삶 그 자체인지도 몰랐다. 아들은 늘 밖으로만 나돌았다. 술만 마셨다 하면 옛 애인을 그리워하며 눈물로 밤을 지새웠다. 그 눈물 속에는 어머니에 대한 원망도 끼어 있음을 노인네도 눈치 챘다. 노인네는 그런 아들을 볼 때마다 울화가 치밀어 올랐다.

"그년이랑 헤어진 게 왜 내 탓이냐, 그렇게 인물이 반반한 년이 어쩌다 그냥 한 번 한 말을 가지고 결혼을 강행하려 했던 네 놈이 어리석은 것이지, 말인즉 그년은 애초부터 시집 올 마음이 없었던 거다. 시집살이 핑계 댄 것도 다 그런 이유에서다."

그러나 그 말은 아들의 상처에 기름을 끼얹을 뿐이었다.

"어찌됐든 엄마가 그때 걸고넘어지지만 않았어도 결혼했을 거 아녀유, 그렇다면 저런 다리병신 하고 안 살아도 됐을 테고."

그런 대화를 며느리가 있는 자리에서 천연덕스럽게 주고받았다. 아내는 신혼 첫날 왼쪽 다리에서 의족을 떼 내며 그에게 어떤 동조를 구하고 있었다. 자신의 가장 부족하고 나약한 부분을 보이면서 위로받고 싶다는 일종의 구애(求愛)의 표시였다.

화가 난 그는 의족을 문 쪽을 향해 힘껏 던져 버렸다. 자신의 기대가 산산이 부서진 까닭일까. 그녀는 나이 삼십이 넘도록 고이 간직해온 순결이 무참히 짓밟히는 고통과 함께 신혼 첫날밤을 눈물로 지새우고 말았다.

석금동은 아내 덕에 간신히 먹고사는 주제에 눈은 다락같이 높고 유난히 처자에게만 기가 셌다. 남에게는 말 한마디 못하고 비굴하게 굴면서도 처자만 보면 철천지원수 대하듯 했다.

꼭 깡패 똘마니 같은 인상답게 걸핏하면 욕설이요 게다가 변덕이 죽 끓듯 했다. 또 그는 가만히 있다가도 옛 여자가 생각나면 빛바랜 사진을 꺼내들고 눈물을 질금거렸다. 그 여자의 세련된 외모와 당당한 태도, 뒤로 물러설 줄 모르는 오기까지……. 무엇 하나 매력 아닌 게 없었다.

고향에 있을 때 예쁘기로 소문난 미애도 그녀와 비교할 바가 아니었다. 그는 텔레비전 연속극을 보다가도 곧잘 여자를 떠올렸고 그리움의 눈물을 흘렸다. 그 모양을 보고 있던 아내가 그녀의 행방을 묻자 그는 도끼눈을 뜨며 말했다.

"왜 알면 찾아다 줄 테냐?"

마치 그녀와 헤어진 이유가 아내 때문이기라도 한 듯 사나운 눈을 부라렸다. 술에 널브러지면 그는 온종일 방구석에 처박혀 잠을 잤다. 배가 고프면 저잣거리를 헤매며 먹을 것을 탐했고 아내가 힘들여 일해서 번 돈으로 사창가로 기어 들어가 호기를 부렸다. 그곳에서도 그는 미인만을 원했다.

나이가 들어 보이거나 못생긴 여자는 거들떠보지도 않았다. 그는 오직 본능에만 충실했다. 식욕과 성욕에만 탐닉했다. 끼니 때마다 밥상에 고기가 올랐다. 그는 주로 돼지고기 삼겹살을 좋아했다. 혼자서 두 근이나 먹어 치운 적도 있다. 과로로 쓰러진 아내가 병원에 데려가 줄 것을 간청해도 들은 체 만 체했다.

워낙 어릴 때부터 노인네가 싸고돌아 제 한 몸밖에 몰랐다. 인정미라곤 손끝만큼도 없는 인간이었다. 아내가 집안일을 의논해 오면 노인네와 이야기해 결정했다. 그는 제 딸들에게 들어가는 돈에도 그렇게 인색할 수가 없었다. 더구나 아내가 쓰는 돈에는 단돈 천 원 한 장에도 벌벌 떨었다.

"병신 주제에 방앗간에 엎드려 일이나 할 것이지 새 옷은 무슨……. 그 몸에 새 옷 걸친다고 달라지냐?"

"그래도 집안 잔치나 결혼식에 가려면 새 옷이 필요하잖아요."

"글쎄 넌 그런데 안 가도 된다니까. 엄마랑 나랑 가면 되니까 넌 방앗간이나 잘 지켜."

어릴 때 당한 교통사고의 후유증은 그만큼 그녀의 삶 전체에 치명타를 가했다. 친구인 명애를 따라 신작로 길에 난 참외밭에 서리를 갔다가 주인에게 들키는 바람에 급하게 뛰어가다 생긴 사고였다. 서울에서 여름 수련회를 하기 위해 내려온 여자 전도사의 자가용에 치어 왼쪽 다리가 그대로 주저앉은 것이다. 그녀가 수술을 받는 동안 밖에서는 고함과 욕설이 난무했다.

합의금을 놓고 부모가 무리한 요구를 하는 바람에 여자 전도사가 진땀을 빼고 있었다. 수련회를 인도하기 위해 내려왔던 전도사는 그 건 때문에 그야말로 옴짝달싹 못하고 피해보상금 전액을 물어주고 말았다. 다행히 수술은 성공리에 끝났고 의족을 달면 생활에 큰 불편은 없을 거라는 결론이 내려졌다. 수련회가 끝나고 서울로 올라가기 직전 전도사가 찾아왔다.

"아직 어린 나인데……. 뭐라고 위로의 말을 해야 할지……. 성경에 이런 말씀이 있지요. 하나님께서는 환란 중에도 늘 함께 하신다는……. 어려운 순간마다 하나님을 의지하세요. 반드시 도와주실 겁니다."

목돈을 손에 쥔 부모는 싱글벙글 벌린 입을 다물지 못했다. 그들은 딸의 앞날과는 전혀 상관없이 목돈의 사용처에 골몰했다. 그리고 숙원을 풀기라도 하듯 그 목돈은 아들의 대학 등록금으로 고스란히 들어갔다.

그녀는 천성이 부지런했고 순종적이었다. 부모가 병신 딸이라고 구박하고 악담을 퍼부어도 참고 늘 묵묵히 일만 했다.

어쩌면 병신 소리를 듣기 싫어 더 열심히 일했는지도 모른다. 부모의 말은 물론 셋이나 되는 오빠와 남동생의 말에도 일언반구 대꾸하거나 거역하지 못했다. 만일 그랬다간 언제 집중난타를 당할지 몰랐다. 그녀의 나이 스무 살이 넘자 부모는 딸 시집보낼 궁리를 했다. 나이 한 살이라도 어릴 때 치워버려야겠다고 입버릇처럼 말했다.

조건을 따지고 말 겨를도 없었다. 넷이나 되는 아들 장가보내는데 혹여나 걸림돌이 되지 않을까 하는 노파심에서였다. 아무라도 좋으니 데려가만 준다면 황송하다고 미리부터 설설 기었다. 귀찮은 혹 떼버리기라도 하듯이 눈앞에서 사라져만 준다면 묵은 체증이 다 내려앉을 것 같았다.

미리부터 다리병신이라고 광고를 하는 바람에 총각 자리는 아예 나서지도 않았다. 재취 자리가 들어오는데 애 서넛 딸린 건 예사고 나이도 사십 이후가 대부분이었다. 부모는 잠시 망설였다. 아무리 눈엣가시 같고 천대꾸러기로 굴러먹은 딸이지만 그런 자리로 내줄 수는 없다고 생각했는지 매파를 돌려보내기 시작했다.

집안의 애물단지로 전락한 그녀는 농사일에 파묻히며 어느새 나이 서른이 훌쩍 넘어버렸다. 이젠 정말 결혼할 희망이 완전히 사라져 버린 것 같았다. 그러던 어느 날 홀시어머니 외아들이라는 단서가 붙기는 했지만 총각 자리가 들어왔다.

모자의 인상이 험상궂기는 했지만 그래도 재취 자리보다는 낫다 싶어 서둘러 혼사를 결정했다.

"그래도 총각에게 시집 가 아들 딸 낳고 알콩달콩 사는 게 낫지. 남의 자식 못 키운다. 키워 봤자 아무 소용도 없고."

그녀가 시집가던 날 부모는 위안 삼아 말했다. 그녀가 세상에 태어나 처음으로 들어보는 따뜻한 말이었다. 마파람에 게 눈 감추듯 혼사가 치러졌다. 예단이니 혼수니 하는 거창한 것들은 거의 생략되다시피 했다. 서로의 사정을 감안해 모든 걸 약식으로 한 것이다.

신혼여행을 다녀오던 날부터 그녀는 방앗간에 들어가 일을 했다. 남편은 시어머니와 함께 그녀의 일거수일투족을 지켜보며 사사건건 참견했다. 남편은 무슨 일만 생기면 시어머니에게 달려가 조언을 구했다.

무엇 하나 자신의 의지로 결정할 줄 몰랐다. 비가 억수로 쏟아지는 어느 가을날이었다. 그녀가 방앗간에 엎드려 고추를 다듬고 있는데 웬 중년 여자가 들어섰다. 그녀는 우산을 접더니 조용히 말했다.

"전 읍내에 있는 ○○교회에 새로 부임해온 전도사입니다. 아주머니 살기가 매우 고단하시죠. 예수님을 믿으세요, 마음의 평강이 있고 희락이 있습니다. 혹시 영생에 대해 들어보신 적 있으세요?"

말이 채 끝나기도 전이었다. 언제 들어섰는지 석금동이 불콰해진 얼굴로 서 있었다. 어디서 술을 단단히 걸친 모양이었다. 그는 손에 든 술병을 바닥에 던져 박살을 내더니 여전도사의 멱

살을 움켜쥐었다.

"이거 예수쟁이 아냐? 뭐 평강이 어쩌고 영생이 어째? 이것들이 교인들 등이나 쳐 먹는 순 사기꾼들 아냐. 예라 이 순."

그는 여전도사를 밖으로 끌어내더니 찬물 한 바가지를 냅다 끼얹었다. 여전도사의 어맛! 하는 짧은 외마디 소리가 들려왔다. 이어 석금동이 고래고래 소리를 지르며 난장을 피우는 모양이었다. 여전도사의 목소리는 들리지 않고 물건 부서지는 소리만 들려왔다. 그는 귀신 쫓듯 여전도사를 내쫓고는 마당으로 들어섰다. 그러더니 마루에 있는 양푼을 들어 그대로 땅바닥에 내리쳤다.

"원 재수가 없으려니까 별 쓰잘 데 없는 여편네가 기어 들어와서는."

그는 화근덩어리였다. 언제 터질지 모르는 시한폭탄과 같은 존재였다. 그날도 뭔가 꼬투리를 잡아 처자를 들볶을 심산으로 들어섰는데 애꿎은 전도사가 그 화를 몽땅 뒤집어쓰고 만 것이다. 그날 밤이었다. 석금동은 흉몽을 꾸는 모양이었다.

두 손을 내저으며 괴로워하더니 자리에서 벌떡 일어났다. 이마에 흐르는 땀을 씻으며 그는 몸서리를 쳤다. 그러다 잠시 후 잠이 들었는가 싶더니 또다시 자리에서 벌떡 일어났다. 그 바람에 잠에서 깬 그녀는 자리에서 일어나 밖으로 나왔다.

문득 요의(尿意)가 느껴졌다. 마당을 지나는데 담 곁에 이상한 물체가 보였다. 자세히 보니 물체는 조금씩 움직이고 있었다. 가까이 다가가 보니 낮에 왔던 그 여전도사였다.

세상에……. 그녀는 담 곁에 쪼그리고 앉아 밤새 기도를 하고 있었다. 우는지 가끔씩 어깨도 들썩이고 있었다. 순간 그녀는 알 수 없는 뜨거운 감동에 사로잡혔다. 속에서 울음 같은 것이 확 치밀고 올라오는데 그 무엇엔가 단단히 붙잡힌 느낌이었다. 그리고 그 어떤 강력한 힘에 의해 정신이 묶이는 것 같았다. 발걸음이 떨어지지 않았다.

그녀는 요의(尿意)도 잊은 채 여전도사를 계속 주시했다. 잠시 후 여전도사는 자리에서 일어나 신작로가 보이는 쪽으로 걸어갔다. 그날 새벽녘에 그녀는 한 꿈을 꾸었다. 남편이 누군가에 의해 계속 끌려가고 있었다. 남편을 이끌고 있는 손은 핏자국이 있는 상처로 얼룩덜룩한 손이었다.

그러나 자세히 보니 광채가 나고 있었다. 그 손에 의해 그는 어떤 커다란 건물 안으로 들어서고 있었다. 문이 닫히자 피 묻은 손은 사라졌고 광채도 사라졌다. 이상한 꿈이었다.

다음날 아침이었다. 자리에서 일어나 보니 남편이 보이지 않았다. 어젯밤 난장을 피우더니 해장국이 생각난 모양이었다. 집 앞 골목길에 있는 음식점으로 가 해장국을 입에 퍼 올리고 있으리라. 그런데 웬일일까.

방앗간에 들어가 보니 석금동은 채에 받쳐진 깨를 커다란 가마솥에 넣고 열심히 볶고 있었다. 온도계 계기판을 바라보다가 고추 부대를 이쪽에서 저쪽으로 옮기고 있었다. 웬일이래? 생전 하지도 않던 방앗간 일을 다 하고.

석금동은 거구답지 않게 몸놀림이 민첩했다. 그 많은 일을 눈

깜빡할 사이에 해치우더니 집 안팎을 깨끗이 청소하기 시작했다. 뒤란에 있는 밭에 가 잡풀도 뽑고 농약도 쳤다. 그러더니 아이들을 향해 빨리 학교 갈 준비하라고 소리를 질렀다. 사람이 갑자기 바뀌면 무슨 일이 난다는데……. 그녀는 오히려 불안해지기 시작했다.

저러다 말겠지. 그런데 그날뿐만이 아니었다. 다음날도 일어나 보니 방앗간에서 일하고 있는 석금동의 모습이 보였다. 그는 일하다가도 아내가 무거운 짐을 들면 얼른 나서서 대신 짐을 들어주었다. 뿐만 아니라 아이들에게도 용돈을 하라며 만 원짜리 지폐를 선뜻 내밀었다. 이전 같았으면 어림도 없는 행동이었다. 노인네에게도 마찬가지였다. 생전 주지도 않던 용돈을 쥐어 주며 말했다.

"밤낮 집에만 틀어박혀 있지 말고 읍내에 나가 맛난 것도 사 드쇼."

놀라기는 노인네도 마찬가지였다. 그러나 아들에게 모처럼 용돈을 받아서인지 좋아라, 하며 밖으로 나갔다. 그러던 어느 날이었다. 신새벽에 일어난 석금동은 자리에서 일어나 어디론가 갈 모양이었다. 자리에서 일어난 그는 옷을 주섬주섬 입더니 작은 보퉁이를 낀 채 방문을 나섰다.

그 안에 무슨 중요한 비밀이 있는지 옆구리에 꼭 낀 채 방문을 나서는 그의 태도는 매우 진지해 보이기까지 했다. 뭔가 꿍꿍이가 있는 게 틀림없었다. 갑자기 말수가 줄어든 것도 이상하고 아내를 도와준다며 방앗간 일을 거드는 것도 수상했다.

철천지원수 대하듯 하던 처자식에게 갑자기 태도가 돌변한 것도 그랬다. 개과천선도 유만부동이지, 뭔가 있는 게 틀림없었다. 그러던 어느 날 밤이었다. 오랜만에 잠자리에 든 석금동이 심각한 어조로 말했다.

"아이들도 커 가는데 이대로 있다간 죽도 밥도 안 될 것 같고 말야."

남편은 뭔가 의논해 올 눈치였다. 그녀는 멍하니 남편을 바라보았다. 갑자기 달라진 남편을 대하는데 도무지 감이 잡히지 않았다. 또 무슨 수작을 벌이려는 걸까. 불안감이 가슴속에서 소용돌이치며 일어났다.

"무슨 일이 있나요?"

"그게 말야. 내가 뭔가 좀 해보려고 하는데 말야."

돈 이야기구나. 아이쿠, 그러면 그렇지. 언젠가 방앗간 일이 끊어지다시피 했을 때의 일이다. 돈이 들어오기가 무섭게 술과 계집질로 다 날려버리더니 돈줄이 끊기자 성질이 난 모양이었다. 방앗간에 엎드려 일하고 있는 아내의 궁둥이를 구둣발로 차며 말했다.

"야! 이년아 네 년 친정은 어째 사위에게 용돈 한 푼 주는 인간이 없냐. 병신 딸 지금까지 데리고 살아줬음 고마워서라도 뭔가 답례가 있어야 할 것 아니냐구, 안 그래?"

그러면서 그녀의 머리채를 휘감더니 그대로 바닥에 패대기를 쳤다. 그때의 기억이 떠오른 그녀는 공포의 눈빛으로 남편을 바라보았다.

"저 전 돈이 없는데요. 그건 오빠들도 마찬가지예요. 요즘 경기가 워낙 불황이어서."

그녀는 손사래를 치며 고개를 절레절레 흔들었다. 돈 이야길랑 아예 꺼내지도 말라는 말투였다.

"사람 참, 내가 언제 돈 빌려 오랬나."

석금동은 피식 웃더니 밖으로 나갔다. 그리고 그날 밤 들어오지 않았다. 그 다음 날도 역시 들어오지 않았다. 또 남모르는 계집 품이 그리워진 게야. 그러면 그렇지. 툭하면 주먹질이요 계집질인데 그동안 참은 게 용치. 제 버릇 남 주겠어. 또 계집질하는 버릇이 발동을 한 게지. 그녀는 실낱같은 기대감이 무너져 내리면서 쓴 웃음을 흘렸다. 그날 이후 부쩍 외박이 잦아지기 시작했다.

눈치가 이상하다 싶었는데 드디어 남편이 가출했다. 집을 나가기 전날, 노인네의 귓가에 무언가 언질을 남기는 것 같았다. 언뜻 들었는데 조금만 기다리면 좋은 소식이 있을 거라는 소리 같았다. 좋은 소식이라니, 살다 보니 별소리를 다 듣는구나 싶었다. 무슨 속셈인지 쓰던 핸드폰까지 두고 나갔다.

남편이 나간 지 석 달쯤 지났다. 그동안 가정은 평화의 활기를 띠어갔다. 툭하면 욕설이요 주먹질에다 난동을 부리는 바람에 생지옥이 따로 없었는데 그 주범이 사라지고 나자 안도감과 함께 평화가 찾아온 것이다.

진즉 나가버릴 것이지. 그녀는 딸들과 함께 서로 눈짓하며 웃음을 나누었다. 사람이 안 보이면 궁금해서 찾기라도 할 줄 알았는데 전혀 아니었다. 노인네는 온종일 꿀 먹은 벙어리마냥 침묵을 지켰고 드센 기가 한풀 꺾였다. 하루 종일 꼼짝 않고 방안에 누워 방앗간에는 아예 얼굴도 내밀지 않는 날도 있었다.

아들이 있을 때는 며느리를 닦달하느라 온종일 집안과 방앗간을 부리나케 돌아다녔는데 아무래도 눈치가 심상치 않았다. 어쨌거나 그녀는 세상에 태어나 처음으로 해방감과 안식을 누렸다. 마치 감옥살이에서 풀려난 죄인처럼 마음이 들뜨기까지 했다. 생각 같아서는 이대로 영원히 소식이 끊긴 채 다시는 들어오지 않았으면 싶었다.

그러면서 그녀는 흠칫 놀랐다. 남편에 대한 미움의 독소가 그렇게 뼛속까지 스민 줄 자신도 미처 상상하지 못했었다. 그러면서도 한편으로는 불길한 예감이 끊임없이 들었다. 노인네도 무슨 꿍꿍이가 있는지 연신 집 안팎을 들락거리며 어디론가 열심히 연락을 취하는 눈치였다. 그러던 어느 날 드디어 노인네의 입에서 악담이 튀어나왔다.

"야! 죽일 년들아. 보자보자 하니까 니들이 사람이더냐. 사람이 나가서 안 보이면 찾는 시늉이라도 해야지 뭐가 좋아서 희희낙락이냐? 이 죽일 것들아."

노인네는 눈자위가 뒤집어지도록 포악을 떨었다. 실로 오랜만에 들어보는 노인네의 일성이었다. 노인네는 밖에 나갔던 일이 잘 안 됐는지 역정이 머리끝까지 뻗쳐 있었다. 이전 같았으면 모두 노인네의 포악에 벌벌 떨었을 게다.

그러나 그 포악을 편들어 줄 장본인이 사라진 마당에 그럴 이유가 없었다. 그녀와 딸들은 모두 멍하니 노인네를 쳐다보았다. 너무 어이없다는 표정으로.

"야! 이년들아, 애비가 없어졌으면 경찰서에 가서 신고를 하든 가 아님 찾는 시늉이라도 해야 할 것 아녀? 왜 내 말이 틀렸냐?"

노인네는 두 눈이 새빨갛게 충혈돼 있었다. 칠십이 넘은 나이 에도 저 정도의 기력이라면 황소라도 때려잡을 것 같았다. 그는 진정으로 며느리와 손녀의 태도가 서운한 모양이었다.

"할머니, 아빠는 할머니하고만 통하잖아. 집 나가기 전에도 할 머니하고 얘기 끝내고 나간 것 아냐? 그런데 왜 우리한테 신경 질이야."

큰딸이 단번에 일갈했다.

"뭐? 뭐여! 이것이 워디서 제 애비헌티?"

노인네는 당장 거품을 물고 뒤로 넘어질 태세였다. 예전과 상 황이 달라진 걸 전혀 모르는 눈치였다.

"애, 에미야. 너는 서방이 집나가 아무 소식도 없는디 증말로 다 걱정이 안 되냐? 잉 워디 말 좀 들어보자."

그녀는 멍하니 시어머니의 눈길을 바라보았다. 황당하다는 말 은 이럴 때 적합할 것 같았다. 입때껏 며느리 대접 한번 안 해주 고 살더니 갑자기 이게 무슨 뚱딴지같은 소리란 말인가.

"애비 소식이야 어머님이 더 잘 아시지 않나요? 언제 저한테 의논 같은 걸 해보신 적 있으세요?"

생각지도 않은 말이 툭 튀어나왔다. 전 같으면 상상도 못할 말이었다. 아마 말이 떨어지기가 무섭게 노인네는 아들을 불러

댔을 테고 그러면 당장 달려온 아들이 아내의 머리채를 휘어잡고 땅에 메치는 사태가 발생했을 것이다. 그런데 노인네는 아직도 그때의 환상에서 못 벗어난 모양이었다.

"뭐 뭐이여! 너 시방 그걸 말이라고 하냐?"

노인네는 몸을 부들부들 떨더니 밖으로 휙 나가버렸다. 눈치로 보아 뭔가 심각한 일이 벌어진 것 같았다. 아마 연락이 두절됐거나 사고가 발생한 게 틀림없었다. 그 일이 있고 나서 육 개월이 지났다.

그러니까 남편이 가출한 지 아홉 달이 지난 셈이다. 석금동은 여전히 연락두절 상태로 감감 무소식이었다. 그동안 노인네는 신경을 쓰다 못해 실성 직전까지 갔고 그녀와 딸은 오히려 더 뿌듯한 해방감과 자유를 누렸다. 이제는 더 이상 거칠 것이 없었다.

어느 날 그녀는 학교에서 돌아온 두 딸과 함께 모처럼 시외버스를 타고 서울에 갔다. 딸들과 함께 처음으로 외식이라는 걸 하기 위해서였다. 그동안 시어머니 눈치 보느라 마음 놓고 외식 한번 못하고 살아온 자신의 처지가 너무도 슬펐다.

일찌감치 방앗간 문을 닫고 나서 시외버스와 전철을 번갈아 타면서 명동으로 갔다. 의족이 불편해 걸음이 질질 끌렸다. 그러나 마음은 하늘을 나를 듯이 가벼웠다. 그녀는 아이들이 이끄는 대로 피자집에 들어가 난생 처음 피자를 사먹어 보았다.

포크로 피자 조각을 들어 올리니 하얀 실 같은 것이 쭉 따라 올라왔다. 그녀는 그것을 입에 넣으며 눈물을 한 움큼 삼켰다.

그래 이제부턴 이런 만난 것도 먹어 보고 사는 거야. 그녀는 피자를 먹으면서 무심코 자신의 손을 보았다. 거친 손이 마디가 딱딱하고 피부가 벗겨져 허물이 져 있었다.

자신도 모르게 눈물이 툭 손바닥 위로 떨어졌다. 그동안 살아 온 이력이 모두 손바닥 위에 적혀져 있는 것 같았다. 그녀는 내일 당장 세탁기를 사리라 마음먹었다. 아이들은 서로 질세라 피자를 먹으며 즐거워했다.

"엄마, 나 그동안 이 피자 얼마나 먹고 싶었는지 알아? 앞으로 또 사 줄 거지?"

"그럼 우리 딸들이 좋아하는데 얼마든지 사줘야지."

"정말이지?"

딸은 기쁜지 콜라 잔을 번쩍 들더니 환호성을 질렀다. 저렇게 좋아하는 것을 그동안 한 번도 안 해 주고 살았으니, 새삼 가슴이 저려왔다. 창밖으로 중년으로 보이는 남녀가 허리를 부둥켜안고 지나갔다. 세상은 온통 자유의 물결이었다.

남들은 최첨단 시대를 살아가는데 자신만 혼자서 봉건 시대 노예처럼 살아가고 있었다. 방앗간에 엎드려 죽어라 일만 하며 살아온 자신이 한심스러웠다. 걸핏하면 다리병신이라고 욕설과 뭇매를 가하던 남편에 대한 분노도 새삼스레 끓어올랐다.

그는 딸들이 보는 앞에서 아내에게 마구 주먹을 휘두르다가 그마저 성이 안 차면 딸들한테도 옷을 찢고 주먹을 휘둘렀다. 동네 사람들이 쭈뼛거리며 구경하는 데도 그는 발작하듯 구타를 멈추지 않았다. 지옥에서 온 악마가 따로 없었다. 이제 그 원흉이 사라졌으니 자유와 평강이 넘치는 것은 당연했다.

　피자집을 나온 그녀는 의류상가에 들러 자신이 입을 옷과 두 딸에게도 옷을 사주었다. 밉기는 하지만 이왕 사는 김에 시어머니 옷도 한 벌 장만했다. 시어머니는 아들이 집 나가고 난 뒤 정신이 없는지 돈 챙기는 것도 잊은 모양이었다.

　방앗간에서 나오는 돈도 일체 신경 쓰지 않았다. 남편의 가출은 그런 것마저도 편리함을 더해주고 있었다. 그녀는 화려한 옷들을 바라보며 처음으로 자신이 여자라는 사실에 감격해 했다. 나이 사십 고개를 넘기고 나서는 자신이 여자인지 남자인지도 모른 채 오로지 일에만 파묻혀 살았다. 난생 처음 쇼핑백을 들고 집에 들어오자 노인네의 눈치가 심상치 않았다.

　"이것들이 즈이 애비가 집나가서 죽었는지 살았는지 소식도 없는디 워딜 쏘다니다 들어온 겨?"

　노인네는 쇼핑백을 보더니 뒤로 넘어갈 듯이 놀랐다.

　"이것이 다 뭐다여 잉?"

　며느리의 손에서 쇼핑백을 낚아 챈 노인네는 옷가지를 바닥에 부려 놓으며 황소 같은 울음을 쏟았다.

　"아이고 불쌍한 내 새끼, 처자식 벌여 먹여 살리겠다고 막노동판이라도 뛰어야겠다고 나가더니만, 금쪽같은 내 새끼가 시방 죽었는지 살았는지도 모르는데 니는 멋이 신나서 돈을 물처럼 펑펑 써대면서 댕기냐 엉."

　노인네는 가슴을 치며 뒤로 넘어갈 듯 울어 제켰다. 길 가던 사람들이 쭈뼛쭈뼛 담장 밖에서 이쪽을 기웃거렸다. 그녀가 사는 집은 신작로 대로변에 위치하고 있어서 집 앞에는 언제든지 사람들의 왕래가 끊이지 않았다. 방앗간과 연한 집은 전통적인 구옥이었다.

그 흔한 신식 가옥도 아닌 기와지붕 위에서 잡풀이 자라는 오래된 한옥이었다. 비가 오면 비바람이 마루로 그대로 들이닥치는, 낮은 담 너머로 한길이 그대로 보이고 마루가 높아서 밖에서 보면 이쪽 사정이 훤하게 노출된 거나 다름없었다.

집안에서 큰소리만 나도 금세 동네로 퍼져 나갈 만큼 오픈된 환경이었다. 따라서 그녀가 얼마나 남편에게 구박 당하고 사는지 그 동네 사람들은 모두 아는 사실이었다. 노인네의 울음소리가 한참 동안이나 담장 밖을 맴돌았다.

딸들은 창피하다고 제 방으로 들어갔고 노인네는 억장이 무너지는지 껄껄 마지막 울음을 내쏟고는 방앗간 옆 창고로 들어갔다. 잠시 후 나온 노인네의 손에는 농약병이 들려져 있었다.

"어, 어머님 이러지 마세요, 왜 이런 대요."

지레 겁을 먹은 그녀는 사시나무 떨 듯 벌벌 떨었다.

"왜? 내가 이 농약 들여 마시고 죽을까봐 그러냐."

노인네의 눈빛이 이상했다. 당장이라도 농약을 마시고 포악을 떨 기세였다.

"동네 사람들아, 내 말좀 들어보소. 세상에 이렇게 억울할 데가 있소? 금쪽같은 내 새끼가 집 나가서 죽었는지 살았는지도 모르는디, 이것들이 천방지축 날뛰면서 돈을 물 쓰듯 펑펑 써제끼면서 노인네 속을 뒤집는구나아!"

노인네는 치마 속을 홀렁 뒤집더니 그대로 땅바닥에 주저앉았다.

"어, 어머님 이러지 마셔유, 동네 사람들이 다 봐요."

"보면 대수냐 내 새끼가 집나가서 소식이 끊긴 지가 얼만데 그래 넌 걱정도 안 되냐 잉."

언제 나왔는지 두 딸이 할머니를 쳐다보고 있었다.

"할머니 동네 창피하지도 않아?"

"아이구, 저것들 좀 보소, 뭐 창피? 창피?"

"그래, 창피해 할머니 때문에 창피해서 못 살겠단 말야."

노인네가 농약병을 높이 쳐들었다. 그 순간 큰딸이 달려들어 할머니 손에서 농약병을 낚아챘다.

"금둥아, 금둥아."

노인네는 바닥에 앉아 꺼이꺼이 한참을 울었다. 사람들이 담장 밖에서 손가락질을 하며 지나갔다. 저 집에 또 난리가 났구만 하는 표정이었다. 밤새 천둥 번개가 치면서 비가 내렸다. 천둥이 우르릉 꽝 할 때마다 온 가족은 경기를 하듯 벌벌 떨었다. 이상한 예감이 천둥소리와 함께 밤새 그들의 가슴을 때렸다.

설핏 잠이 든 그녀는 남편이 우비를 입고 대문간을 들어서는 것을 보았다. 흉측하고도 괴기스런 웃음이 남편의 입가에서 묻어나고 있었다. 자세히 보니 입가에 시퍼런 칼날이 보였다.

아악! 그녀가 놀라는 사이 남편이 우비를 벗어 그녀에게 던졌다. 철퍼덕 우비가 그녀의 가슴에 닿았다. 차갑고 섬뜩한 감촉이 느껴졌다.

남편이 점점 가까이 다가오고 있었다. 그런데 가슴에서 핏물이 솟아나고 있었다. 그 핏물이 분수처럼 뿜어났다. 남편의 얼굴이 고통으로 이지러졌다.

"이거."

남편이 그녀에게 손에 든 작은 케이스를 내밀었다. 사각형으로 된 반지 케이스 같았다.

"이, 이게 뭐예요?"

그녀는 손을 내밀다 말고 아악! 하고 소리를 질렀다. 남편의 가슴에서 핏물이 펑펑 솟아나고 있었다. 꿈이었다. 속옷이 땀으로 젖어 흥건했다. 빗줄기가 창 밖에서 계속 들려왔다. 이대로 계속 내리다간 강물이 범람할 것 같았다.

정말 오랜만에 겪어 보는 지독한 폭우였다. 다음날 아침 일찍 방앗간 문을 여는데 날카로운 인상의 남자가 다가왔다.

"석금동씨 댁 맞죠?"

"네 그런데요."

가슴이 철렁 내려앉았다.

"혹시 석금동씨 부인, 김길자씨 맞습니까?"

"네, 제가 바로 그 사람의 안사람 되는 사람인데요."

남자가 품에서 수첩을 꺼내 보이며 말했다.

"서울에 있는 ○○○경찰서 형사계에서 나왔습니다. 잠시 확인할 게 있어서 그러니 서까지 가 주셔야겠습니다."

"확인이라뇨? 무슨 일이라도……."

밤새 안녕이라더니 가슴이 덜컥 내려앉았다. 어젯밤 꿈이 불길하더니만 예감이 사실로 확인되는 순간이었다.

"밖에 차 대기시켜 놓았습니다. 가시죠."

형사는 좌우를 살펴보며 그렇지 않아도 날카로운 인상이 더 험하게 변했다.

"저 어머님께도 말씀드리고 나서 갈게요."

"그냥 가시는 게 좋을 것 같습니다. 일단 가셔서 확인부터 하시고."

확인이라니…… 아까부터 확인이란 말이 계속 거슬렸다. 형사가 대기해 놓은 승용차에 오르려는 순간, 작은딸이 총알같이 달려오며 물었다.

"엄마, 어딜 가는 거야?"

"응, 겨, 경찰서."

그 순간, 차에 시동이 걸리면서 출발했다. 자동차는 경춘가도를 시원스럽게 달렸다. 차창 밖으로 낯익은 풍광이 지나갔다. 그녀가 사는 동리를 지나자 딸이 다니는 중학교가 나타났다. 딸이 창피하다고 하여 딱 한번 도시락을 전해주기 위해 가보고 나선 얼씬도 안 했었다.

딸은 반에서 1, 2위를 다툴 만큼 공부를 잘했다. 마치, 못난 어미의 소원을 다 풀어주기라도 할 것처럼……

공부뿐만이 아니라 얼굴도 예쁜 편에 속했다. 체격도 날씬한 게 전혀 엄마나 아빠를 닮지 않았다. 그 딸이 곱고 훌륭하게 자라 어미의 아픈 한을 풀어줄 것이다. 그녀는 딸을 생각하자 가슴이 벅차올랐다. 경광등을 달고 달리는 자동차는 나는 듯이 달려 서울에 도착했다. 자동차가 경찰서 구내로 들어섰다.

사람들이 건물 내로 발걸음을 옮기면서 인상을 잔뜩 찌푸리고 있었다. 그녀에게 경찰서는 난생 처음 가보는 곳이었다. 앞서 걷던 형사가 그녀를 바라보면서 묘한 표정을 지었다. 그러다 그녀의 의족에 시선이 머물렀다.

그녀가 의족을 질질 끌며 간신히 걸음을 뗐기 때문이다. 전날 밤 꿈에서 우비를 뒤집어 쓴 남편의 가슴에서 핏물이 솟는 장면이 자꾸만 생각났다. 무슨 일이 생긴 게 틀림없구나. 불길한 예감으로 그녀는 무릎이 덜덜 떨렸다.

형사실로 들어서자 언뜻 보기에도 육감적인 몸매를 한 중년여자가 형사를 보더니 기겁할 듯이 놀란 표정을 지었다. 사십 전후로 보이는 여자는 어디선가 낯이 익었다. 파머 머리를 어깨까지 늘어뜨리고 도도하고 날이 센 표정이 보통내기는 넘어 보였다. 저런 여자일수록 자기주장이 강하고 양보가 없다.

"자, 이쪽으로 앉으시죠."

그녀가 한쪽 다리를 억지로 끌다시피 의자에 옮겨 앉자 여자의 표정이 샐쭉하게 변했다.

"김길자씨, 이분이 누군지 기억나십니까?"

"누구신지……."

"정말 기억이 안 나십니까?"

"전혀 낯선 얼굴 같진 않은데 통 기억이 안 나는데요."

"혹시 남편하고 연관돼 기억나는 부분은 없습니까?"

그때서야 아! 하고 기억이 났다. 언젠가 남편의 머리맡에서 본 오래된 사진의 주인공이었다. 남편이 그토록 목 메이게 그리워하던 실제 주인공이었다. 눈매와 얼굴형이 틀림없었다. 그런데 그녀가 지금 왜 이 시점 와 있단 말인가.

"제 남편이 갖고 있던 사진과 같은 얼굴이군요."

"역시……. 이제 사건의 실마리가 풀릴 것 같다는 생각이 드는군요."

"사건이라뇨?"

"남편 되시는 석금동씨께서는 과부촌이란 술집에서 싸움 도중 숨졌습니다. 이 여자 분이 사건 현장에 있었단 유일한 증인입니다."

형사는 마치 국어책을 읽듯 말했다. 그녀는 하도 기가 막혀 말도 나오지 않았다. 그 엄청난 말을 하면서도 형사의 표정은 미동도 안했다. 한 가정의 남편이 죽었다는데 어쩌면 저렇게 태연하게 말할 수 있단 말인가.

최소한 마음의 준비라도 시켰어야 하지 않은가. 아무리 원수 같은 남편이라도 막상 죽었다는 소식을 들으니 그녀는 제 정신이 아니었다.

"제, 제 남편이 싸움 도중 죽다니요? 그게 도대체 무슨 말입니까?"

약간 얼떨떨하기도 하고 거짓말 같기도 하여 그녀는 도무지 믿어지지 않는 말투로 물었다. 남편의 죽음도 황당하거니와 이 여자는 도대체 어떻게 된 영문인가. 집 나가서 이 여자와 다시 재회하여 무슨 일이 있었단 말인가. 그동안 지나버린 세월이 얼만데…….

수수께끼 같은 비밀 이야기가 순간적으로 꼬리를 물고 떠올랐다.

"그런데 그동안 두 사람은 아무 연락도 없이 지낸 걸로 알고 어떻게 다시 만나게 된 걸까요?"

"저 여자는 우연히 만난 것처럼 둘러대지만 부인을 만나보고 나니 그런 것 같지도 않다는 생각이 듭니다. 계획적으로 다시 접근하려다가 실패한 것 같기도 하고 아무튼 좀 더 조사를 해봐야 할 것 같습니다."

"그런데 저 여자와 제 남편의 죽음과 무슨 관계가 있는 거죠?"

"저 여자는 전문적인 결혼 사기범입니다. 저 여자에게 당한 남자만도 수십 명이 넘습니다. 석금동씨도 그들 중의 한 사람입니다."

세상에 그런 사기범을 오매불망 그리워하며 그렇게 아내를 학대하더니만……. 순간 그녀는 남편에 대한 최소한의 연민마저도 사라졌다. 사건 경위는 대충 이러했다.

석금동이 과부촌이란 술집에서 여자와 함께 술을 마시던 중 고성이 오갔다고 한다. 여자가 앙탈을 부리면서 술병이 깨지고 주먹질이 오갔던 모양이다. 난동이 벌어지자 덩치가 커다란 어깨들이 나타났고 잠시 후 석금동은 짧은 비명 한마디 내지른 채 그대로 실신했다고 한다.

여자는 놀라서 방을 뛰쳐나갔고 잠시 후 업소 종업원들과 함께 들어섰을 때 석금동은 이미 숨진 상태였다. 그때 그는 안주머니에 손을 집어넣은 채 무언가를 단단히 움켜쥐고 있었다. 놀란 업소 주인과 종업원들이 대책을 숙의하기 위해 밖으로 나가자 여자는 공포에 질린 목소리로 한참을 울었다. 그때 그녀의 눈에 띈 게 있었다.

석금동의 품에서 빠져나온 반지 케이스였다. 안을 열어보니 보기에도 영롱한 다이아 반지였다. 생전 처음 보는 값진 보물이었다. 시가로 오륙백만 원은 나가 보였다. 그것을 빼 자신의 손가락에 끼는 순간 경찰이 들이닥쳤다. 그녀는 범행현장에 있던 유일한 증인이자 목격자가 되어 경찰에 체포됐다.

더 놀라운 건 그녀의 과거 전력이었다. 그녀는 상습적인 결혼 사기범으로 이미 아홉 번이나 철창신세를 진 바 있었다. 젊은 이십 대는 물론 나이 사십이 넘은 중년에 이르는 지금까지 수많은 사기 행각을 벌인 것이다. 빼어난 몸매와 얼굴로 남자에게 접근해 혼을 빼놓은 다음 결혼을 약속했다가 예물만 받아 챙기고는 감쪽같이 사라지는 것이다.

그러다 보니 그녀는 남자 심리는 물론 보석 전문가가 되어 있었다. 그녀는 주로 마음 약하고 직급이 낮은 몸뚱어리 하나 믿고 성실하게 살아가는 남자를 타깃으로 범행을 저질렀다. 약혼 단계까지 갔다가 예물만 받아 챙기고는 사라지는가 하면 결혼식 직전까지 갔다가 전날 밤 줄행랑을 놓은 적도 있다.

석금동의 경우는 시어머니가 반대를 하는 바람에 아예 처음부터 실패한 케이스였다. 그러니까 시어머니가 반대만 안 했더라면 결혼 단계까지 갔다가 엄청난 혼수 예물만 받아 챙기고는 나를 작정이었다. 그런 줄도 모르고 석금동은 그녀의 외모에만 미쳐 그 수많은 세월을 애모(愛慕)하고 지냈던 것이다.

아직도 놀라서 벌벌 떨고 있는 그녀를 향해 형사가 말했다.

"저를 따라 오시죠."

형사는 자리에서 일어나더니 그녀를 에스코트했다. 계단을 빠져나와 미리 대기해 놓은 자동차에 올랐다. 형사가 시동을 걸자 그녀가 불안한 표정으로 물었다.

"지, 지금 어딜 가는 거죠?"

"국립 과학 수사 연구소입니다."

형사는 굳은 표정으로 말하더니 차를 거칠게 몰기 시작했다. 차가 목동 네거리를 지나 신월동으로 들어섰다. 좁은 차로를 한참 지나자 직선 코스로 국립 과학 수사 연구소란 팻말이 보였다. 자동차가 건물이 보이는 구내로 들어섰다. 형사가 차에서 내리더니 그녀에게 턱짓을 했다. 따라 오라는 표시였다.

형사가 들어선 건물은 이상하리만치 조용했다. 의족이 불편해 천천히 걷는 그녀를 뒤로 하고 형사는 구둣발을 쾅쾅 내지르며 지하계단으로 내려섰다. 계단을 내려서는 순간 섬뜩한 공기가 그녀를 에워쌌다. 이상한 공포분위기 때문에 형사에게 선뜻 말을 붙일 수도 없었다.

형사의 발걸음이 복도 맨 끝 방에 머물렀다. 그가 문을 열기도 전, 두건 같은 흰 모자를 쓴 남자 둘이 안에서 나왔다. 의사 같기도 하고 언젠가 드라마에서 본 검시관 같기도 했다. 문을 열고 들어서자 냉기가 몸을 덮쳤다. 안쪽에 또 다른 문이 보였다. 형사가 문을 열려는 순간 그녀가 다급한 목소리로 물었다.

"도대체 여기가 어디죠?"

"시체 안치실입니다."

너무나 무덤덤하고 지극히 사무적인 말투였다. 마치 알면서 왜 묻느냐는 말투 같기도 했다.

"뭐라구요?"

"석금동씨 시신이 안치돼 있는 곳입니다. 남편분이 맞는지 확인절차가 필요합니다."

그는 그녀가 받을 충격은 아예 아랑곳하지 않았다.

"시체라구요? 그럼 제 남편이 죽었단 말씀인가요?"

그녀는 방금 전에 들었던 말을 깜빡했는지 재차 물었다. 그제야 상황 파악이 되면서 남편의 죽음이 피부로 느껴졌다. 그녀는 그 자리에서 털썩 주저앉고 말았다. 시체 안치실에는 여러 구의 시체가 있었다. 창가로 다가간 형사가 흰 시트를 걷어 올리더니 그녀에게 손짓을 했다. 와서 확인하라는 표시였다.

정말 배려라고는 눈곱만큼도 없는 사람이었다. 밀납 인형처럼 굳은 표정을 한 형사는 웃음기는커녕 농담 한마디도 할 줄 모르는 냉혈한 같았다. 가까이서 본 남편 얼굴은 고통으로 이지러진 마치 마귀 형상 같았다. 시커멓게 변해버린 낯 색에 부릅뜬 두 눈이 소름 끼치리만큼 무서웠다.

"남편 석금동씨가 확실합니까?"

그녀는 대답 대신 고개를 주억주억 했다. 막상 남편의 죽음을 확인하자 너무 놀라 말도 나오지 않았다. 안 그래도 약한 다리가 덜덜 떨리면서 턱까지도 떨렸다.

"도, 도대체 어쩌다 이런 일이……. 아이고 하나님."

형사는 아직도 채 충격이 가시지 않아 덜덜 떨고 있는 그녀에게 조사가 끝나면 다시 통보하겠다는 말을 남기고는 밖으로 나가버렸다.

다시 형사실로 돌아온 그는 여자에게 다그치듯 말했다.

"이봐요, 시간 끌지 말고 빨리 끝냅시다. 시간 끌어봐야 피차 피곤할 테니."

형사는 반지를 들어 보이며 말했다.

"당신 말야, 이 반지 빼앗으려고 일부러 석금동에게 접근한 거 맞지? 다 알고 하는 얘기야, 당신 취미생활이 보석 수집이란 것도 알아. 그러니 시간 끌지 말고 솔직하게 대답해."

형사는 사기 절도 전문 베테랑 수사관답게 노련하고 침착했다. 그러나 여자는 여전히 모르겠다는 듯 억울하다는 말만 계속했다.

"도대체 뭘 말하라는 거예요?"

"또다시 원점으로 돌아가자는 얘긴가. 그렇담 좋아. 옛날에 알았던 석금동이를 오랜만에 만나서 회포를 풀었다 쳐, 그리고 그 과부촌에서 술을 먹다가 싸웠는데, 갑자기 석금동이가 왜 죽었냐구?"

"글쎄 전 안 죽였다니까요. 술 먹고 시끄럽게 구니까 옆 룸에서 술 마시던 깡패들이 몰려와 싸우다 그렇게 된 거라니까요."

"글쎄 그 말을 누가 믿냐구. 그때 그 룸에는 당신하고 죽은 석금동뿐이었다며, 그런 석금동이 죽었다 이거야. 그걸 설명해

보라니까. 그리고 당신 아까부터 옆 룸에서 술 마시던 깡패들이
몰려와 싸웠다고 하는데 그렇담 당신 말이 맞다는 증인을 대 보
던가."

"증인이야 그때 다 빠져나갔지요. 형사님도 생각해 보세요. 연
약한 여자 몸으로 어떻게 남자를 죽일 수 있겠어요. 길가는 초
등학생 보고도 물어 보세요. 그런 거구를 어떻게 제가 죽일 수
있겠어요."

"그거야 당신이 알지 우리가 어떻게 알겠어. 석금동이 취한 사
이에 당신이 쇠뭉치 같은 걸로 가슴을 쳤다든가, 아님."

형사는 자리에서 일어나더니 다이아 반지를 들어 보이며 말했
다.

"보석 수집이 취미인 당신이 이 반지가 탐이 나서 일부러 유인
해 죽인 게 틀림없어."

"점점……. 아무려면 제가 이까짓 반지가 탐이 나서 사람을 죽
이겠어요?"

"그거야 당신이 더 잘 아는 것 아닌가. 그쪽 방면에는 워낙 베
태랑이니까."

형사는 아예 처음부터 그녀를 범인으로 몰아갈 작정이었다.
그 역시 오랜 수사 경험으로 미루어 그녀 단독 범행으로 보진
않았다. 그러나 자꾸 캐다 보면 뭔가 큰 게 걸릴 것 같다는 생각
이 들었다. 그녀를 끄나풀로 한 범죄 조직의 윤곽이 어느 정도
잡힐 것 같았다.

형사의 말투가 점점 험악하게 변해 갔다.

"넌 이미 전과가 화려해, 넌 결혼 사기에다 전문적인 꽃뱀 경력까지 있잖아. 교도소 출입은 벌써 몇 번이냐? 너 때문에 패가망신하고 폐인된 남자만도 여러 명이라는 제보가 있어. 순진한 남자 등쳐먹고 목돈 갈취하는 게 네년 전문이잖아? 너 같은 년때문에 가정 파탄 나고 독신 인구가 날로 팽창한다는 거 아냐, 이 나쁜 년아."

그는 정강이로 여자의 무릎을 냅다 걷어찼다.

"너 같은 년이 있어서 남북통일이 안 되고 이혼율이 급증한다는 거 알아 몰라? 또 출생률이 날로 떨어지고 나라 경제는 휘청이고 취직은 별 따기처럼 어려워지고 자살하는 인구가 점점 많아진다는 거 아냐, 아직도 니 죄를 모르겠냐?"

형사는 아직도 뻔뻔스런 표정으로 앉아 있는 그녀를 향해 또다시 일갈했다.

"너 같은 년들은 몽땅 쓸어서 북한에 있는 수용소로 보내 버려야 한다구."

아무리 조사를 해도 증거는커녕 혐의점조차 찾을 수 없었다. 결국 그녀는 증거 불충분으로 풀려났다. 경찰은 그녀를 끄나풀로 한 폭력배 조직을 알아내려고 기를 썼지만 업소가 끝내 오리발을 내밀었기 때문에 범인을 색출하는 데는 실패하고 말았다.

만일 여자가 진범이었다면 도망치는 게 당연한 순서였을 것이다. 그러나 그녀는 도망치지 않았고 다이어 반지도 고스란히 회수되었다. 그리고 석금동의 안주머니에 있던 예금통장과 도장도 유류품으로 그대로 회수되었다.

한편 집으로 돌아온 석금동의 아내는 시어머니가 가출하자마자 세탁기부터 들여놓았다. 거친 손이 부끄럽고 눈엣가시 같은 시어머니도 사라졌기 때문이다. 그녀는 다시는 노예처럼 살지 않겠다고 다짐하며 마음을 독하게 다져 먹었다.

죽은 남편에 대한 미련은 손톱만큼도 남아 있지 않았다. 계집질하다 죽은 남편이 뭐 그리 아쉽다고 그런 자를 위해 슬퍼해야 한단 말인가. 그것도 평상시에 욕설과 뭇매를 가하며 핍박하던 남편이 아니었던가. 그래서 그녀는 장례식도 화장식으로 해 납골당에 안치해 버렸다.

삶은 이전보다 훨씬 더 안정 궤도로 접어들었다. 이제는 핍박하던 남편도 시어머니도 눈앞에서 사라져 걸림돌은 모두 사라진 셈이었다. 덕분에 자유와 평안이 넘쳐나는 나날이 지속됐다. 어느 날이었다. 일전에 만났던 형사로부터 연락이 왔다. 남편의 유류품을 찾아가라는 것이었다.

그녀는 가고 싶지 않았지만 마지막이라는 말에 할 수 없이 서울로 올라갔다. 그리고 형사가 내주는 사각 서류봉투를 들고 집으로 돌아왔다. 그녀는 두 딸을 부른 다음 봉투를 개봉했다. 그 속에는 그녀가 미처 상상하지 못했던 물건이 들어 있었다. 그건 그녀 명의로 된 예금통장 두 개와 인감도장, 그리고 색깔도 영롱한 결혼 기념 반지였다.

그것도 그녀가 그렇게 갖고 싶어하던 다이아몬드였다. 반지 안쪽에 십자가 형상과 함께 김길자와 석금동의 결혼 15주년이란 글씨가 씌어 있었다. 그녀와 딸은 아무 말도 없이 반지를 내려

놓으며 소리 없이 울었다. 언젠가 노인네가 아들의 이름을 부르며 안타깝게 울던 기억이 떠올랐다.

"아이고 불쌍한 내 새끼, 처자식 벌여 먹여 살리겠다고 막노동판이라도 뛰어야겠다고 나가더니만, 금쪽같은 내 새끼가 시방 죽었는지 살았는지도 모르는데 니는 뭣이 신나서 돈을 물처럼 펑펑 써대면서 댕기냐 엉."

동시에 꿈속에서 남편이 내밀던 사각형으로 된 반지 케이스도 생각났다. 또 집을 나가기 전, 딸들의 앞날을 걱정하며 의논하던 생각도 났다. 뿐만 아니라 담 곁에서 밤새 울며 기도하던 여전 도사도 생각났다.

그날 새벽꿈에 피 묻은 손에 의해 커다란 건물 안으로 들어서던 남편 생각도 났다. 그 모든 기억들이 한꺼번에 떠오르면서 그녀의 울음은 통곡으로 변했다. 곁에서 보고 있던 두 딸도 소리를 높여 울었다.

늦은 가을 저녁, 그녀들의 귓가에 세탁기 돌아가는 소리만 윙윙 들려왔다. (2006년 문학저널)

작가의 말

어릴 때 나는 늦된 아이였던 것 같다.

남들은 하나를 가르쳐 주면 열을 안다는데 나는 하나도 제대로 깨우치지 못해 애를 먹었다. 두뇌의 어리석음 이외에도 수많은 불가능의 단어들이 따라붙었다. 열악한 환경과 수시로 달라붙는 병마(病魔)와 주변의 악한 인심(人心)이었다.

그 힘든 와중에 나는 늘 미래의 두려움과 거창한 꿈에 시달렸다. 그건 바로 동화책에서 읽었던 엄청난 상상 드라마였다. 상상력은 현실 인식 부족과 함께 많은 판단 착오를 일으켰지만 많은 도전의식도 불러 일으켰다. 창작은 자아성찰로부터 시작되었다.

지(知) 정(情) 의(意)

이 셋 중에서 나는 의지가 가장 취약했다. 집중하기가 하늘에 별 따기보다 힘들었고 끈기가 없다 보니 매번 자포자기하고 말았다. 늘 병마에 치이다 보니 정신이 혼미하고 그러다 보니 의지가 약해져 제대로 할 수 일이 없었다. 그때 내가 할 수 있는 일은 누워서 책을 읽는 것뿐이었다.

어릴 때 우리 동네에는 어린이 도서관이 있었다. 또 만화가게

가 있었는데 당시로선 흔치 않은 TV가 있어 즐거운 놀이터가 되었다. 나는 매일 도서관으로 달려가 동화에 파묻혔다. 동화는 나의 꿈의 산실(産室)이었다. 상상의 모태가 되었고 현실의 아픔을 잊는 마취제가 되었다.

좀 더 자라서는 소설 창작에 매달렸는데 그건 어디까지나 현실인식 부재에다 도피 수단이 되었던 것 같다. 그러나 꿈은 사라지지 않고 나를 지켜 주었다. 내게 단 하나뿐인 문학의지와 함께. 소설은 언젠가 반드시 도달해야 할 마지막 항구였다.

그 항구에 도달해 소설 작가의 인생을 살아온 지 20년이 넘었다. 문학위기 시대를 지나 문학 무용론 시대가 대두된 지도 오래 되었다. 인터넷 스마트 폰 시대를 지나 지금은 온 세상이 유튜브로 통한다. 유튜브만 열면 재미있는 코너가 쏟아져 나온다.

간단한 터치 한 번으로 웃음보가 터져 나온다. 굳이 세상사에 대해 논할 필요도 없고 일시에 근심사를 잊는다. 영화로 대신하던 소설 읽기는 스마트 폰으로 바뀌면서 위상마저 땅 끝으로 추락했다.

돈벌이가 되지 않는 문단은 경로당을 방불케 한다. 더 이상 베스트셀러는 없다는 말이 여기저기서 들려온다. 더 나가 이제는 돈 없이는 문학도 하기 힘든 세상이 되었다는 탄식도 터져 나온다. 이제 문학은 문자로서의 기능만 담당하는 건 아닐까 의구심마저 든다. 그러나 작가는 세태와 상관없이 쓰고 또 쓴다. 돈이나 독자 수와 상관없이.

나는 예술을 운명이라 생각한다. 몸을 움직여 살아가는 행위 예술가와 마찬가지로 모든 예술가는 팔자소관이라 여겨진다. 물론 전업으로 할 때는 많은 어려움이 따르겠지만.

소설은 상상드라마 형식을 띠지만 카타르시스를 동반한다. 동시에 쾌감과 도전을 준다. 소설을 쓰다 보면 단어와 문장이 영상처럼 스토리를 타고 흐르는 것을 느낀다. 아! 난 작가였구나.

20년이 넘는 세월 동안 소설은 나의 친구이자 애인이자 동반자이자 안식처였다. 그러는 사이 나이 60을 넘어섰다. 나이 육십을 또 다른 표현으로 이순(耳順)이라 부른다. 들으면 이치를 깨닫는다는 뜻이다. 그러나 과연 그럴까. 난 여전히 어리석은 내 모습을 본다.

그러니 이순이란 나이는 나와 별개처럼 느껴진다. 사람들은 노년을 슬퍼하고 자책한다. 이 나이까지 무엇을 하고 살았던고 후회하고 자책하는 것이다. 그러나 나는 노년이 꼭 슬픈 것만은 아니라고 생각한다. 노년에는 많은 혜택이 주어진다. 각종 연금을 비롯해서 할인혜택도 적지 않다.

노년 빈곤만 아니라면 노년이라 해서 반드시 나쁜 것만은 아니다. 이미 항구에 당도했으니 더 이상 방황은 없을 테고 이루어 놓은 성과도 있을 테니까.

난 어릴 때 꿈꾸던 계획대로 소원의 항구에 잘 도달했다고 생각한다. 그동안 바라고 꿈꾸던 것들을 많이 이루었다. 자부심과 함께 긍지를 느낀다. 모두가 하나님 은혜다.

사람들은 거의 예외 없이 대부분 돈과 재물에 목숨을 건다.

흔한 드라마나 영화가 아니더라도 돈이 행복의 열쇠가 되고 미래 특히 노후를 보장해 준다고 믿기 때문이다. 예외가 있다면 순수 예술인들이다. 세태와 상관없는 순수 예술인으로 난 끝까지 살아남기 원한다.

누가 뭐라 해도 나는 행복한 예술인으로 삶을 마치고 싶다. 이번에 내는 소설집 '연극배우'는 내 20번째 저서이다. 주변에서 보았던 삶의 이야기를 10편의 단편으로 꾸며 보았다.

먼저 살아 계신 하나님 아버지께 감사드리며 이번에도 어려운 출판환경에도 책을 내주신 도서출판 한글 심혁창 아동문학가님께 깊은 감사를 드린다.

사명으로 여기며 쓴 나의 글이 독자들의 마음에 잔잔한 파문을 일으키며 일말의 위안이 되었으면 하는 바람이다. 생각지도 않았던 코로나 변종 바이러스 전염병이 창궐하고 있다. 독자들 모두 건강 백세를 누리는 한해가 되기를 바라며.

저자 신외숙